前-哲学的

初期論文集

内田 樹

草思社文庫

まえがき

みなさん、こんにちは。内田樹です。

本書は僕が若い頃に書いたフランス文学、哲学についての論文を集めたものです。副題に「初期論文集」とありますように、多くはフランス文学者として駆け出しの80年代から90年代にかけて書かれたものです。

草思社の渡邉大介さんがどういう魔術を駆使したのか、「篋底《きょうてい》に眠っていた旧稿」ばかりか、散逸して、書いた本人さえ忘れていたようなものまで探し出して、一冊にまとめてくれました。まずそのご苦労に篤くお礼を申し上げたいと思います。

ここに収録された論文について、最初にちょっとだけ説明をしておきます（論文一つ一つについては巻末で「解題」しておりますので、そちらをご覧ください）。

この時期の論文はたいていが「業績」を作るために書かれています。助手時代に書いたものは大学教員の公募書類に添付するため、神戸女学院大学に採用されてからあとは「ちゃんと研究活動していますよ」ということを同僚たちにアピールするために書いています。そういうわりと（かなり）「世俗的・功利的な」目的のために書かれているものですから、お読み頂けると分かりますけれど、ふだん僕が書いているものと比べると、微妙に「よそよそしい」です。

でも、こういうふうにある種の「定型のしばり」がある方が文章には独特の緊張感が出てきます。本当は「変な話」を書きたいのだけれど、それを学術的定型の中に収めて、合法的に表現しなければならない。そういう葛藤が独特の「味わい」を出しているように思います。時間が経って読み返すと、やはり「定型的な書き方に表面的には従属しながら、ひそかにゲリラ戦を展開している」という不心得なタイプの書き物の方が面白い。「不心得」であるときに「水を得た魚のようになる」というのがどうも僕の変わることのない本性のようです。

それからタイトルについて一言。

「前－哲学的」(pré-philosophique) というのはエマニュエル・レヴィナスの言葉です。本書に収録された「声と光」という論文の中に出てきます。「哲学的な思惟はすべて前－哲学的な経験をその根拠とする」というレヴィナスのフレーズをその論文の中で僕は引用しています。

ここに収録された論文はいずれも「哲学的思惟」について論じたものではありませんし、何らかの「哲学的思惟」を文字化したものでもありません。そうではなくて、いずれも「哲学的思惟」が形成される手前の、僕自身のリアルな「前‐哲学的経験」について語っています。「前‐哲学的経験」とは、僕の個人的なとまどいや、ためらいや、あるいは感動や開放感のような身体的な経験のことです。それ自体はまだ明確なアイディアとしてはかたちをなしてはいません。でも、「哲学的思惟」の名に値するものは、この名状しがたい、未定型な泡のような思念の運動からしか出てこない。僕はそう考えています。では、どうぞお読みください。面白く読んで頂けるといいんですけど。

前−哲学的　初期論文集　目次

前-哲学的　初期論文集

20世紀の倫理

——ニーチェ、オルテガ、カミュ

1　倫理なき時代の倫理

神戸の小学生殺人事件のあと、あるトーク番組で「なぜ人を殺してはいけないんですか?」と発言した中学生がいて、物議をかもしたことがあった。おそらく、彼はそのときまで、その問いに対して納得のゆく答えをしてくれる大人に出会ったことがなかったのだろう。それだけこれは「ラディカル」な問いかけだということである。その場に私が居合わせたとしても、限られた時間のうちに彼を説得できたかどうかは分からない。たぶんできなかっただろうと思う。

しかし、この問いは立てられて当然の問いであると私は思う。思春期の少年がこの問いを立てることは、精神の成長にとってはしごく健全なことである。むろん、この問いに容易には答えが出せない。自分自身の責任において、暫定的な回答を絞り出してゆくほかない。自力でその答えを出すことが私たちの社会においては一種の「通過儀礼」に相当すると私は考えている。

「なぜ人を殺してはいけないのか?」。経験的に言って、この問いに対する最も穏当な回答は「そういうふうに決まっている」というものである。

人間社会は、私たちが平和的に共存してゆけるようにさまざまな制度を整えている。言語や親族制度や貨幣はそのために作られた装置である。それがどういう「起源」に由来するのかは仮説でしか答えられない。なぜ人間は分節音声を言語として使うのか？　なぜ人間は集団を作るのか？　なぜ人間は「もの」を交換するのか？　こういった問いには「そういうふうに決まっている」という以外に答えようがない。

だからといって、この中学生の問いかけを「そんな問いを立てること自体が不道徳である」と圧殺することには私は反対である。というのも「なぜ人を殺してはいけないのか？」というのは、おそらく最も根源的な倫理の問いだからである。

議論を先に進める前に、まず「倫理」(éthique) という術語の語義を確定しておきたいと思う。倫理とは「これをしなさい、あれをしてはいけない」という善悪の項目を列挙した「カタログ」のことではない。倫理とは、そのような「カタログ」を「そのつど決定するプロセスそのもの」のことである。文法用語を借りれば、成文化された道徳律 (morale) が「決定されたこと」であるとすれば、倫理とは「決定する」の動詞形である。例えば、「人を殺してはいけない」という準則そのものは倫理ではない(それは倫理に媒介されて事後的に定律されたものである)。「なぜ人を殺してはいけないのか」と自らに問うこと、そのような思考の運動をこの論考では「倫理」と呼ぶことにする。

私たちは重大な決定を前にして、たいていの場合、ためらい、迷う。なぜなら「なすべきこと、なしてはならないことの網羅的なカタログの決定版」が私たちには与えられていないからである。数学では、あることを真実であると証明するためには、それより上位の、より包括的な真実（「公理」と呼ばれる）による根拠づけが求められる。しかし、善悪、正邪、理非の判断については、万人に普遍的に妥当する「公理」のようなものはない。

かつて「至高者」が君臨して、すべてを覆い尽くす「聖なる天蓋」を形成していた時代があった。行動の規範は「神」から私たちに絶対的命令すなわち「啓示」というかたちで与えられた。アブラハムはエホバの声を聞き、釈迦は菩提樹の下で成道《じょうどう》を遂げ、マホメットはヒラー山の洞窟でアッラーの啓示を受けた。彼らが了解した「最初の言葉」は絶対的な真実であり、人知による懐疑の余地を残さない。この「啓示」という前提を受け容れるならば、人間の遭遇しうるすべてのケースを予測して、「なすべきこと」と「なしてはならないこと」の網羅的なカタログを作成することは、理論的には可能である。

ユダヤ教の場合、行動規範は「……すべし」２４８条、「……べからず」３６５条、計６１３条の網羅的戒律（ミツヴァー）によって「カタログ化」されている。もちろんいくら古代とはいえ、６１３の条項であらゆるケースを網羅できるはずはないから、戒律だけからは判定しかねる係争が起きれば、ラビたちはどのような条文解釈によって決着をつけるか鳩首《きゆうしゆ》協議した。カトリック教会には「決疑論」の専門家がいて、複数の行動規範の間に矛盾がある場合の決定について議論を重ねた（「名誉を守るために決闘に応じるべきか、殺してはならないという戒律に従うべきか」といったアポリアについては、神学者が考えてくれたのである）。しかし、そのような解釈学が可能であるのも、「啓示」という、真実性の最終的な保証があればこそである。

時代や場所が変われば、人間は次々と新しい難問に遭遇する。道徳が網羅的なものであろうとすれば、「カタログ」は絶えず増補改訂されなければならない。その作業は容易ではない。しかし、「啓示」が根本にある限り、信仰が集団成員の全体に共有されている限り、「あらゆる場面を想定した行動規範についての網羅的なカタログ」を作るというアイディアは、理論的には可能だったのである。

だから「神」が生きている時代には「なぜ人を殺してはいけないのか?」という問いは発せられることはなかった。十戒には、はっきりと「あなたは殺してはならない」と定めてあるし、仏教でも五戒（殺生、偸盗《ちゆうとう》、邪淫、妄語、飲酒《おんじゆ》）の筆頭に殺人の禁止は挙げられている。しかし、私たちが生きている時代では、「啓示」や「戒律」を以てこの問いに答えることはほとんど説得力を持たないだろう。

私たちの時代は「なすべきこと・なしてはならないこと」のカタログが存在しない

時代である。けれども、それは倫理が不可能になったという意味ではない。神なき時代、戒律なき時代にあっても、私たちが具体的な決断の場に立ち会うたびに、そのつど善悪、正邪、理非を決せざるをえないという事実に変わりはないからだ。つまり私たちは仕事をふやしてしまったということである。

とはいえ、網羅的なカタログがあった時代に、必ずしもすべての人間たちが道徳的ではなかったのと同じく、カタログがない時代でも、必ずしもすべての人間が野蛮であるわけではない。現代において、倫理とはかたちある規範ではなく、そのようなかたちある規範を希求する激しい欲求、あるいは「規範を作り出さなくてはすまされない」という痛切な責務の感覚といった運動的なかたちをとって息づいている。その感覚が痛切なものである限り、この「倫理なき時代」を「すぐれて倫理的な時代」へと鋳直《いなお》してゆくことはつねに可能であると私たちは考える。

私たちは先に現代における倫理とは「決定する」の動詞形であると書いた。同じことをアルベール・カミュは次のように言い表わしている。

私の興味はいかに行動すべきかを知ることにある。より厳密に言えば、神も理性も信じないときに人はいかにして行動しうるのかを知ることにある。[1]

以下の論考では、おもにヨーロッパにおける倫理の変遷をたどりながら、現代における倫理問題の緊急な主題である「なぜ人を殺してはいけないのか?」という問いに一つの回答を試みたいと思う。

2 啓示はいつその効力を失ったのか?

神の戒律がその効力を決定的な仕方で失ったのがいつのことか、それは思想史にはっきり刻まれている。神の死を確認したのはフリードリヒ・ニーチェであり、それは1882年のことである。

神は自然死したわけではない。殺されたのである。人間たちが「神」という倫理の根拠を抹殺したのである。しかし、その過激な言葉ゆえに多くの人に誤解されているのとはうらはらに、その死亡宣告は、全く無秩序な世界を作りだし、世界を混沌のうちに叩き込もうという悪意によってなされたわけではない。ニーチェは神とは別の、神よりもっと堅固な基盤の上に倫理を根付かせようとしてそうしたのである。

「神は死んだ」。中世以来、ヨーロッパの文明を、ヨーロッパの人々の世界観、その日常の判断と経験のあり方を決定的な仕方で規定してきたキリスト教が、その支配的な影響力を失ったこと。これが現代世界の初期条件である。

おれたちが神を殺したのだ——お前たちとおれがだ！　おれたちはみな神の殺害者なのだ！

ニーチェの文章はそのあとこう続く。

世界がこれまでに所有していた最も神聖なもの最も強力なもの、それがおれたちの刃で血まみれになって死んだのだ、——おれたちが浴びたこの血を誰が拭いとってくれるのだ？　どんな水でおれたちは体を洗い浄めたらいいのだ？　どんな贖罪《しょくざい》の式典を、どんな聖なる奏楽を、おれたちは案出しなければならなくなるだろうか？　こうした所業の偉大さは、おれたちの手にあまるものではないのか？　それをやれるだけの資格があるとされるには、おれたち自身が神々とならねばならないのではないか？[2]

単に「神は死んだ」のではない。「私たちが神を殺した」のであり、それは単なる無神論に落ち込むためではなく、「私たち自身が神となり」、「これまでのいかなる歴史もなしとげなかったような偉大な歴史」を構築するために必要だからだとニーチェは考えた。

ニーチェの主張は二つの命題にまとめられる。

一つは、「超越者」が否定され、空席になった「神」に代わるものとして「人間」(ニーチェは「超人」(Übermensch)と呼ぶ)が置かれなければならないということ。一つは、神から下された「戒律」を祖型とする古典的な「当為」はすべて否定され、「超人」が体現する「悦ばしき知識」(Die fröhliche Wissenschaft)が人間の行動を律する新しい基準とならなければならないということ、これである。

「超人」とは何か、「悦ばしき知識」とは何か。この問いについて考えるためには、少し思想史を遡ってみる必要がある。

3　人間中心主義の流れ——ラブレー、モリエール、ラ・ロシュフーコー公爵

この「反キリスト教＝人間主義」的な考え方はニーチェの創見ではない。中世以来、多くの思想家は、ときには暴力的な弾圧や迫害に耐えて、なお神の命じる道徳のうちよりも、それが抑圧しようとしている「人間の本能」の方に「善」を見出そうとして

きた。

その代表的な思想家の一人、フランソワ・ラブレー（1494?—1553）は『ガルガンチュア物語』（*Gargantua*, 1534）の中で、彼が創造した理想の共同体である「テレームの僧院」にただ一つの戒律しか与えなかった。それは「汝自身の欲するところを為せ」（Fais ce que voudras.）である。

ラブレーの陽気な世界観によれば、世界は善であり、人間は善であり、人間はその本性の赴くままに行動するときにはじめて善き目的へと向かうことができる。自然に発生する生命の奔出《ほんしゅつ》こそが善であり、その生命ののびやかな流れをたわめたり、阻害したり、抑えつけるもの、それが「悪」である。ラブレーは「よきものとしての自然」（Physis）と「悪しきものとしての反自然」（Antiphysie）という単純な二項対立のうちに、世界のすべての矛盾を流し込んだ。

ラブレーやモンテーニュ（1533—1592）によって代表される人間中心主義思想は、モリエール（1622—1673）やラ・ロシュフーコー公爵（1613—1680）に受け継がれる。けれども17世紀の歴史的経験はこの自然礼讃の思想のうちに少し苦い味わいを加えた。すれっからしの近代人は人間の「本来的な善性」なる観念をラブレーのように手ばなしでは信じることができない。彼らは善なる人間本性と悪しき制約としての「道徳」という二項対立を信じるには、あまりにも人間の邪悪さを知り過ぎたからだ。人間はもう少し屈折した手順を踏んで道徳とかかわっているという新たな知見が登場する。

彼らはこう考えた。道徳は利己的な欲望達成のために功利的に活用されている道具にすぎない。自己犠牲とか誠実とか無私とか呼ばれる「道徳的行動」は、それ自体が価値であるから実践されるべきなのではなく、実はそのような「非利己的行動」を迂回して、利己心に奉仕しているから価値があるとされるのだ。これが17世紀の人間観察者（モラリスト）たちの発見である。

モリエールの芝居には、純粋な偽善者、どこから見ても悪人というような単純な登場人物は出てこない。単純そうな農夫は利己的で邪悪な本性を無邪気さの衣で覆っている。猫かぶりの女は純潔を装うことでうまみのある結婚相手をつかまえようとする。大酒のみで徹底的に現世主義者の従僕はミステリアスな主人を畏怖している。ドン・ジュアンは悪行を尽くしながらも、超人的な勇気と冷静さを失わない。アルセストは人間嫌いのくせに、社交的でコケティッシュなセリメーヌに夢中になる。

モリエールの登場人物たちはいずれも「ひとすじなわではゆかない」人物たちである。別の言い方をすれば「外面から判断しては内面が推測できない」人々である。それは、彼らの外面的な行動が内面的な動機の忠実な反映ではなく、内なる動機が外なる行動に現れるまでの間に抑圧や屈折や迂回や偽装などが介在して、内面が見えにくくくなっているからである。そのせいで生じた誤解や行き違いや勘違いや取り違えがモリエール流の笑劇の不可欠の要素となっている。

「人間の内面は（ある種の解読装置を使わないと）見えない」という考え方、あるいはもっと踏み込んで言えば、「人間には『内面』がある」という近代的な考想そのものが公的に承認されたことの、モリエールは一つの指標であると言えるだろう。

とはいえ、モリエールにはまだラブレー的な人間中心主義の流れが生きている。つまり、無垢なるものが「善」であり、人工的なもの、作為的なものが「悪」であるという基本的な発想である。だから、作劇術の上では、「善」は無知で衝動的で健康な欲望に身を任せている若者たちによって、「悪」は社会の汚れにまみれ、打算でしか行動しない大人たちによって定型的に演じられることになる。しかし、無垢なるものは同時に無知であり無力であり、偶然の幸運がない限り、自力で運命を切り開くことも、おのれの正しさを承認させることもできないことをモリエールは熟知している。

同時代のモラリスト、ラ・ロシュフーコーはモリエールよりもさらに人間について手厳しい。彼に言わせればこの世には利己心しか存在しない。最もよく知られた彼の箴言をいくつか拾ってみよう。

　我々の美徳は、たいていの場合、偽装された悪徳にすぎない。

美徳は虚栄心が同伴していなければ、それほど遠くまでは行けない。

利己心はあらゆる言葉を操り、あらゆる人間を演じてみせる。無私の人さえも。

多くの人にとって、感謝とはより多くの恩恵を引き出そうとする密やかな願いに他ならない。

ラ・ロシュフーコーのこれらの嫌味な箴言に共通するのは「美徳の迂回構造」である。私たちが何かを譲ったり、与えてみせるのは、一度手放すことを通じて、もっと多くのものを取り戻すためであると彼は考える。これは道徳についての「近代的な」解釈といってよい。彼の考え方には、宗教的な道徳観から「離陸する」新しい知見が含まれている。

もし道徳が功利的な装置であるとしたら、道徳はそのつどの社会関係に即して、利己心の達成のために最も効果的な姿を「偽装」するはずである（他人を密告することが有利な場では、「自分の気持ちに忠実であること」が道徳的とされ、面従腹背が有利な場では、「自分の気持ちを抑制すること」が道徳的であるとされるだろう）。道徳は終わりなきプロテウス的な変身を遂げ、決して同一のものにはとどまらない。美徳と悪徳、正義と邪悪とを決定するのはそのつどの社会関係であるという「道徳の歴史主義」がここに出現する。

4　道徳の歴史主義——ホッブズ、ロック

善悪の観念はそれぞれの社会集団の歴史的・場所的規定性によって恣意的に決定されるという「歴史主義的」道徳観はトマス・ホッブズ（1588―1679）、ジョン・ロック（1632―1704）、ジェレミー・ベンサム（1748―1832）らに代表される、イギリスの功利主義哲学においてもその基幹をなしている。

ホッブズの「万人の万人に対する戦い」（bellum omnium contra omnes）という言葉が端的に語っているように、自然状態にある人間は、それぞれの自己保存という純粋に利己的な動機によって行動しているとするのが、功利主義の考え方である。自己実現と自己保存という「汝の欲するところ」は、人為的に定められた「実定的権利」に対して、いついかなる場所においても人間がその享受を要求できる権利ということで、「自然権」（natural right）と呼ばれる。この自然権の行使を万人が同時に求めた場合（ラ

ブレーの夢想とは違って）、人々は自分の欲しいものは他者から奪い取り、自分の欲求を暴力的に他者に強制することになる。この絶えざる戦闘状態にある社会では、自分の生命財産を安定的に確保することがきわめて困難であり、結果的には（ひとにぎりの圧倒的な強者をのぞく）ほとんどの社会成員が所期の自己保存、自己実現の望みを十分にかなえることができずに終わる。自然権行使の全面的承認は、自然権の行使を不可能にしてしまうというアポリアがここに生じる。

それゆえ、とりあえず直接的・自然的欲求を断念し、そして社会契約（social pact）に基づいて創設された国家に自然権の一部を委ねる方が結果的には利益が大きいと功利主義者は考える。

例えばロックは自然状態から社会契約による政治権力装置への移行を次のように説明する。

人々が結合して国家をつくり、統治に服そうとする場合の大きなそして主な目的は、彼らの所有物の保全ということである。自然の状態においては、そのための多くのものが欠けているのである。

第一に、自然の状態には、正邪の基準として、また人々の間のすべての紛争を裁決すべき共通の尺度として、人々の共通の同意によって受けいれられ認められている、確立した、一定の、衆知の法がない。（……）第二に、自然の状態においては、確立された法に従って、あらゆる不和の解決をはかるべき権威を備えた、衆知の公平な裁判官がいない。（……）自分自身のこととなると、激情や報復心にかられて行き過ぎたり熱中し過ぎたりするが、逆に他人のこととなると、怠慢と無関心からきわめていいかげんになりがちだからである。

第三に、自然の状態においては、正しい判決がくだされた場合でも、これを後押し支援して、この判決を適正に執行させる権力が欠けていることがよくある。何か不正によって罪を犯すような連中は、できれば暴力をふるってそのような不正を正当化しようとするのであり、それをしくじることはめったにないであろう。だからこういう抵抗があると、多くの場合、処罰を加えようとしてもかえって危険を伴い、しばしば処罰を行なう人が逆に危害をこうむることになるのである。

こんなわけで、人類は自然の状態ではいろいろな特権があるにもかかわらず、そのなかにとどまるかぎりは、かえって悪条件のもとにある結果になるところから、すみやかに社会へと駆りたてられるのである。[3]

この考え方は私たちにはそれほど抵抗なしに理解できる。ここにはラ・ロシュフーコーと同じ発想パターンが読みとれる。すなわち、「短期的・直接的な利益を断念することによって、より大きな長期的・間接的利益を回収する」という「迂回のメカニズム」である。人々は自然権の無制約な行使を断念する代わりに、社会契約の合意に基づいて形成された国家権力装置を通じて、より効果的に自分の私有財産を保全する。一時的に特権を断念する方が、結果的にはより有効に特権を確保することができる。だから社会契約は、あくまでも私有財産の保全、個の自己保存、自己実現つまり自然権の最大限行使をめざしているのである。

功利主義者によれば、たとえ国家主権といえども、その本義は国民の自然権の保障にある。だから、国民は自分たちが自然権を十分に享受できていないと判断した場合、「抵抗権」あるいは「革命権」という名目の下に、現体制を他の政体に替える権利を保留している。17—18世紀の近代市民革命（イギリスの清教徒革命、アメリカの独立戦争、フランス革命など）がこのような理論に導かれて果たされたことは改めて指摘するまでもないだろうし、この社会契約理論は現在でも（日本国憲法をはじめとして）ほとんどの先進民主国家の憲法において、国家の正統性の根拠づけのために採用されているのも周知のことである。

5　道徳の系譜学へ

近代の哲学者はホッブズ、ロック、スピノザからモンテスキュー、ルソー、エンゲルスに至るまで、道徳的な行動準則の成立について基本的には同じ考え方をしている。自然状態においては「社会が欠如」しており、そのために道徳は存在しないか、あるいはきわめて原始的なかたちでしか存在しない。そのような原始状態から社会契約によって「テイク・オフ」が果たされる過程で、擬制としての道徳が法律に準じる仕方で成立したとするのが彼らの「近代的な」倫理観である。

さて、このようにして（歴史学的にも考古学的にも実は根拠がない）「社会契約による社会の欠如から現存の社会への移行」という進化史観に与することは、一つの重要な態度決定――社会秩序の起源についてのある考え方を採用すること――を意味している。

人間の社会は契約から生まれると述べることは、結局あらゆる社会制度の起源が正しく人間的であり人為的であることを宣言することである。それは社会は神の制度や自然の秩序の結果ではないと言うことである。それは何よりもまず社会秩序の基礎にかんする古い観念を拒否し、新しい観念を提出することである。[4]

ルイ・アルチュセールによると、社会契約説による説明は、社会は人間以外の原理（神あるいは自然）によって作られたとする「古い」仮説を退ける。この「古い」仮説は久しく封建社会に固有の信念である「人間の本来的な不平等性」という考え方の根拠となってきたものである。人間の理解を超越し、人間の力によっては動かしようのない神や自然の摂理によって社会が成立したとする限り、ある人間が権力を持ち、富を独占していたとしても、それはその人に帰された「本来的な社会性」によって説明される（例えばボシュエの「王権神授説」）。

これに対して、社会契約説は社会的不平等を含む「自然」を欺瞞として退け、「諸制度を、人間の約束の上に築きあげる。この思想は、人間に、古い制度を拒否し、新しい制度をたて、そして必要とあらばそれらの制度を新しい約束にもとづいて廃止あるいは改革する機能を与えるのである」[5]。

「社会制度は人間の同意の上にはじめて成り立つ」という「新しい」考え方が「社会制度は人間を超える原理によって措定されたものである」という「古い」考え方にとって代わった。「道徳は神（あるいは自然）が制定したものである」とする「古い」

考え方（哲学史的な術語で言えば「道徳の先験主義・絶対主義」）が退けられ、「道徳は人間が社会契約によって制定したものである。それゆえ制定することも改正することも、廃絶することも、集団の同意さえあれば可能である」とする「新しい」思想（「道徳の経験主義」）が支配的になったのである。

しかし、私たちは「道徳についての二つの理念の間の覇権闘争は新しい理念の勝利のうちに推移した」という教科書的説明をそのまま鵜呑みにしてすませるわけにはゆかない。というのは、社会契約説は、それ自体が論争的、権利請求的な政治イデオロギーであり、目の前に現存する当の制度を革命するための論拠として要請されたものであり、その目的は「世界のあらゆる民族の制度を説明することではなく、既成の秩序を打破し、あるいは生まれつつあるかやがて生まれるであろう秩序を正当化することであった」からである。この説の唱道者たちは「あらゆる事実を理解することを望んだのではなく、新しい秩序を築く、つまり新しい秩序を提案し正当化することを望んだのであった。それゆえホッブズやスピノザのなかに、ローマの没落や封建諸法の出現の真の歴史をさぐることは間違いであろう。彼らは事実にはかかわりを持たなかったのだ。（……）彼らは自分の選んだ立場から歴史の理由そのものを作りだした。そして彼らが科学とみなしていた彼らの諸原理は、彼らの時代の闘争のなかに組みこまれた――そして彼らが選んだ――諸価値にすぎなかった」[6]。

アルチュセールの言葉をもう少し私たちの関心に即して言い換えると、「私利」をあらゆる行動の基本原理とする功利主義哲学の難点は、その哲学自体が、一つの党派的・階級的立場の「私利」に奉仕する哲学だったということである。

人は「私利」によって動くということを論証しようとしている功利主義者自身が「私利」によって動いているとすると、これは論証すべきものを論証の前提に組み込んでいる「論点先取の虚偽」を犯していることになる。別にアリストテレスを持ち出すまでもなく、ある特定の社会集団にだけ選択的に有利な理説を、「一般的に妥当する学知」としていくら宣布してもふつうはあまり信用されない。

いずれにせよ、19世紀の末に、近代の功利主義的な道徳観、すなわち「利己心の合理的な充足のための社会契約」としての道徳という前提をもう一度洗い直す学的な作業が思想的課題の日程にのぼることになったのである。

その作業は一人の哲学者によって定式化された。

あらゆる社会に妥当する、道徳を基礎づけているファクターとは何か？「人間を超越した」原理ではなく、また「人間に内在する」利己心でもないとしたら、それはいったい何か？ 超越でも内在でもなく、それとは別の水準にあって、人間を駆動しているものとは何か？

この問いかけから始まる学的考究をニーチェは「道徳の系譜学」と名づけた。この学の原則は次の二つのテーゼに集約される。

（1）「道徳の本来の問題たるものはすべて、多くの道徳を比較するところにはじめて現われでるものである」[7]。つまり、道徳の系譜学は「比較道徳学」というかたちをとること。

（2）道徳が神の導きであるとする先験説も、道徳が合理的利己心の成果であるとする功利主義も、そのいずれをも認めない。「すべての道徳に本質的で貴重なことは、それが永年にわたる拘束だということである」[8]。

こう宣言したニーチェによって『道徳の系譜学』（*Zur Genealogie der Moral*, 1887）と題された書物が19世紀末に登場することになった。現代の倫理をめぐる根本的な問いはこの一冊の書物のうちに集中的に表現されているといってよい。この書物においてニーチェは彼の「人間中心主義」を極限にまで推し進めて、19世紀までのすべての道徳観を完膚なきまでに叩き潰した。

ニーチェは、神や自然の介入を借りることも、利己心という怪しげな動機に依拠することも、ともに退け、「おのれ自身によっておのれ自身を主体的に根拠づけ、かつおのれの行動の理非を客観的に判定しうる方法はあるか」という19世紀までの思想家が問うことのなかった無謀な問題を設定し、その困難な問いに正面から取り組んだのである。ニーチェの回答の試みが成功したかどうかは別として、少なくともニーチェ以後、この問いを回避して倫理について語ることは誰にもできなくなった。

6　大衆社会の道徳

功利主義者たちとニーチェを隔てる最大の状況的な差異は、前者が「市民社会」における、ニーチェが「大衆社会」における倫理について語ったということである。ニーチェの既成道徳批判は、つきるところ、「大衆社会において倫理的であるとはどういうことか」という、それまでの思想家が誰一人自らに問いかけることのなかった問いを引き受けたことにある。当然のことだが、それまで人類は「大衆社会」というものを知らなかったからである。

「大衆社会」とは何か？

それは成員たちがもっぱら「群」をなし、「隣の人間と同じようであること」を指向して判断し行動するような社会のことである。そこでは、群がある方向に向かえば、全員が大勢に従って、批判も懐疑もなしに、同じ方向に雪崩打つ。そこでは人々は自立的な個としてではなく、アモルファスで均質的な masse（塊）をなしている。ニーチェ以前の思想家には切実な論件ではなかったこのような人間の集合的なあり方のもたらす災厄をニーチェはきわめて悲観的に予見した。

「群」をなして行動する人々をニーチェは「畜群」（Herde）と名づける。畜群の行動基準は「隣の人と同じことをする」「大勢に従う」ということである。集団から突出することと、特異であること、卓越していること、畜群的本能はそれを嫌う。畜群の理想は、「みんな同じ」という状態である。それが彼らの行動規範、「畜群的道徳」となる。

　今日のヨーロッパにおける道徳なるものは、畜群的道徳である。[9]

畜群的道徳がめざすのは、なによりも社会の平準化・等質化である。「万人が平等であること」こそ畜群の輝く理想である。だから彼らは「心を一つにして、あらゆる特殊な要求、あらゆる特権や優先権に対して頑強に抗争する」し、「ひとしく同苦（同情）の宗教を信奉し、およそ感じ、生き、悩むかぎりのすべてのものに同情する」[10]。

こうして人々は、たがいに共感し合い、理解し合い、慰め合い、苦しみも喜びも等しく分かち合いつつ、相互を隔て差異化する輪郭を失って、不定形的でねばねばしたマッスのうちに溶け込んで行く。もはやその成員たちが区別しがたいほどに等質的な集団を形成することを、畜群たちは「人間における極頂、人間の達しえた絶頂、未来の唯一の希望、現在の者たちにとっての慰藉の具、過去のあらゆる罪過からの偉大な解放」と考えている。

畜群的道徳もある意味では「功利的」である。けれども、それはホッブズやロックが考えていたような功利とは別種の功利である。「功利主義的」な道徳観によれば、個人は（慈善や謙譲や寛容や禁欲などの）「道徳的」行為をすることによってこうむる短期的な不利益と、結果的に獲得される長期的利益を「計量して」行為を決定する。この理論は、行為の決定者は、その行為が得か損かについて算盤をはじくことができる程度の知的能力を持っていることを前提としている。だから、仮にある一人の判断が集団成員の大多数の判断と一致したとしても、それは集団の成員全員が、彼と同程度に利己的であり、彼と同程度に計算高いというにすぎず、判断はあくまで個人の資格において、個人の責任において、主体的に下されたのである。

しかるに、このような功利主義的判断は畜群には不可能である。なぜなら畜群とは（その定義からして）主体的には何一つ判断できないものたちのことだからである。畜群の関心はもっぱら「集団の保持」「集団の存続」に向けられている。つまり群をなし続けていること、いつまでも等質の集団のまま、塊として運動すること、それが最優先の目標なのである。そのためには全員がその隣人と同じ判断をし、同じ行動をすることが必要である。功利的な判断の結果がたまたま全員一致するのではなく、全員一致することそれ自体が自己目的化するのである。

そのとき、一つの「倒錯」が発生する。畜群においては、ある行為が道徳的であるか不道徳的かについての判断は、その行為に内在する道徳的価値でもなく、その行為が行為者本人にもたらすはずの利益の多寡でもなく、「他の人々と同じであるか否か」によって決定されるからである。

外部から到来する命令に集団的に屈服させられ、畜群化されるという事態は歴史的にはこれまでもいくらもあった。しかし、それと近代の畜群のあり方は似ているようで決定的に違っている。

> 人間が存在するかぎり、あらゆる時代に人間畜群も存在したし（血族団体、共同団体、部族、民族、国家、教会）、またつねに少数の命令者に対して非常に多くの服従者が存在した。（……）今ではすべての人間が、一種の形式的良心として（……）「汝すべし」と命ずるものにたいする欲求を、生まれながらもっている、と。この欲求は満足を求めるし、その形式を或る内容で満たそうとする。（……）だれかれとない命令者――両親なり教師なり法律なり階級的偏見なり世論なり――から吹きこまれるものを受け入れる。[11]

単に強権によって屈服させられ、同一の行動を強制されるだけでは人は「奴隷」(Sklave)にはならない。「奴隷」とは、強権に屈服するだけでなく、屈服することを幸福と感じ、そこに快楽を見出すようなもののことである。外部から強いられた思念を自分の内部からわきあがってきた自分自身の思念であるとシステマティックに取り違えるようなもののことである。

ニーチェによれば、この服従への欲求には歴史的淵源がある。ある特殊な民族集団とそれを母胎とする宗教がこのメンタリティを育み、それをヨーロッパ世界に持ち込んだのだ、とニーチェは論断する。

「ユダヤ人とともに道徳上の奴隷一揆は始まった」とニーチェは書く。

ユダヤ人、——タキトゥスや全古代世界のひとびとがいうところでは、「奴隷として生まれた」民族、また彼ら自身が言いもし信じもしたところでは、「民族のなかの選ばれた民族」——このユダヤ人が、価値の倒逆というあの奇蹟劇をやってのけたのだ。(……)彼らの予言者たちは、〈富〉と〈背神〉と〈悪〉と〈暴戻〉と〈肉欲〉というものを一つに融け合わしてしまい、かくてはじめて〈この世〉(世界)という言葉を汚辱の言葉にしてしまった。価値のこの倒逆という点に、ユダヤ民族の意義がある。この民族とともに道徳における奴隷一揆がはじまったのだ。[12]

ニーチェのいう「奴隷一揆」とは、奴隷たちが支配者に抵抗することを意味するのではない。そうではなくて「奴隷である」という「事実」を「奴隷であるのは幸福であり、勝利である。だから努めて奴隷にならなければならない」という「当為」に読み替えた「倒錯」を指すのである。「弱者」であり、それゆえに私的な欲望の実現可能性を阻まれたものが、その不能と断念を、あたかもおのれの意思に基づく主体的な決意であるかのようにふるまい、「弱者であることが正統的な生き方である」と宣言したときに「価値の逆転」が始まる。

> 憫れなる者のみが善き者である。貧しき者、力なき者、卑しき者のみが善き者である。悩める者、乏しき者、病める者、厭わしき者こそ唯一の敬虔なる者であり、唯一の信心深き者であって、彼らのためにのみ浄福はある。[13]

だから、ニーチェによればキリストの教えとはユダヤのロジックを全面展開したものに他ならない。

愛の福音の化身としてのこのナザレのイエス、貧しき者、病める者、罪ある者に浄福と勝利とをもたらすこの「救世主」――彼こそは最も薄気味悪い、最も抵抗しがたい形式をとった誘惑ではなかったか。（……）この「救世主」、このイスラエルの似非敵対者、似非解体者の迂路によってこそ、イスラエルはその崇高な復讐欲の最後の目標に到達したのではなかったか。[14]

7　「超人」道徳

ユダヤ＝キリスト教に始まる「奴隷道徳」の根元的なメンタリティをニーチェは「遺恨（ressentiment）」と呼ぶ。「ルサンチマン」とは「遺恨・反感」を意味するフランス語であるが、語源は「反応する」（ressentir）という動詞である。「奴隷」は自己に先行し、自己よりも強大な、自己外部のなにものかによる「働きかけ」に対して「反応する」というかたちで存在する。「リアクション」というのが「奴隷」の行動元型なのである。

> 奴隷道徳が成立するためには、常にまず一つの対境、一つの外界を必要とする。生理学的に言えば、それは一般に行動を起こすための外的刺激を必要とするのである。――従って奴隷道徳の行動は根本的に反動である。[15]

「奴隷」は「外界」を必要とする。「奴隷精神」とは「外界」から到来する「外的刺激」によって引き起こされた「反応」を、自分の「内面」から自然発生的に生まれ出た「本性の発露」であるというふうにシステマティックに錯認する知の構造のことである。この論断は暴力的な表現にもかかわらず、人間の存在論的構造についての深い洞見を含んでいることを私たちは認めなければならない。ここでニーチェは今日ラカン派精神分析理論が「私」について教えていることとほとんど同じことを語っているからである。

ラカン派の理説によれば、人間は発生的には無力で、根拠の不確かな存在として出発する。「私」は「私」の起源について厳密に自己言及することができない（「私」は「私の誕生」に主体としては立ち会っていないからだ）。「私」は「私」が今ここに存在していることの意味や根拠を「私」自身で構築した論理や言語では語りきることができない。「私」とは、ある精神分析家の卓抜な比喩を借りて言えば、自分の髪の毛をつかんで、おのれ自身を中空に吊り上げるような仕方でしか存在できないのである。

この根源的に無力な「私」はあまりに無力なので、「おのれが無力である」という事実すら受け容れることができない。それゆえ、人間はおのれの無力を自分の「外界」にあって「自分より強大なもの」の干渉の結果として説明しようとする。「私の外部」にある「私より強大なるもの」が私の十全な自己認識や自己実現を妨害しているという「物語」を作り出すのである。「私」が弱いのではなく、「強大なるもの」が強過ぎるのだ。そのようにして私の外部に神話的に作り出された「私の十全な自己認識と自己実現を抑止する強大なもの」のことを精神分析は「父」と呼ぶ。「父」はそのような仕方で、「私」の弱さを含めて「私」をまるごと正当化し、根拠づける神話的な機能であり、それを私たちは場合に応じて「神」と呼んだり、「絶対精神」と呼んだり、「超在」と呼んだり、「歴史を貫く鉄の法則」と呼んだりするのである。

このラカン派の説明はそのままニーチェの「奴隷」精神の構造に適用できる。「奴隷」は「おのれが無力である」という事実を隠蔽しつつ説明するために、「強大なる父」の幻影を外界に作り出す。そして、この「父」のうちに、おのれを教導し、おのれを救済するものを見出そうとするのである。そのときにおのれの無力さは一気に「父」による救霊をけなげに待望する「子羊の無垢性」に読み替えられる。

今日、私たちは精神分析によるこのような人間の思考定型にかかわる説明を、学術的には有効なものとして受け容れている。私たちの了解するところでは、ニーチェのいう「奴隷」とは人間という種に固有の存在論的構造なのである。フロイトの言葉を借りるならば、「私たちは全員が神経症患者」なのであり、それをニーチェ的な語法で言い換えれば、「私たちは全員が奴隷なのだ」ということになる。

だが、ニーチェはそれを認めない。彼は「おのれをおのれの力では根拠づけられない人間」の対極にあえて「おのれをおのれの力で根拠づけることのできる人間」という仮説的存在を想定するからである。この不可能な仮説的存在をニーチェはさしあたり「貴族」と名づける。ここからニーチェの思想的迷走は始まる。

「貴族」の属性はすべて「奴隷」と反転している。「貴族」とはなによりも「外界を必要としないもの」「行動を起こすために外的刺激を必要としないもの」のことである。「貴族」の行動は熟慮の末に導き出されたものではないし、外部から強要された命令や戒律への盲従でもない。「貴族」とは、なによりもまず、イノセントに、直接的に、「自然発生的」に、彼自身の真の「内部」からこみあげる衝動に身を任せて行動するもののことである。

騎士的・貴族的な価値判断の前提をなすものは、力強い肉体、若々しい、豊かな、そうしてはち切れるばかりの健康、並びにそれを保持するために必要な種々の条件、すなわち戦争・冒険・狩猟・舞踏・闘技および一般に強い自由な快活な所作に属するすべてのものである。（……）すべての貴族道徳が勝ち誇った自己肯定から生じる（……）それは自発的に行動し生長する。[16]

この騎士的・貴族的存在者は「われら高貴なるもの、われら善きもの、われら美しきもの、われら幸いなるもの」という根源的な自己肯定から出発する。無反省的な自己肯定に立つがゆえに、当然にもこの騎士的・貴族的存在は、無思慮で単純で残忍で野蛮である。

「ローマの、アラビアの、ゲルマンの、日本の貴族、ホメーロスの英雄、スカンジナビアの海賊」といった歴史上の貴族的種族は「通ってきたすべての足跡に『蛮人』の概念を遺した[17]」者たちである。彼らは「危険に向かって」「敵に向かって」「無分別に突進」する。そして「憤怒・愛・畏敬・感謝・復讐の熱狂的な激発」によってこの「高貴な魂」たちはおのれの同類を認知することになる。

ニーチェはこの「高貴な野蛮人」こそが「人間」の本来的なあり方だと考えた。彼らの行為は、いかなる局外者の介入もなしに、自然発生的に彼らの内部からほとばしるエネルギーが具現化したものである。彼らの衝動は「奴隷」のそれのように「内面化された外部」ではなく、純粋な内部を淵源としている。その純粋性、真正性は、彼らの行為のすべてを浄化し、正当化するだろう。こうして、ニーチェは行為の正邪理非は、その行為が「自発的であるか」「反応的であるか」によって決すべきであるとするきわめてユニークな倫理観にたどりつく。「高貴な人間」が自発的に行うこと、それが「高貴な行為」なのであり、「善い人間」の内部から止めがたく奔出するもの、それが「道徳的な行為」なのである。

「よい」のは「よい人間」自身だったのである。換言すれば、高貴な人々、強力な人々、高位の人々、および高邁な人々が、自己自身および自分の行為を「よい」と感じ、第一級のものと決めて、これをすべての低級なもの、卑賤なもの、卑俗なもの、および賤民的なものに対置したのである。(……)上位の支配的種族が下位の種族、すなわち「下層者」に対して持つあの持続的・支配的な全体感情および根本感情——これが「よい」と「わるい」との対立の起源なのである。[18]

行為に外在する汎通的な道徳は存在しない。「主人」(すなわち騎士的・貴族的存在者)がなすことはすべて「善い」ことであり、「奴隷」(すなわち畜群的存在者)がなすことはすべて「悪い」ことである。問題は「誰が」その行為をするかであって、「何を」するかではない。同じ行為であっても「善い人間」がすれば「善い行為」であり、「悪い人間」がすれば「悪い行為」なのである。

「道徳的な価値表示はいつでもまず人間にたいしてつけられ、それが派生的に転用されていった末にようやく行為にたいしてつけられるようになった」[19]のである。

問題はつねに、自分が何者であり、他の者は何者であるか、ということなのだ。（……）われわれは道徳を強制して、何よりもまず位階の原則の前に身を屈せしめなければならない。（……）かくしてついには道徳をして、「ある者にとって正しいことは他の者にとっても正しい」と言うのは不道徳であることを、はっきり分からせなければならぬ。[20]

こうして、行動に際して、局外の規範に準拠するものと、内発的な動機に身を任せるものという二分法によって、ニーチェは人間を「畜群」と「貴族」に二分し、それぞれのなすところを「悪い行為」と「善い行為」と名づける。行為の道徳性の判定は「何をなすか」ではなく、「何ものであるか」というかたちで立てられることになる。

では、「高貴なるもの」とは誰のことなのか？　ここでニーチェの論理的迷走はさらに深まる。なぜならニーチェは「高貴なるもの」を「当為」の語法で語ってしまうからである。

およそ〈人間〉という型を高めることが、これまで貴族社会の仕事であった、――これからもつねにそうであるだろう。こういう社会は、人間と人間とのあいだの位階と価値差の長い階梯を信じ、何らかの意味での奴隷制度を必要とする。身分の差別がこりかたまって、支配階級が不断に隷従者や道具を眺め渡し見下ろし、かくてまた不断に双方のあいだで服従と命令、抑圧と敬遠が行なわれることから生ずるような〈距離の激情《パトス》〉がなかったならば、あの別のより秘密に充ちた激情も決して生まれなかったであろう。それはすなわち、魂そのものの内部にたえず新たに距離を拡大しようとするあの熱望であり、いよいよ高い、いよいよ稀有な、いよいよ遙遠な、いよいよ広闊な、いよいよ包括的な状態を形成しようとする熱望である。要するに、これこそは（……）絶えまなき〈人間の自己超克〉の熱望である。[21]

ここでのニーチェのロジックは一見してそれと分かるほどに危うい。先にニーチェは貴族の起源を「勝ち誇った自己肯定」だと断定していた。しかし「勝ち誇った自己肯定」を自己の根拠とする人間が果たして「おのれを高める」というような向上心を持つものだろうか？　おのれの「低さ」「卑しさ」を自覚したものだけが「おのれを高めよう」とする自己否定・自己超克を指向するのではないのか？　ニーチェの「貴族」についての最初の定義を受け容れる限り、「向上心を備えた貴族」「自己超克を熱望する貴族」というのは形容矛盾である。

同じ背理は『ツァラトゥストラ』にも見ることができる。ニーチェはそこでたしかに「超人」を語っている。しかし、そこでも彼は「超人が何であるか」ではなく、「超人は何ではないか」しか語らないのである。

> わたしはあなたがたに超人を教える。人間とは乗り超えられるべきあるものである。あなたがたは、人間を乗り超えるために、何をしたか。(……)人間にとって猿とは何か。哄笑の種、または苦痛にみちた恥辱である。超人にとって、人間とはまさにこういうものであらねばならぬ。[22]

「超人」概念は「人間の超克」という「移行の当為」として語られる。あるいは「移行の当為」としてしか語られない。「超人」とは「人間を超えるなにものか」であるというよりは、人間であることを苦痛であり恥辱であると感じる感受性、その状態から抜け出ようとする意志のことである。超人とは「人間ではないもの」という否定形でのみ語られる記号であって、実定的な内容を持たない「超越への緊張」である。

人間は、動物と超人とのあいだに張りわたされた一本の綱である——深淵の上にかかる綱である。(……)人間において偉大な点は、かれがひとつの橋であって、目的ではないことだ。人間において愛しうる点は、かれが過渡であり、没落であるということである。[23]

ツァラトゥストラは結局「超人とは何か」という問いにはついに回答しない。彼はひたすら「人間とは何か」についてだけ語る。堕落の極にある現代人について火を吐くような熱弁を揮う。しかし「超人とは何か」という問いはそのつど「人間とは何か」という問いにすり換えられ、「高貴とは何か」という問いはそのつど「卑賤なものとは何か」という問いにすり換えられる。

このすり換えはニーチェのロジックの必然である。ニーチェは「自己超克」の動機を「より高いもの、より尊いものを指向する向上心」にではなく、「より低く、より卑しいものに対する嫌悪」のうちに求めたからである。貴族性とは高みをめざす指向ではなく、低く卑しく醜いものを激しく嫌悪し憎悪し破壊しようとする情熱、ニーチェのいう「距離のパトス」に他ならない。

ここから不思議な結論が導かれる。人間が高貴な存在へと、超人へと高まってゆく推進力を確保するためには、人間に嫌悪を催させ、そこから離れることを熱望させるような、忌まわしい存在が不可欠だということである。貴族社会が存立するために「奴隷制度」が不可欠であったように、超人が存立するためには、「畜群」が不可欠なのである。おのれの「高さ」を意識するためには、絶えず参照対象としての「低きもの」にそばにいてもらわなければならない。人間を高めるという向上の指向は、不可避的に人間の一部を「畜群」として選別し、有徴化し、固定化することを要請する。「超人計画」にとって最も効率のよい体制は、ある集団が超歴史的、永遠的に「本来の賤民型」というものを体現している場合である。不変の参照項、「高さ」の観測定点としての「永遠に低いもの」がかたわらにいることは、おのれの「自己超克」の進み具合を計測するときにどれほど便利だろう！　こうしてニーチェの超人道徳は、人類全体を「人種」に分類し、それぞれの遺伝的・生得的「本質」に従って、それが貴族人種か畜群人種かに分別するという暗鬱な作業に堕していくことになる。

> 人間がその両親と祖先の固有の性質や偏愛を体内に宿していないということは金輪際ありえない。（……）もし両親についてそこばくのことが知られたとすれば、その子について結論をくだすことがゆるされる。[24]

すべてのヨーロッパ的ならびに非ヨーロッパ的奴隷階級の子孫たち、ことにすべてのアーリア以前の住民の子孫たち——彼らは人類の退歩を代表しているのだ！[25]

遺伝的に畜群であることを宿命づけられている（ユダヤ人に代表される）「先アーリア土着民」と遺伝的に支配者であることを宿命づけられている「アーリア系征服種族」は髪の色、肌の色、頭蓋の長短といった生物学的な差異によって客観的に識別される。世界史とはこの非アーリア種族とアーリア種族の二千年来の確執の歴史のことであり、この和解なき闘争は近代に至って前者の圧倒的な増殖の前に、後者が全戦線で後退を強いられている危機的状況として展望される。

すべては目立ってユダヤ人化され、キリスト教化され、ないしは賤民化されていきます。（……）この毒が人類の全身に隈なくまわっていくのを止めることはできそうもありません。[26]

このニーチェの言葉はもう（ほぼ同時期に書かれた）エドゥアール・ドリュモンの『ユダヤ的フランス』の次のようなプロパガンダと選ぶところがない。

ユダヤ人を他の人間たちとは違ったものにしている本質的特性とは何かをより注

意深く、より真剣に考え、私たちの作業をセム人とアーリア人の民族的・生理学的・心理学的な比較から始めることにしよう。セム人とアーリア人は、はっきりと分かたれ、たがいに決定的に敵対し合う人種の人格化であって、この両者の対立が過去の世界を満たしており、将来においてさらに世界をかき乱すことになるであろう。[27]

ニーチェの超人道徳はこうしてその壮大な意図も空しく「反ユダヤ主義神話」のうちに崩落してゆく。たとえ本来の意図は人類の進歩であり、限界の超克であるとしても、その思想がある人間集団に劣等な「固有の本質」をあてがい、それを「否定する」という仕方で戦略化される限り、その思想に未来はない。そこから帰結されるものは排他的でエゴサントリックな暴力だけである。果たして、ニーチェのテクストは、のちにドイツのユーゲント運動のうちに、ついで国家社会主義者たちのうちに熱狂的な讃美者を見出すことになる。

とはいえ、私たちがニーチェの「超人道徳」から学びうる教訓は決して少なくない。ニーチェは、大衆社会における倫理の可能性についてのつきつめた省察から、「精神の貴族がいなければならない」という結論を導いたところまでは間違っていなかったからである。私たちがニーチェと袂を分かつのは、そのあとのことである。

私たちが希望をよせるのは、「卑俗なもの」たちへの嫌悪や排除による「斥力《せきりょく》」をばねとして「距離」を稼ぐような相対的「貴族」ではない。さりとて、大衆から孤絶した脱俗の境地で独りシリウスを仰ぐような絶対的「貴族」でもない。世俗の汚泥にまみれて、なお精神の貴族性を失わない人間に私たちはいかにして出会うことができるか、それがニーチェ以後の倫理の問いである。

8　大衆の反逆

ニーチェの超人道徳は現代の倫理に二つの重要なアイディアをもたらした。

一つは、倫理を静態的な「善い行為と悪い行為のカタログ」としては定立せず、「今、ここにおける倫理的なる行動とは何か？」という問いを絶えず問い続ける休息も終わりもない絶望的な「超越への緊張」として、ひたすら前のめりに走り続けるような「運動性」として構想したことである。

いま一つは、倫理を、万人がめざすものではなく、「選ばれたる少数」だけが引き受ける責務として、「貴族の責務」（noblesse oblige）として観念したことである。

ニーチェはこう書いている。

> 高貴であることのしるし。すなわち、われわれの義務を、すべての人間にたいする義務にまで引き下げようなどとはけっして考えないこと。おのれ自身の責任を譲りわたすことを欲せず、分かちあうことをも欲しないこと。自己の特権とその行使を、自己の義務のうちに数えること。（……）こうした種類の人間は孤独というものを知っており、また孤独がいかに強烈な毒を含んでいるかを知っている。[28]

義務についての激しい使命感、それが「孤独な」少数者にのみ求められていることについての自覚。このような意識のあり方を仮に「選び」（élection）の意識と呼ぶことにする。「選ばれた」人間は、倫理的な責務を「すべての人間に対する義務」にまで拡大することを求めない。それは彼らだけに求められている義務である。彼らに課せられた責務は「譲渡不能」であり、「分割不能」である。そのように過剰な責務を割り当てられているという事実が倫理的主体を「高貴」なものたらしめる。

　このニーチェの発想それ自体は、これから論じるオルテガにもカミュにもほとんどそのままのかたちで受け継がれている。ニーチェと彼らの分岐点は、この「選ばれてあること」とは「他の人々よりも多くの特権を享受すること」とか「他の人々よりも高い地位を得ること」とか「奴隷」に対する「主人」の地位を要求するというかたちをとらない点にある。それどころか、彼らにとって「選ばれてあること」の特権とは、他の人々よりも少なく受け取ること、他の人々よりも先に傷つくこと、他の人々よりも多くを失うことという、受難する順序の優先権というかたちをとるのである。

ニーチェの獅子吼から30年後の大戦間期——ダダとシュールレアリスムとジャズと「失われた世代」とボルシェヴィズムとファシズムとナチズムと世界恐慌の時代——に大衆社会のあり方を冷徹に分析した一冊の書物が公刊された。その書物が「超人道徳」と「倫理なき時代」を結ぶ、重要な論理的架橋を提供してくれる。その書物とはホセ・オルテガ・イ・ガセット（1883—1955）の『大衆の反逆』（*La rebelión de las masas*, 1930）である。

大衆社会論の古典とされる『大衆の反逆』はニーチェが「畜群」という名で罵り続けた社会階層「大衆《マッス》」が、テクノロジーの進歩と民主主義の勝利によって、社会全体を文字通り空間的に占有するに至った状況をきわめて悲観的に論じた書物である。この中でオルテガははっきりとニーチェの影響を受けた大衆社会論を展開する。それは、社会を「大衆」と「エリート」に二分し、「大衆」を徹底的に批判し、「選ばれたる少数派」の高い倫理性に人間社会の未来を託そうとする考想である。

このオルテガの論の立て方は、とりわけ左翼的な知識人から「エリート主義」あるいは「貴族主義」として強い反感を買うことになった。しかし、私たちはオルテガの「精神の貴族主義」とニーチェの超人思想を混同してはならない。それは全く別ものである。それに、オルテガが『大衆の反逆』の中で予言したさまざまな事態——ナチズムとファシズムの勃興、革命ロシアの全体主義国家への変質、ヨーロッパの知的・政治的没落、アメリカ的ライフスタイルの世界制覇、さらには来るべきヨーロッパ統合までが、その後ことごとく現実のものとなったことを思うと、彼の炯眼《けいがん》には十分な敬意を払って然るべきだろう。

オルテガは大衆社会の本質をこう言い切る。

他人と違うのは行儀が悪いのである。大衆は、すべての差異、秀抜さ、個人的なもの、資質に恵まれたこと、選ばれた者をすべて圧殺するのである。みんなと違う人、みんなと同じように考えない人は、排除される危険にさらされている。[29]

たしかにこの「大衆」は相互模倣を原理としている集団であるという点で、ニーチェの「畜群」に似ている。しかし、彼らの精神構造は、強圧的な支配者（「父」）を自己の外部に想定し、それへの隷従を幸福と感じる「奴隷」のそれとはかなり様子が違う。というのは、「大衆」は近代のテクノロジーが可能にしたさまざまな物質的利便さと、民主政治によって提供された人権のおかげで、きわめて快適に生活を過ごしているからである。彼らの欲望は着々と充足されており、この欲望充足の営みを規制しようとするものにはなんであれ（たとえ「父」からの強圧的命令であれ）彼らはまるで従う気がないからである。

いま分析している人間は、自分以外のいかなる権威にもみずから訴える、という習慣をもっていない。ありのままで満足しているのだ。べつにうぬぼれているわけでもなく、天真爛漫《てんしんらんまん》に、この世でもっとも当然のこととして、自分のうちにあるもの、つまり、意見、欲望、好み、趣味などを肯定し、よいとみなす傾向をもっているのだろう。（……）大衆的人間は、その性格どおりに、もはやいかなる権威にも頼ることをやめ、自分を自己の生の主人であると感じている。[30]

「勝ち誇った自己肯定」はニーチェにおいては「貴族」の特質とされていた。オルテガにおいて、それは「大衆」の特質とみなされる。ニーチェの「畜群」は愚鈍ではあったが、自力で思考しているとか、自分の意見をみんなが拝聴すべきであるとか、自分の趣味や知見が先端的であるとか思い込むほど図々しくはなかった。ところがオルテガ的「大衆」は傲慢にも自分のことを「知的に完全である」と信じ込み、「自分の外にあるものの必要性を感じない」まま「自己閉塞の機構」の中にのうのうと安住しているのである。ニーチェにおいては貴族だけの特権であったイノセントな自己肯定が社会全体に蔓延したのが大衆社会である。

自己肯定と自己充足ゆえに、彼らは「外界」を必要としない。ニーチェの「貴族」は「距離のパトス」をかき立ててもらうために「劣等者」という名の「他者」を必要としたが、「大衆」はそれさえも必要としない。彼らは「外部」には関心がないのだ。

> 今日の平均人は、世界で起こること、起こるにちがいないことに関して、ずっと断定的な《思想》をもっている。このことから、聞くという習慣を失ってしまった。もしすでに必要なものをすべて自分がもっているなら、聞いてなにになるのだ？[31]

今や大衆が権力者なのだ。彼らが「判断し、判決し、決定する時代」なのだ。

自己充足と自己閉塞のうちにある「大衆」の対蹠点にオルテガは「エリート」を対置する。その特性は自己超越性と自己開放性である。

すぐれた人間をなみの人間から区別するのは、すぐれた人間は自分に多くを求めるのにたいし、なみの人間は、自分になにも求めず、自己のあり方に満足しうぬぼれている点だ（……）一般に信じられているのとは逆に、基本的に奉仕の生活を生きる者は、選ばれた人間であって、大衆ではない。なにか卓越したものに奉仕するように生をつくりあげるのでなければ、かれにとって生は味気ないのである。（……）高貴さは、権利によってではなく、自己への要求と義務によって定義されるものである。高貴な身分は、義務をともなう[32]。

なぜ「エリート」が存在しなければならないのか。オルテガはその問いに「野蛮」への退行を阻止するため、と簡単に答える。

大衆社会とは、自己満足、自己閉塞というふるまいの結果、個人が原子化し集団が砂粒化した状態である。この「分解への傾向」をオルテガは「野蛮」と呼ぶ。

あらゆる野蛮な時代は、人間が分散する時代であり、たがいに分離し敵意をもつ小集団がはびこる時代である[33]。

バルカン半島や中近東における民族的・宗教的な抗争や、アフリカにおける部族紛争のうちに私たちは「野蛮」の最悪のかたちを見る。これらの民族対立や宗教対立を駆動しているのは、「純粋」化、「純血」化、つまり同質な者たちだけから成る閉鎖的集団への細分化の指向である。そこで求められているのは、排除であり、差異化であり、断絶であり、内輪の言語である。そこには、自分とは異質な者と対話を試み、ある種の公共性の水準を構築し、コミュニケーションを成り立たせようとする指向が欠如している。オルテガはこれを「野蛮」と呼ぶ。
「文明」とは自分とは違うものを同じ共同体の構成員として受け容れること、そのような他者と共同生活を営めるようなコミュニケーション能力を持つものたちによってはじめて構築される。他者との共同生活を可能にするもの。それは愛とか思いやりとか想像力とか包容力とかいう個人レヴェルの資質ではない。そうではなくて、公共的な水準に擬制された制度である。

手続き、規範、礼節、非直接的方法、正義、理性！　これらはなんのために発明され、なんのためにこれほどめんどうなものが創造されたのだろうか。それらは結局、《文明》というただ一語につきるのであり、《文明》は、《キビス》(civis)つまり市民という概念のなかに、もともとの意味を明らかに示している。これらすべてによって、都市、共同体、共同生活を可能にしようとするのである。

（……）文明はなによりもまず、共同生活への意志である。[34]

「共同生活への意志」を持つもの、それが市民であり、オルテガのいう「貴族」である。オルテガによれば、「貴族」の条件は身分でも資産でも教養でも特権でもなく、この「自分と異質な他者と共同体を構成することのできる」能力、対話する力のことである。つまり、「貴族」とはその言葉の最も素朴な意味における「社会人」のことなのである。社会とは本来貴族たちだけによって構成されるべきものなのである。

社会は貴族的であるかぎりにおいて社会であり、それが非貴族化されるだけ社会でなくなるといえるほど、人間社会はその本質からして、いやがおうでもつねに貴族的なのだということである。[35]

これで、オルテガのエリート主義がニーチェの貴族主義と全く異質のものであることが明らかとなるだろう。ニーチェはエリートを定義するために、それが「何でないか」という否定形を重ねることしかできなかった。エリートの条件は最後には「人種」概念にまで矮小化した。一方、オルテガは、はっきりと貴族がなにものであるかを語る。それは人間の特殊な形態ではなく、人間の「本来の」姿である。だから、すべての人間が貴族になり、市民になり、公共性を配慮し、奉仕の生活を生きる姿を「文明」の理想として語ったのである。

ニーチェに比べるとオルテガの言葉はいかにも健全であり、凡庸であり、非浪漫的である。しかし、私たちはあえてオルテガの意見に与しようと思う。

大衆社会は、それがどのようなテクノロジーによって満たされ、成員たちにどのような政治的特権を配分していようとも、自己開放、自己超克の契機を持たない限り、本質的に「野蛮」な社会である。なぜなら、大衆というのは本質的にきわだって「政治的」な存在仕方であり、大衆社会の究極の言葉は、「私には存在する権利がある。私は正しい」に集約されるからである。それに反して、貴族社会とは「私の存在する権利」と「私の正しさ」がつねに懐疑されるような社会のことである。「私」には「私以外のもの」に優先して存在する権利があるのかどうか、「私」には「私以外のもの」を非とする権利があるのかどうかを終わりなく思い迷うような人々によって構成されている社会である。ずいぶん平凡なことのように聞こえるだろうが、「私には人を殺す権利がない」といかなる状況においても言い切れるということこそが、「文明人」であり、「社会人」であり、「貴族」であることの唯一の条件なのである。

オルテガによってすらりと言い出されたこのテーゼは、しかし政治的暴力が吹き荒れる現場では貫徹することのきわめて困難な「正論」である。この「正論」を机上の論としてではなく、血なまぐさい政治闘争の経験の結論として振り絞るようにして語り出した思想家について、次節以下では検討してみたい。その思想家とはアルベール・カミュである。

9　不条理の風土

アルベール・カミュ（1913―1960）の思想は「不条理の哲学」と呼ばれている。「不条理」(absurde) という言葉はニーチェの「神は死んだ」を別の言葉で表現したものである。別の哲学的な用語で言い換えれば「世界の無意義性の自覚」ということになるだろう。

私たちが日常生活を無反省的に生きているとき、世界は意味と現実感に充ちているように感じられる。それが不意に、突然意味を失い、色あせ、不気味で、見知らぬ「異邦」の風景として感じられるようになることがある。私がここに今存在することのたしかさが希薄になり、見慣れた人々が機械仕掛けの人形のように見えてくる。私たちが不意に転落する、この状態をハイデガーは「世界の適所全体性の崩壊」とか「世界の完全な無意義性」というふうに表現した。ある社会学者はこれを「規範喪失」

と名づけて、そのあり方を次のように記述している。

> このような限界状況はよく夢や幻想のなかに生じる。それは、世界にはその〈正常な〉面のほかにもうひとつの面があって、ひょっとすると、今までそれと認めてきた現実の見方ははかなくて欺瞞でさえあるのではないかという執拗な疑惑として意識の地平に現われてくる場合がある。（……）人間存在の限界状況は、すべての社会的世界がもつ内在的な不安定さを露わにする。社会的に規定されたすべての現実は、潜在する〈非現実〉によって脅かされ続ける。社会的に構成された規範秩序《ノモス》はすべて、規範喪失《アノミー》へと崩壊する不断の危険に直面しなければならない。（……）ノモスは、強力で異質なカオスの力にさらされながら、建立された殿堂なのである。[36]

「異邦」感覚とは、ノモスの壁に亀裂が入り、カオスの露出に直面したときの恐怖である。それはノモスの世界の足元に底なしのカオスが開口し、無底の闇のうちに呑み込まれる経験である。この「異邦」感覚それ自体は近代の発明ではない。同じように世界の脆さを感じていた人々は古代にも中世にも存在しただろう。しかし、それが時代全体に取り憑き、時代全体に共有される「世紀病」的な気分となって蔓延したのは近代以降のことである。
「予定調和的な世界の崩壊」感覚のグローバリゼーションにはいくつもの理由が挙げられる。19世紀末から始まる都市化、産業化、技術革新。電気、無線、映画、自動車、飛行機といった「近代的テクノロジー」によるライフスタイルの激変。第一次世界大戦でそのテクノロジーが産み出した戦車、戦闘機、毒ガスといった効率的な人間抹殺装置。そして貨幣価値の暴落。

ヨーロッパには、1918年まで「年金生活者」という一つの社会階層が存在した。祖先の建てた石造りの家に住み、祖先が使った家具を使い、祖先の買った債券の利子で一生労働することなしに暮らせるこの「高等遊民」はヨーロッパの文化資本の主要な生産者であり消費者でもあった。そのような生き方が可能であったのは、ヨーロッパの主要国の貨幣価値が17世紀から第一次世界大戦勃発までほとんど変動しなかったからである。彼らにとっての「世界」のイメージは、私たちが今想像するよりもはるかに静的で、堅牢なものであった。だから「世界の崩壊」は迫真のリアリティーを以て世紀の転換期の人々によって生きられたはずなのである。

この時期の思想家たちが競うようにこの規範喪失状態の対象化を哲学的な優先問題としたことは考えてみれば自明のことである。ハイデガーの「存在論的不安」、ヤスパースの「限界状況」、サルトルの「吐き気」、バタイユの「体験」、レヴィナスの

「ある（il y a）」といった哲学的な術語はいずれもこの規範喪失状態を指示している。カミュの「不条理」もそのような経験を記述する彼のオリジナルな用語法である。カミュは不条理の経験を次のように描き出している。

異邦性、それは世界には「厚みがある」と気づくことだ。一つの石がどれほどまでよそよそしく、どれほど私たちの理解に抵抗するかを、どれほどかたくなに自然が、風景が私たちを否定するかを知ることだ。すべての美しいものの底には非人間的ななにものかが横たわっている。（……）世界の原初の敵意が数千年を超えて私たちに向かって立ち上がる。その一瞬、私たちはもはや世界が理解できなくなる。なぜなら私たちが何世紀もの間、世界について理解してきたものとは、実は、私たちがあらかじめ世界に仕込んでおいたかたちや図柄だったからである。（……）世界は世界それ自体となり、私たちの理解を超えてしまう。（……）この世界の厚みとよそよそしさ、それが不条理ということである。[37]

ノモスの崩壊とカオスの露出。図式的に言えば「不条理」とは規範喪失経験そのものである。このような経験が20世紀のヨーロッパ哲学者たちひとりひとりにその思想形成の初期条件として与えられた。彼らはそれぞれにこの規範喪失経験とどう立ち向かうかというかたちで彼らのオリジナリティを構築した。そして彼らの多くは、この規範喪失状況を「教化的契機」としてとらえるという解決策を選んだ。彼らは規範喪失状況を、乗り越えられるべき過程、弁証法的な綜合に至るための否定的な契機として生産的・功利的に解釈した。いわばそれは、人間を「成長」させる教育的な「迂回」あるいは「試練」として構想されたのである。試練をたくみに通過したものは、より包括的で全体的な「上位の知」に到達することになるだろう。

規範喪失経験を、より包括的より全体的な上位規範の定立への過渡とみなすこの予定調和的な考想をカミュは「哲学的自殺」と呼ぶ。キェルケゴール、ハイデガー、フッサール、シェストフらの哲学的理説についてカミュは厳しい断罪を行っている。

実存哲学について言うと、どの哲学も例外なしに私に逃亡を勧める。そして、奇妙なロジックによって、彼らは理性の瓦解する不条理という場所、人間たちだけしかいない閉じられた世界のうちにありながら、彼らを圧し潰すものを神聖化し、彼らから奪い去るもののうちに希望のてがかりを見出すことになるのである。[38]

これらの哲学においては、人間理性の挫折の経験は「人間理性を超えるもの」——それは「超在」「存在」「超越者」などさまざまな名で呼ばれる——の認知にただちにリンクしている。しかし、論理的に言えば、「人間理性に限界がある」という命題からは「人間を超える超理性が存在する」という命題を導くことはできない。カミュはこの論理的飛躍を、「逃避」、「屈従」、「休息の原理」として退ける。

不条理が存在するのは、人間の世界のうちにおいてである。不条理という概念が永遠性への跳躍台と読み換えられる瞬間に、この概念と人間の明断性の間のつながりは断たれる。[39]

カミュは「人間しかいない、人間だけの閉じられた世界」に踏みとどまることを選ぶ。

この不条理の状態、ここに踏みとどまることが重要なのだ。[40]

それは「カオスの縁」に立ちつくして、超理性であれカオスであれ、永遠性の誘惑に抗し、眩暈《めまい》をこらえつつ揺れ動く均衡状態である。

不条理が意味を持つのはバランスのうちにおいてだけである。不条理はなによりも拮抗関係のうちにあり、この拮抗関係のいずれかの項にあるのではない。[41]

カミュは人間がとどまるべき領域とその知的課題を次のように限定する。

私はこの世界が私を超えるような意味を持っているかどうかを知らない。しかし私は自分がそのような意味を知らないことを、さしあたり私にはそれを知ることが不可能であることを知っている。私の限界を超えた意味が私にとって何の意味があるのだろう？　私は人間の言葉でしか理解することができない。私が触れるもの、私に抵抗するもの、それが私の理解できるものだ。[42]

規範喪失状況をそのねじれのままに、その不均衡のままに、その空虚さのままに、まるごと引き受けること。それを跳躍台として功利的に利用して、より安定的な上位のレヴェルに身をかわすのではなく、規範喪失状況そのものを日常的に人間の眼の高さで生きること、それをカミュは選ぶ。

境界線までたどりついた精神は判断を下し、おのれの結論を選ばなければならない。あるものは自殺し、あるものは回答する。しかし私は探求の順序を逆転させ、知性の冒険から出発して、日々の営みに戻ろうと思う。[43]

道は今や日常生活に通じている。道は再び匿名の「人々」の世界を見出す。しかし人間は今度は反抗と明察を携えてそこに戻ってくるのだ。[44]

理性の極北までたどりつき、カオスの縁から世界の無底をのぞき込んだあと、自殺することも「跳躍」することも拒否した人間は「もとの世界に戻る」他ない。それがカミュの選択である。ただしそれは「不条理」以前のように、無反省的な酔生夢死をむさぼるための帰還ではない。ノモスは脆弱な仮説造営物にすぎないことがあばかれた。しかし、世界を超越する意味や永遠の秩序を夢見ることは「理性の自殺」にすぎない。このふたいろの明晰な断念を携えて不条理の人間は世界に帰ってくる。このような推論を経由して、カミュはニーチェが残した冒頭の問いを見出すことになる。

上位審級なしに生きることが可能かどうかを知ること、それが私の関心のすべてである。私はこの問題領域から一歩も出るつもりはない。[45]

10　異邦人の倫理

「上位審級なしに生きることは可能か」という問いの最も過激化したかたちは次のような問いになる。「人を殺すことは可能か?」。人を殺すこと、それは「私」の自由の究極の発現形式、「私」の主体的可能性の限界である。だとすれば、上位審級なき世界での人間の行動準則を探求するカミュが「どういう場合に私は他者を殺すことができるのか(あるいはできないのか)」という問いを切実な思想的問いとして引き受けたのはことの必然である。もし「人を殺してもよい条件」というものを実定的に列挙しうるのであれば、それが「神なき時代」における正義と倫理の出発点となるだろう。だが果たして「人を殺してもよい条件」というものがありうるのだろうか。

『異邦人』という作品はこの問いに対するカミュの回答の試みであると私たちは考える。私たちは以下において、神なき時代の倫理を求めるカミュの悪戦の記録として『異邦人』というテクストを読んでみたいと思う。

すでに多くの批評家が指摘してきたように、この小説の中で主人公が最も頻繁に使う言葉は「それには何の意味もない」（Cela ne veut rien dire）「私には分からない」（Je ne sais pas）「どちらでも同じだ」（Cela m'est égal）である。事物にはそれぞれに固有の意味があること、ある事物と他の事物の間には差異があること、そのような固有の意味や差異を保証する局外的、中立的な判定基準があること、これを主人公は一貫して否定する。差異づけを拒み、すべての価値を平準化し、ある種の「平衡状態」を実現しようとする強い意志、「差異」や「位階」を無化しようとする力がこの小説の全編を貫いていると私たちは考える。この「無差異」（indifférence）をめざす力を私たちはとりあえず「均衡の原理」（principe d'équivalence）と名づけることにする。主人公ムルソーを海岸での殺人へと導くのはこの原理である。

ムルソーは友人たち（レイモン、マソン）と海岸へゆき、そこでレイモンに恨みを持つアラブ人のグループと三度にわたって、水準の異なる暴力行使を経験する。そのすべての機会において、彼らはつねに一つの行動準則に忠実である。それは、暴力の行使に際しては条件の均衡を期すということである。

最初の対決ではフランス人三人とアラブ人二人が遭遇する。この人数上の不均衡はムルソーを戦闘要員からはずすことで解決される。

レイモンは言った。「一悶着起きるようだったら、マソン、お前二人目のやつをやってくれ。おれはあいつを引き受ける。ムルソー、あんたは別にもう一人現れたら、そいつをやってくれ[46]」

結果は二対二の「平等な」殴り合いになる。フランス人たちは素手の戦いでは圧勝するが、ナイフを持ち出したアラブ人によってレイモンが腕を剔《えぐ》られ、口元を切り裂かれる。

この「不均衡」の解消のためには二度目の遭遇戦が必然的に要請される。レイモンはナイフに対抗するために拳銃を持ち出す。人数は（今度はマソンが不在のために）二対二と均衡しているが、ナイフと拳銃の殺傷能力差による「不均衡」が生じる。この「不均衡是正」のために、臨戦態勢にあるレイモンに対してムルソーは三度にわたって「戦闘条件の均衡化」提案を申し出る。

最初にムルソーは「むこうがまだなにも言い出さないうちに、いきなり撃つのは汚い」と言っていきなり立つレイモンに先制攻撃の不当であることを説得する。では、罵倒の応酬になったら撃ってもいいのかと訊ねるレイモンに、ムルソーは「ナイフを抜いたら撃ってもいい」と「正当防衛」の名分を求める。さらに緊張が増すと、「いや、男同士素手でやれ。君の拳銃は僕が預かる。もし、他のやつが出てきたり、あいつがナイフを抜いたら、僕が撃つ[47]」と言ってムルソーは三度目の条件の吊り上げを行う。

結果的に、アラブ人はひき揚げ、ことなきを得る。一度目の遭遇では負傷者が出たが、二度目はムルソーの必死の周旋のおかげで誰も傷つかずにすんだ。ここまでは、ムルソーの奉じる「均衡の原理」は暴力抑止にたしかに一定の効果を発揮したのである。

しかし、これで終わってはレイモンの負傷という「不均衡」が解消されない。この居心地の悪さがムルソーを海岸へ誘い出す。ムルソーは無意識のまま拳銃を携行し、無意識のままアラブ人がいる可能性の高い場所へと近づいて行く。そして、三度目の遭遇戦が行われる。ムルソーは一対一でアラブ人と遭遇する。アラブ人はナイフを抜く。二度目の遭遇に際してムルソー自身が吊り上げた「条件」がこのときにクリアされてしまう。人数は拮抗し、攻撃の意思は予告され、武器は選ばれた。「均衡の達成」を求める力がムルソーに銃を撃つことを要請する。ムルソーはまさに「均衡の原理」によってアラブ人殺害を余儀なくされるのである。

『異邦人』の世界は「均衡の原理」に支配されていると私たちは考える。それは経験的に、それが彼らの知る効果的な唯一の暴力制御の方法であるからだ。均衡さえ確保するならば、暴力は免責される。自分の死を代償とするならば、人を殺すことは正当化される。これが「異邦人の倫理」である。これはまたこの時期におけるアルベール・カミュ自身の現実的な行動準則であったと私たちは考える。

11　抵抗の理論と粛清の理論

自らの死を代償として与える用意のあるものは人を殺すことができる。私たちはこれを「異邦人の倫理」と呼ぶ。この倫理は小説世界にとどまらず、カミュにとっては政治的状況への自身のコミットメントを支える根本原理であった。むしろ、彼のレジスタンスへの関与（それは要するに「敵を殺す」ということだ）を論理的に正当化するためには、『異邦人』におけるエクリチュールの訓練がなくてはすまされなかったとさえ言えるかもしれない。

１９４２年、『異邦人』の完成とほぼ同時期にカミュはレジスタンスの地下出版活動に加わる。『異邦人』が空前のベストセラーとなり、カミュが時代の寵児となったまさにその時期に、カミュは非合法活動に決定的な仕方で参加し始めるのである。ベストセラー作家になり、注目を浴びるようになったので、非合法活動から距離を置くようになったというのなら話は分かる。そうではなく事態は逆なのだ。だとすれば、『異邦人』の完成をまってはじめて、「政治的暴力を正当化する思想」がカミュのうちでかたちをとったというふうに考えることはできないだろうか。

『異邦人』完成の直後、ドイツ占領下で地下出版されたレジスタンス文書『ドイツの友人への手紙』の中でカミュはこう書いた。

私たちには長い迂回が必要だった。私たちには長い遅延が必要だった。それは真理への気遣いが知性に強い、友情への気遣いが感情に強いた迂回であった。この迂回が正義を護持し、自らに問いかけ続けた側の人間たちに理ありとした。この迂回は高くついた。私たちはそれを屈辱として、沈黙として、苦痛として、監獄として、処刑の朝として、断念として、別離として、日々の飢餓として、やせこけた子供たちとして、そしてなによりも強いられた改悛として、支払った。それは順序として正しかった（Cela était dans l'ordre.）。そういった時間があったからこそ、私たちは人間を殺す権利が自分たちにはあるかどうか、この世界の暴虐にさらなる暴虐を付け加えることが私たちに許されるかどうかを知ることができたのである。[48]

ここでいう「長い迂回」にはドイツ占領下におけるフランス人同胞の受難だけでなく、おそらく『異邦人』の完成も含まれている。ともあれ、犠牲者の苦しみがドイツ人を殺すことを正当化し、フランス人が「汚れなき手」で戦争をすることを可能にす

ると カミュは書いている。これは死の相称性、暴力の相互性に基づいて正義を計量する「異邦人の倫理」そのものである。

戦争には『異邦人』の「判事」に相当するような上位の裁定者は存在しない。それはある意味では徹底的に「平等性」が貫徹する場である。だとすれば、「異邦人の倫理」はレジスタンス運動を論理的に正当化し、愛国的情熱を高揚させるという政治的目的に関する限り、きわめて効果的なプロパガンダだったはずである。事実、侵略者に対するフランス人の倫理的優位を保証し、抵抗に理ありとしたこのテクストは第二次世界大戦の軍事的勝利に少なからぬ貢献を果たしたのである(フランス政府は戦後、カミュのレジスタンスの功績に対して叙勲の意を表した)。カミュが戦後の一時期に享受した神話的威信の一部はこの軍事的功績に負っている。

しかし「被害者」は「汚れなき手」を以て人を殺す権利があるとするこの「均衡の原理」をおし進めると、論理的にはあらゆる「報復」が正当化されることになる。「異邦人の倫理」は戦争がフランスの勝利のうちに終わったときに深刻な難問に遭遇することになった。それは「粛清」の問題である。

戦後のフランスでは対独協力者、戦争責任者の「粛清」がすさまじい暴力をふるった。フランス現代史の「恥部」ともいえるこの戦後の粛清事件についてはほとんど公式資料が存在しないが、数千人のフランス市民が裁判抜きで処刑された。カミュはレジスタンス活動からの文脈上、戦争責任を追及し、均衡の回復を要求すべき立場にあった。アンリ・ベローという右翼のジャーナリストが戦時中の対独協力の罪で死刑宣告を受けたとき、慈悲を訴えるフランソワ・モーリアックと正義を求めるカミュは激しい論争を展開した。

「粛清が話題になるたびに、私は正義について語り、モーリアック氏は慈悲について語る」という言葉で始まるこの論説の中でカミュは次のように厳しい宣告を記した。

私が氏に言いたいのは、私たちの国が死に至る二つの道があるということである。（……）それは憎しみの道と赦しの道である。私にはいずれ劣らず有害なものに思われる。私は憎しみが好きなわけではない。しかし赦しがそれよりましとも思えない。今赦しを語ることは侮辱しているのと変わらないだろう。いずれにせよ、私には赦す権利がない。[49]

カミュのこの厳しい態度はしかし長くは続かなかった。こう書いた直後に、弁護の余地のない対独協力者であったロベール・ブラズィヤックの助命嘆願書にアルベール・カミュは逡巡の末、署名している。ブラズィヤックの助命嘆願書への署名をカミュに依頼しに来たマルセル・エメに対してカミュは翌日苦しい同意の返事をしている。

あなたのせいで私は寝苦しい一夜を過ごすことになりました。結局、私はあなたが要請してきた署名を今日送ることにしました。（……）私はこれまでずっと死刑宣告というものを激しく憎んできました。ですから、私は少なくとも一個人としては死刑宣告には、棄権を通じてさえ、加担しまいと決意したのです。[50]

同じく対独協力者であったリュシアン・ルバテの減刑嘆願に際してもカミュは同じ趣旨のことを書いている。

私はこれまで彼のような人間と徹底的に戦って来ました。しかし今、私はそれよりもさらに強い衝動に突き動かされて、死刑宣告された彼の減刑を求めます。一人の人間を殺すことよりも、彼におのれの過ちを省察する機会を与えることの方がより緊急であり、範例的であると考えるからです。（……）けれどもこれが私にとって決して容易な決断ではなかったことはご理解ください。[51]

カミュをとらえた「さらに強い衝動」とは、これもまた「異邦人の倫理」のうちにすでに含まれていたものである。レジスタンスにおいては表面化しなかったある問題が戦後粛清に直面して前景化してきたのである。「均衡の原理」に基づく「異邦人の倫理」は「上位審級なき世界において倫理的に生きる」ためにカミュが工作した理論的装置であった。レジスタンス活動には「均衡の原理」が貫徹していた。敵の生命を要求するためには、まず自分自身の生命を賭金に差し出す必要があったからである。

しかし、対独協力者の粛清は「均衡の回復」を求めているように見えているけれど、実体はまるで別ものだった。死刑宣告はフランスの国権を背景にした「裁判」である。それは上位審級から下される裁定である。

経験的に言って、「父」はしばしば「同胞」や「等格者」のような顔をして登場する。「父」はあたかも傷つけられ、失われた「均衡の回復」を求めるかのように裁きを求める。だが、それこそ詐術なのだ。「社会は償いを求めている」という常套句を「父」が口にするとき、償いを求めている「当事者」は実は存在しないからである。「社会」というのは、自分自身は傷つくことも、何かを失うこともない「父」が高みから裁きの暴力を下すときに用いる戦略的な虚辞にすぎない。ムルソーは獄中でこう回想している。

新聞はしばしば社会に対する借り（une dette qui était due à la société）について語って

いる。新聞によれば、その借りは償わなければならないのだそうだ。けれどもこれが何を意味するのか私にはぜんぜん分からない。[52]

負債とその精算が果たしうるのは、等格者たちの間、「ドイツの一友人と私」の間でだけだ。上位審級なき世界でのみ、均衡の原理は倫理の根拠たりうるのである。「均衡の回復」「負債の支払い」を「父」が求めるのは正義の実現のためではない。正義と倫理の裁定権を独占するためである。まさにそのような擬制と戦うためにカミュは彼の思想を構築してきたのである。

粛清に直面したときのこの一時的なダッチロールはカミュに「異邦人の倫理」の脆弱性について一つのことを教えた。それは「均衡の原理」だけでは倫理の基礎づけには不十分だということである。「均衡の原理」にもう一つ条件を付け加えなければ、倫理の立場は「同胞の顔をした父」「受難者のふりをする強権者」「弱者の味方のふりをする三百代言」によってたやすく略取されてしまうだろう。

いかにして「傷つけられた同胞のふりをする父」と「傷つけられた同胞」を判別するか、カミュはこの問いをそれ以後考え続けた。１９４０—60年代のフランスの左翼知識人たちが「犠牲を強いられたものには報復の権利がある」という単純なロジックによりかかって、うちそろって「階級闘争・民族解放闘争」に無条件の連帯を約束する中で、独りカミュは報復の応酬は憎しみの増殖にしか至りつかないことを指摘し、孤立を強いられた。しかし、その思想的にきわめて不遇であった時代に、カミュの中では倫理の基礎づけに関するより精緻な理論が熟成していったのである。

12　反抗の倫理

東西冷戦、階級闘争、植民地解放闘争、さまざまなレヴェルで「正義」の名における覇権闘争が激化していた1951年、カミュは「正義の名において人を殺すことは許されるか」という批判的主題の下に長大な著作『反抗的人間』を刊行した。この書物の主題は、先に対独協力者たちの助命嘆願を前に逡巡したカミュの「中途半端性」そのものである。

罪あるものを前にしても、それを断罪する資格が自分にあるとはどうしても思えない主体の苦渋。正義を明快な論理で要求しながらも、いざ正義の暴力が執行されるときになると正義があまりに苛烈であることに耐えられなくなる弱さ。そのようなカミュの曖昧なスタンスは私たちにはきわめて誠実なものと映る。しかし、時代はそのような中途半端性を許容しなかった。彼はそのためにたった一人でおのれの立場を擁護しなければならなかった。この書物で、カミュは二正面の仮想敵と戦っている。

一方には「歴史」の名において自らの革命的暴力を正当化するものたち（マルクス主義者、民族解放闘争主義者たち）がいる。一方には「すべては許される」をスローガンに「全的自由」を要求するものたち（シュールレアリストたち、イワン・カラマーゾフ的、ニーチェ的なヒーローたち）。前者は「歴史」という上位審級を根拠にして、後者はその不在を根拠にして、それぞれ自らの執行する暴力を正当化しようとした。これに対するカミュの反論は次のように（拍子抜けするほどに）常識的なものである。

普遍的な行動準則は存在しない、だからと言って何をしてもよいわけではない。

ただし、「何をしてはいけないのか」を「局外から」あるいは「上位審級」から判定することは誰にも許されない。私たちは全員、被害者であり同時に加害者であるような仕方で暴力的世界のうちにインヴォルヴされているからだ。私たちの仕事は、自分にふるわれた暴力と自分がふるう暴力について、実現すべき正義とその正義の実現に伴って発生する不正について、その収支を冷静な頭で定量することである。「どちらの暴力がより暴力的か」を判定する上で、少なくとも経験的には一つだけ準則が存在する。それは通常、自らの暴力行使を正当であるとするものの方が、自らの行使する暴力を正当化できないものの暴力より、より広範かつ徹底的である、ということだ。

「正義の実現」であれ「正義の不在」であれ、いずれにせよ「人間の範囲を超えた権威」「上位審級からの保証」を背負ってふるわれる暴力は、固有名において、私利のためにふるわれる暴力よりも圧倒的に大きな災禍をもたらす。従って、優先的な仕事は「自ら全的自由を叙任し、ほしいままに暴力をふるうことを許さない」という政治課題として設定される。

この「正当性を根拠にふるわれる暴力の制御」をカミュは「反抗」と名づけた。「反抗」とは限界を設定すること、いかなる名目のものであれ「他者を殺す」自由を認めないことである。

極限的自由、すなわち殺す自由は反抗の準則とは相容れない。反抗とは全的自由の請求などではない。反対に、反抗は全的自由をこそ審問している。反抗はまさに無制限の権力に異議を申し立てる。それは無制限の自由がある優越者に禁じられた境界線の侵犯を許すからである。包括的な自由を請求するどころか、人間存在があるところはどこであれ、自由にはそれなりの限界があること、限界こそがこの存在の反抗の力そのものだということが認められることを反抗は望んでいるのである。[53]

「私の自由」の極限的な発現とは、「他者の自由」の全的否定、すなわち殺人である。だとすれば、人間の自由に境界線があるとすれば、それは「殺してはならない」という「限界」に他ならない。自由の限界はまさに「汝、殺す勿れ」という「戒律」のかたちをとって到来するのである。

この「戒律」は上位の立法者から由来するのではない（誰であれ自らに「立法」権を賦与するような存在をカミュは認めない）。そうではなく、その戒律は今まさに殺されようとしている被害者の「顔」から発される。

反抗者とは、抑圧者に顔を向ける（dresse face à l'oppresseur）そのただ一つの動作によって、生命を擁護し、隷従と虚偽とテロルに対する戦いに身を投じるもののことである。[54]

自らに全的自由を叙権する抑圧者に対して、「それを限界づけ、それを阻止する」顔を向けるもの、すなわち「他者」から戒律は到来する。

この戒律は、今まさに殺されようとしている人間の、それでも「殺そうとしている私」を見つめ返すまなざしから、「自らを放棄せぬもの、身を委ねぬもの、私を直視し返すもの」のまなざしから、訴えとして、祈願として、命令として、私に到来するのである。「上位審級」なしになおかつ行動しうるための準則があるか、とカミュは自らに問うた。この問いに彼はとりあえず次のような答えを得たことになる。

私の自由の前に立ちふさがり、私の暴力の対象となっているその瞬間に「私を見つめ返すもの」を恐れよ。これが唯一の戒律である。あらゆる倫理はこの戒律に基づいて築かれることになるだろう。こう考えると、『異邦人』でムルソーがアラブ人を殺すことができた理由が理解できる。ムルソーが殺人に踏み込むことができたのは、均衡が達成されたからだけではない。海岸での殺人の場面において、殺されるアラブ人の「顔」が訴えたはずの倫理的命令「汝、殺す勿れ」はムルソーには届かなかったからである。ムルソーがアラブ人の「顔」を最後まで見ることができなかったからである。

海岸を歩むムルソーは「灼けた大気」と「影」という二つの遮断幕のせいでアラブ人の顔をうまく直視することができない。そのときアラブ人がナイフを出して太陽にかざす。

> まさにそのとき、私の眉毛にたまった汗が転がり落ち、生ぬるく厚いヴェールで睫毛を覆った。私の眼はこの涙と塩の幕で盲目となった。(Mes yeux étaient aveuglés derrière ce rideau de larmes et de sel.)[55]

拳銃を発射する前、ムルソーは瞬間的に「盲目」となった。より正確には「盲目になる」ことによってはじめてムルソーはアラブ人を殺すことができたのだ。人は盲目にならずには他者を殺すことができない。「私」を見返す者を「私」は決して殺すことができない。「異邦人の倫理」にこうして「抵抗の倫理」が付け加えた条件によって、とりあえずカミュにとっての倫理の基礎づけは果たされたのである。

13 ペスト患者あるいは紳士の礼節

長々と書き続けてきたこの論考もそろそろ結論を導くべき段階に至った。私たちは「なぜ人を殺してはいけないのか?」というラディカルな問いを求めてこの論考を始めた。そして今私たちは一つの結論にたどりついたと思う。

「汝、殺す勿れ」。これが絶対的戒律である。その戒律の正統性は宗教的な起源によって保証されているのではないし、刑法の定める処罰への恐怖によって支えられているのでもない。その戒律の絶対的正統性は、「私」がまさに暴力をふるわんとしているそのとき、「私」をじっと見返す他者のまなざしから由来する。「私」が他者を「殺そう」とするそのときに「私」を見つめ返すそのまなざしは端的に「私」の暴力性、「私」のエゴイズム、「私」が存在することの邪悪さを、「私」に知らしめるからである。他者のまなざしは、「私」が生き、呼吸し、空間を占拠し、太陽の光を浴びていることの正当性を揺るがす。私が存在することによって、迫害され、権利を奪われ、空間を占拠され、光を遮られている他者がいることへの「疚しさ」が「私」の中に兆す。「私」が存在することの自明性についての疑念と不安、「汝、殺す勿れ」の戒律が私たちの中にひきおこす意識の攪乱はそのようなかたちをとる。

この「自我の存在の正当性そのものへの懐疑」としての倫理の起動は、『ペスト』の中で登場人物の一人タルーの口から語られる。

タルーが「ペスト患者」(pestiféré) と呼ぶのは「正義の暴力」の上に築かれる社会秩序に同意するものたちのことである。タルーは死刑宣告の上に成立する正義に同意することができない。かといって「もはや誰も殺されることのない世界を作り出す」ための革命闘争にも同意することができない。そこでもまた革命的正義の名において暴力が無制限に行使されているからである。正義の名において罪人に斬首を要求する裁判官も「暴力を廃絶するための暴力」を正当化する革命家たちも、等しく「ペスト患者」なのである。

全員が自分の中にペストを抱えている。この世界では誰一人その感染を免れることができない。[56]

こうしてタルーは裁判官である父の下を去り、ついで身を投じた革命運動からも脱落する。

僕が殺すことを拒絶した瞬間に、僕は決定的にこの世界から追放されてしまったのだ。[57]

タルーが最後にゆきついたのはペストが隠喩としてではなく、災禍として経験されている都市である。そこで彼はペストと戦う限り、自分もまたペストに罹患せずにはいられないという出口のない状況に置かれ、ある倫理的な覚知を達成する。それはペストとは「私」の「外部」にあって、戦い滅ぼすべき「悪」であるのではなく、「外部」なるものを想定し、そこの「悪」を凝縮させ、それと「戦う」という語法でしか「私」の生き方を語れないタルー自身の「症状」だということである。ペストとは自分の外側に実在する何かではなく、「私」の不幸の説明原理として、そのような「実体化された悪」をおのれの外部に探し求めずにはいられない「私」の思考の文法そのものだということである。タルーはこのとき気づく。「私」が制御すべき最初で最大の暴力は、他でもない「私」自身が行使しているのである。こうしてタルーは一つの堅牢で美しい倫理の言葉を編み上げることになる。

> みんな自分の中にペストを飼っている。誰一人、この世界の誰一人、ペストに罹っていないものはいない。だからちょっとした気のゆるみで、うっかりと他人の顔の前で息を吐いたり、病気をうつしたりしないように、間断なく自分を監視していなければならないのだ。自然なもの、それは病原菌だ。（……）紳士とは、できるだけ誰にもペストをうつさない者、可能な限り緊張していられる者のことだ。[58]

「ペスト」とは「私」が「私」として存在することを自明であるとする人間の本性的なエゴイズムのことである。おのれが存在することの正当性を一瞬たりとも疑わない人間、「自分の外部にある悪と戦う」という話型によってしか正義を考想できない人間。それが「ペスト患者」だ。私たちは存在しているだけですでに悪をなしている可能性がある。私たちが生きているだけですでに他者に害をなしている可能性がある。これがタルーの倫理の起点である。だから、私たちにできる最良のことは、あらん限りの努力を以ておのれの自分の邪悪さを抑えること、おのれを冒している病をこれ以上伝染させないことである。そのような控えめな抵抗でさえ決して容易なわざではないのだ。それを試みられる人間をカミュは「紳士」(l'honnête homme) と名づけた。

人間は「他の人々と同じ」ように生きているだけでは、ペストへの加担から逃れることができない。人間は「より人間的になる」ためには、自らへの倫理的負荷を「他者よりも高く」設定しなければならない。そのことをこの語は含意している。自らの本性的邪悪さを浄化してゆく不断の「自己超越」(このような言葉遣いそのものはニーチェの「超人」思想とそれほど違うわけではない)。しかし、この「自己超越」は「超人」や「貴族」という(やや浪漫的な)語と「紳士」という(凡庸な)語の語感の違いが正しく示しているように、決して同じものではない。カミュの「紳士」は何らかの種族的召命を地上に実現するためにいるのではない。そのような壮大な企図は彼とは無縁である。おそらく「紳士」が日常生活の中で実践するのは、老母を敬い、妊婦に思いやりを示し、一人の相手に二人がかりでかかってゆくのをとどめるくらいのことにすぎないのかもしれないし、ドアの前で「お先にどうぞ」と人に道を譲ったりすることにすぎないのかもしれない。しかし、この「日常的な営み」はある徹底した覚悟性に支えられている。つまりそれは難破する船の最後の救命ボートの最後の席についてさえ、にこやかに「お先にどうぞ」と言い切る決意を以て口にされているのである。これは「謙譲」であり、「礼節」であり、ある種の「やせがまん」でもある。

そのようなほとんど死語に類する概念が「20世紀の倫理」の「最後の言葉」であることに意外の感を覚える方は少なくないだろう。けれどもカミュが「均衡の原理」つまり「暴力の相互性」の倫理から、私と他者の「責務の非相称性」の倫理へと進んだ行程は極度の知的緊張だけが可能にしたものなのである。それはニーチェ以前的な境位への退行でもなく、凡庸なストック・フレーズの再録でもなく、長期にわたる苦渋にみちた省察の結論なのである。そのことは、倫理について徹底的な省察を試みたもう一人の哲学者が、カミュとほとんど同じ言葉を用いて語っているという事実から推し量ることができるだろう。私たちはこの論考の最後をエマニュエル・レヴィナスの言葉で閉じたいと思う。

他者を尊重するとは、他者に一歩を譲るということです。「お先にどうぞ」と道を譲ることとです。つまり紳士の礼節なのです。ああ、この表現はとてもぴったりしています。自分よりも先に人を行かせること。このちょっとした紳士的礼節のきらめきが他者の顔へ接近する一つの仕方なのです。けれども、どうして譲るのは「私」であって、「あなた」ではないのでしょうか？　これは難しい問題です。というのも「あなた」もまた「私」に向かって近づいてきているはずだからです。

けれども、紳士の礼節、あるいは倫理の本義とは、そのような相称性については論じないというところに存するのです。[59]

註

1 Albert Camus, *Interview à «Servir»*, 1945, in *Essais*, Gallimard, 1965, p. 1427.
2 フリードリヒ・ニーチェ、『悦ばしき知識』、（ニーチェ全集、第八巻）信太正三訳、理想社、一九六二年、一八八—一八九頁。
3 ジョン・ロック、『統治論』、宮川透訳、中央公論社、一九六八年、二七一—二七二頁。
4 ルイ・アルチュセール、『政治と歴史』、西川長夫他訳、紀伊國屋書店、一九七四年、二八頁（強調は原著者）。
5 同書、二九頁（強調は原著者）。
6 同書、三〇頁（強調は原著者）。
7 ニーチェ、『善悪の彼岸』（ニーチェ全集、第十巻）、信太正三訳、理想社、一九六七年、一四二頁。
8 同書、一四四頁。
9 同書、一六四頁（強調は原著者）。
10 同書、一六五頁。
11 同書、一五八頁（強調は原著者）。
12 同書、一五五頁（強調は原著者）。
13 ニーチェ、『道徳の系譜』、木場深定訳、岩波書店、一九四〇年、三二—三三頁。
14 同書、三四頁（強調は原著者）。
15 同書、三七頁。
16 同書、三一—三二、三七頁。
17 同書、四二頁。
18 同書、二二—二三頁（強調は原著者）。
19 『善悪の彼岸』、二七三頁（強調は原著者）。
20 同書、二〇三頁（強調は原著者）。
21 同書、二六九頁。
22 ニーチェ、『ツァラトゥストラ』、手塚富雄訳、中央公論社、一九六六年、六四頁。
23 同書、六六—六七頁（強調は原著者）。
24 『善悪の彼岸』、二八四頁（強調は原著者）。
25 『道徳の系譜』、四四頁（強調は原著者）。
26 同書、三六頁。

27 Édouard Drumont, *La France juive*, Marpon & Flammarion, 1886, tome I, p. 5.
28 『善悪の彼岸』、二九三頁（強調は原著者）。
29 オルテガ・イ・ガセット、『大衆の反逆』、寺田和夫訳、中央公論社、一九七一年、三九四頁。
30 同書、四三〇頁（強調は原著者）。
31 同書、四三八頁。
32 同書、四三〇―四三一頁。
33 同書、四四二頁。
34 同書、四四二頁。
35 同書、三九五頁。
36 ピーター・L・バーガー、『聖なる天蓋 神聖世界の社会学』、薗田稔訳、新曜社、一九七九年、三四―三五頁。
37 Camus, *Le Mythe de Sisyphe*, in *Essais*, Gallimard, 1965, pp. 107-108.
38 *Ibid.*, p. 122.
39 *Ibid.*, p. 124.
40 *Ibid.*, p. 128.
41 *Ibid.*, p. 124.
42 *Ibid.*, p. 136.
43 *Ibid.*, p. 117.
44 *Ibid.*, p. 137.
45 *Ibid.*, p. 143.
46 Camus, *L'Étranger*, in *Théâtre, Récits, Nouvelles*, Gallimard, 1962, p. 1164.
47 *Ibid.*, p. 1166.
48 Camus, *Lettres à un ami allemand*, in *Essais*, p. 223.
49 Camus, *Combat*, 11 janvier, 1945., in *Essais*, p. 286.
50 Olivier Todd, *Albert Camus, une vie*, Gallimard, 1996, p. 374.
51 *Ibid.*, p. 375.
52 Camus, *L'Étranger*, p. 1202.
53 Camus, *L'Homme révolté*, in *Essais*, pp. 687-688.

54 *Ibid.*, p. 687.

55 Camus, *L'Étranger*, p. 1168.

56 Camus, *La Peste*, in *Théâtre, Récits, Nouvelles*, p. 1425.

57 *Ibid.*, p. 1426.

58 *Ibid.*

59 François Poirié, Emmanuel Lévinas, *Essais et Entretiens*, Babel, 1996, p. 108.

（『神戸女学院大学論集』46（1）、1999年7月）

アルジェリアの影

——アルベール・カミュと歴史

1　徹底的に属人的な思想

「アルジェリアの影」というタイトルは編集者から依頼されたものである。本巻の構成と私の過去の研究業績から推して、私に課されたのはアルベール・カミュ（一九一三—六〇）についてのコメントだろうと思う（鷲田先生に確かめたわけではないので、もしかすると違うのかもしれない。違っていたらごめんなさい）。

いずれにしても、カミュは哲学史的には「日の当たらない場所」におり、このタイトルは正しくカミュの立ち位置を指示している。現に、この『哲学の歴史』シリーズの中にはカミュのために献じられた項目が存在しない。私はアルベール・カミュを二〇世紀において最も射程の遠い思想を語った哲学者の一人と評価しているけれど、その評価に同意してくださる方はごく少数なのである。

だが、それにもかかわらず、カミュのテクストは現在でも本巻に収録されているどの哲学者のものよりも多くの人に読まれている。私の記憶に間違いがなければ、『異邦人』（一九四二年）はすでに半世紀にわたって「フランス語で書かれた小説」のベストセラー・ランキング一位の座を占め続けている。この記録を更新する作品がフランス語で書かれる可能性はこれから先もおそらくないだろう。

死後半世紀を経てもなお新たな読者を獲得して読み継がれているという事実と、その哲学史的な評価の低さの「ミスマッチ」に私は興味がある。なぜアルベール・カミュは哲学史の「影」に置かれるのか？　これが、私がこの短い文章の中で考察してみようと思う問いである。

結論から先に言うと、カミュが哲学史で名誉ある地位を与えられないのは、カミュ自身がはなから哲学の歴史に地位を占める気がなかったからである。

彼には先行する学派を「乗り越え」たり、弟子たちを養ったり、哲学の歴史に「創造の斧の跡」を残したりする気はなかった。彼は間違いなくユニークな哲学者であり、その思考を美しく響きのよいフランス語に託すことについては掛け値なしの天才であったけれど、彼が信じ頼ったのは、論理の水準では正否の判定がつかないものについても、「嫌なものは、嫌だ」ときっぱり断定させてくれる彼自身の身体感覚のたしかさであり、それ以外のものではなかった。その意味で、カミュの思想は徹底的に属人的なものである。それはカミュ以外の人間がカミュのように推論したり、カミュのように書いたりすることは不可能だということを意味している。だから、「カミュ学派」とか「カミュ哲学」というものは原理的に存立しえない。私たちに許されているのは、しなやかで熱く、欲望し享受することにおいて際立って高性能の身体に生まれついた青年が、その皮膚を通じてたしかに感知した世界の震えと厚みに、彼の言葉を通じて触れることだけである。しかし、それだけでも私たちに遺贈された精神的な資産としては十分ではないかと私は思う。

カミュはアカデミックな哲学研究の集中的な訓練は受けていない。だから、一九五二年のサルトル＝カミュ論争のとき、ジャン＝ポール・サルトルから不勉強について厳しい言葉を浴びせられたときも、カミュは反論しなかった。サルトルはこう書いた。

> 僕は君に『存在と無』を参照してくれとすすめることはよそう。あれを読んだところで君はいやにむずかしいと思うだけだろう。君はむずかしい思想はきらいだから、わからなかったろうと言われないように、そこには理解するに足るものはなにもないと、あっさり判断をくだしてしまう。[1]

私はこのサルトルの批評は正鵠《せいこく》を射ていただろうと思う。カミュはノートを取りながら哲学書を読むような人間には見えないからだ。彼にとって、哲学書というのはふと思い立ってぱらぱらとめくれば、「今まさに読まれねばならない当の言葉」が目に入ってくる、そのような便利なレファランスだったはずである（本人に訊いたわけではないが、たぶんそうだと思う）。哲学研究者の目には、このような哲学に対する

「なめた」態度は許しがたいものと映じただろう。だが、カミュは書物についてもまた自分の身体感覚だけを信じていた。だから、サルトルの想像した通り、カミュが『存在と無』を手に取ったことがあったとしても、「いやにむずかしい」と思い、これは自分宛に書かれた本ではないと結論して本を閉じたはずである（仮に例外的な忍耐力を発揮して読み通したとしても、それによってカミュのサルトルに対する評価が変わるということはなかっただろう）。

2 『シシュポスの神話』

この自分の身体感覚しか信じないという構えはカミュのすべての作物ではっきりと表明されている。カミュはその哲学的処女作『シシュポスの神話』（一九四二年）の冒頭で早くもこう断定している。

真に深刻な哲学的問題はただ一つしか存在しない。それは自殺である。人生が生きるに値するか否か。それは哲学の根本的な問いに答えることである。自余のこと、世界に三つの次元があるかどうかとか、精神は九つのカテゴリーを持つか一二のカテゴリーを持つかといったことはその後の話である。そんなのはたわごとにすぎない。[2]

哲学の主題の過半は「たわごと」であるという挑発的なフレーズからカミュはその哲学的省察を書き始めたのである。哲学者たちはさぞや激昂したと思う。けれども、カミュはまさに哲学者たちを激昂させるためにそう書いたのである。続けてカミュはこう書いているからである。

どうしてこの問いが他の問いよりも緊急であるか、そのわけを私なりに考えると、それはこの問いが行動に関わるからである。私はかつて存在論的主張のために死んだ人のあることを知らない。ガリレオは重要な科学的真理を主張したが、命が危うくなると知るやたちまちそれを否認した。ある意味で、彼の振る舞いは適切であった。こんな真理は人を一人火刑にするに値しないからだ。[3]

当代のフランス人哲学者たちが論じている問題のほとんどは、「それを否認すれば生かしてやるが、それを主張し続ければ殺す」という究極の選択を前にしたときにただちに否認されるたぐいのものである。カミュは哲学者たちに向けてそう言い放ったのである。

この挑発的な書物をガリマール書店から上梓したとき、カミュは弱冠二九歳であった。おそらく当時の年長の知識人たちは、『異邦人』はたまたますぐれた小説だったが、この「哲学書」は哲学に対する敬意をいちじるしく欠いた、青年客気の暴論にすぎぬと斥けたはずである（私ならそうした）。

けれども、「解放」の時が来て、この青年が地下出版の『コンバ』誌を通じて、占領下フランスの知的・倫理的高みを支え続けた伝説的なレジスタンス闘士と同一人物であることが知られるに至って、『シシュポスの神話』を嗤《わら》った人々は青ざめて口をつぐまざるをえなかった。カミュが言いきった通り、占領下に「存在論的主張のために」死んだフランス人はいなかった。そして、どのような論理と倫理に基づけば、人は死ぬことを受け容れ、殺すことを自分に許すことができるかを問い続けたこの青年こそは、屈辱的な占領と見苦しい対独協力のあと、フランスがなお「精神的な勝利者」として戦後社会に再登場することに例外的な寄与を果たしたのである。フランスの倫理的な体面を保ったという点で、カミュ以上の貢献を果たした哲学者を同時代に探すことはほとんど不可能である。

私たちは歴史的事実を忘れがちだが、一九四二年の段階でレジスタンスに参加していた者は、ある資料によれば、全フランスでわずか二〇〇〇人にすぎなかった。それが数十万人に膨れ上がったのは、連合軍のノルマンディー上陸作戦の成功で戦争の帰趨がほぼ決したあとに、先を争って「勝ち馬に乗ろう」とした人々がいたからである。カミュはその最初期の、レジスタンスが最も孤立して危険なものであった時期からの寡黙な闘士の一人であった（サルトルが連合軍パリ入城の日にコメディ・フランセーズを「解放」したというエピソードはカミュにとっては悪い冗談のようなものだった）。サルトルは占領下のパリでいっしょに飲み歩いていたダンスのうまいハンサムな青年作家が地下活動の英雄であることを「解放」のときまで知らなかった。もし、カミュが他のブルジョワ青年たちと同じく占領時代を不満と散発的な反抗のうちに過ごしただけなら、若書きである『シシュポスの神話』はすぐに忘れ去られたであろう。けれども、アルベール・カミュは自著の哲学史的重要性を彼自身の行動を通じて実証してみせてしまった。これはまことに例外的なことである。哲学者は本来そういう振る舞いを期待されていないからである。ある哲学者が彼をよく知る周囲の人間からは不実で低劣な人物に見えても、そのことは彼の哲学の意義を少しも損なわない。しかし、自分の哲学の深みと意味を自分の具体的な生き方を通じてきっぱりと証明してしまった人間をどう遇したらよいのか、そのマニュアルは哲学の授業では教えない。

　どこかでアルベール・カミュは「厄介払い」されなければならない。それはおそらく戦後フランスの哲学者たちの暗黙の合意事項であった。そして、現にその通りに事態は推移したのである。

3　サルトル＝カミュ論争

終戦後の数年間、フランス知識人たちの威信のいくぶんかはカミュの存在によって担保されていた。この傲岸で無学な「アルジェリア生まれの不良」がフランスの倫理性の保証人だったのである。それが知識人たちにとってどれくらい「鬱陶しい」状況であったかを想像することは難しい。私たち日本人はカミュのような思想家を歴史上に有したことがないからである。だが、この「鬱陶しさ」を想像しない限り、「カミュの哲学史的不遇」という論件には理解が及ばない。

カミュの威信の重苦しさは、サルトルほどの非妥協的な知性でさえ、カミュに向かって「真実をすべてぶちまけることを僕はいつも控えてきた」[4]と告白していることから知られる。サルトルがカミュを批判してももう「天上からの雷撃」を心配しなくても大丈夫だという確信を得られるまでには解放後七年を要したのである。

サルトル＝カミュ論争は、サルトルが主宰する『現　代《レ・タン・モデルヌ》』誌にフランシス・ジャンソンが『反抗的人間』（一九五一年）に対する長文の否定的書評を寄稿したことから始まった。この書評にカミュは「『現代』の編集長への手紙」で反論し、これにサルトルが「アルベール・カミュに答える」という絶交状で応じた。

私が興味深く読んだのは、その絶交状の中でサルトルがカミュの「無謬性」について繰り返し、恨みがましく言及している個所である。

> 君は君の批評家たちと議論したり、君の反対者と対等で論戦する気持がない。君は教えるつもりなのだ。『現代』誌の読者を啓蒙しようという、教訓的な、結構な意図で、君はジャンソンの論文を取りあげている。（……）俎上の論文が、君の本を論じていようがいまいが、そんなことは君にとってどうでもいいことだ。神から価値を保証されているのだから、君の本のことは問題にならない。（……）だが、カミュよ、君の本を論じることが、どんな神秘な作用で、人類から生きる理由をのぞくことになるというのか。君にたいする非難が、どんな奇蹟によって、ただちに瀆聖《とくせい》に変るというのか。[5]

カミュの傲岸を告発するために選択されているこれらの大仰な措辞は、サルトルたちから見たときのカミュのいまいましいほどの威信をはしなくも証言している。同時代の知識人たちの目からはアルベール・カミュは「神からその価値を保証されている」ように自信に溢れて見え、その思想を批判することはほとんど「瀆聖」に等しいほどの威信を具えた人物だったのである。むろん、カミュの「仰々しさ」と映ったもののいくぶんかは、周囲の人々が勝手にカミュに投影した幻想にすぎない。けれども、それだけでカミュを「厄介払い」することの理由としては十分だった。

サルトルは歴史主義の立場からこう書いた。

一九四四年には、君の人格は未来であった。一九五二年には、それは過去である。（……）君が君自身であることを望むのなら、君が変らなければいけなかったのだ。ところが君は変ることを恐れた。[6]

たしかに、この論争をきっかけにカミュの知的威信は失われた。けれども、それはサルトルが言うようにカミュが歴史的状況の中で果たすべき役割を見誤ったからではない。カミュはナチス・ドイツに対して正しく振る舞ったせいでその知的威信を獲得し、スターリン主義に対して不適切に振る舞ったせいでその知的威信を失ったわけではない。カミュはあとにも先にも、「歴史」に連帯保証人になってくれと頼んだことは一度もなかったからである。「いかなる上位審級も自分の選択の正しさを保証してくれないときにも、なお人は正しい選択を行いうるか？」という問いこそカミュが最初から最後まで手放すことのなかった問いだった。

だが、それでもカミュはサルトルの批判に深く傷つき、彼のテクストの魅惑であった知的放縦はこの論争をきっかけに失われて二度と回復することはなかった。

けれども、カミュがその魅惑的な語り口を失ってしまったのは、サルトルに論理的に打ち負かされたからではない。彼はおのれの皮膚感覚が「この男は私の友人だ」と保証し、その声に従って胸襟を開いた年来の友人に、ほとんど弊履《へいり》を棄つるがごとくに絶交されたという、受け容れがたい事実に傷ついたのである。

4 男か／男でないか

誰を信用し、誰を信用すべきでないかについて、私は論理に先立って確信を持つことができるというおのれの身体感覚への圧倒的な信頼が、カミュの知的開放性を基礎づけていた。自分がどれほど単純な原理で人間を判定しているか、そのことをカミュは繰り返し自慢げに書いていた。

若いころ、私のまわりでは人間を判断するときに、その男がコミュニストであるか王党派であるかというようなことは誰も言挙げしなかった。(……)人間を判定するときには、その人間がどんな意見を述べていようと、富裕であろうと貧乏人であろうと、区会議員であろうと街角の居酒屋の主人であろうと関係ない。人を見極める基準は一つしかない。「あいつは男だ」か「あいつは男じゃない」か、それだけだ。

この素朴な審判はそれ自体がきわめて単純な判断要素に基礎づけられていた。嘘をつく者、自分の妻やあるいは自分自身の威信を踏みにじられたときに名誉回復に臆する者、盗みを働く者、力を濫用する者、そのようなやつは男ではない。非力な隣人であっても、あえて戦う男は、たとえ地面に打ち倒されても、男である。(……)モラルとは勇敢であり公正であること、他者の内の男を敬し、おのれ自身の内の男を敬することに存する。私自身は私たちにはこれ以上のモラルは必要がないと思っている。[7]

カミュはこの「きわめて単純な判断」基準に基づいてレジスタンスを戦い抜き、「解放」を迎え、数年間フランスにおける政治的指南者の地位を占めていた。そしてある日、「適切な仕方で階級的責務を果たしていない」という理由で、親しい隣人の一人によって告発されたのである。カミュはその「隣人」を「男」だと思っていた

（本当のところは少し疑っていたけれど）。カミュはサルトルがマルクス主義者であることを知っていた。にもかかわらず、サルトルが採用している適否の基準は自分についてだけは例外的に適用されないと信じていた。なぜならアルベール・カミュは「男」であり、サルトルは政治的立場がどれほど異なっていても、最終的には「男」の真率《しんそつ》を信じるだろうとカミュは無邪気にも思い込んでいたからである。

カミュが「真の哲学者」であれば、サルトルの批判を歯牙にもかけることなく、その後も彼の崇拝者たちを相手に、得々と自説を貫き続けたであろう。だが、残念ながら、カミュは「真の哲学者」ではなかった。彼は自分の狭隘な、だがいきいきとした個人的な経験から引き出した「これだけは確かだ」という知見に有り金を賭けて、ここまで幸運にも勝ち続けてきた人であった。その幸運にサルトルは無慈悲に終止符を打ったのである。

サルトルはカミュに対する論告をこんな言葉で締めくくった。

> 「歴史」には意味があるか、「歴史」には目的があるか、と君は問う。僕にとっては、こうした問いが無意味だ。なぜなら、「歴史」は、それをつくる人間のそとにあっては、抽象的な、不動の概念にすぎず、それに目的があるとか、ないとかいうことはできない。そして問題はその目的を知ることにあるのではなくて、

それをあたえることなのだ。（……）人は「歴史」を超越する価値があるとか、ないとかは論じたりはしないだろう。ただ、それがあるとしたら、その価値は、原則的に歴史的な人間的行動をとおしてあらわれるものであることだけがわかっている。[8]

サルトルがこう書いてからわずか十年後に、一人の人類学者がマト・グロッソでのフィールドワークを通じて、この世界には歴史を持たず、新石器時代と同じ生活サイクルを繰り返し、いかなる歴史的行為もなさぬ人々が存在すること、にもかかわらず彼らには彼らなりの人間的尊厳があり、その世界は彼らなりに豊かな意味に満たされていることを示した。人間的行動の価値を決定するのは歴史という審級だけではない。人間の価値は「歴史的な人間的行動をとおしてあらわれる」と断言できるためには、「よほどの自己中心性と愚鈍さが必要である[9]」と書いて、クロード・レヴィ＝ストロースはサルトルのカミュに対する論告を部分的に無効にした。

5　絶対的なものと真理に対する情熱

アルベール・カミュはある意味でレヴィ＝ストロースが愛情を込めてその肖像を描いた「野生の人」に少しだけ似ている。彼もまた自分の行為の意味を「歴史」が決めることには同意しない。「歴史」は人間の行為の意味を（当人の意図とは無関係に）ときにはかさ上げし、ときには貶《おとし》める。だから、卑劣な行為が階級情勢の進展を早めたとして称えられたり、英雄的な行為があるべき歴史の行程をねじ曲げたとして非難されたりすることが起こりうる。カミュにとって、それはあってはならないことである。卑劣な行為はどのような文脈においてもつねに卑劣であり、英雄的な行為は、どのような状況においてもつねに英雄的であることをカミュは望んだのである。

『異邦人』の英語版の序文にカミュはこう書いている。

なぜムルソーはゲームのルールに従わないのか。答えは簡単である。彼は嘘をつくことを拒否するからだ。嘘をつくというのは存在しないものを言うことには尽くされない。むしろ、存在するもの以上のものを言うことである。人間の心が現に感じている以上のことを言うことである。それは私たちが、生きることを単純化するために、日々行っていることである。ムルソーは、その外観とはうらはらに、生きることを単純化することを望んではいない。彼は自分が何者であるかを言う。自分が感じたことを別の言葉に言い換えることを拒む。そのような人間に社会は脅威を覚えるのだ。（……）彼は貧しい裸の男であるが、太陽を愛している。なぜなら、太陽は影を残さないからだ。彼には感情がないわけではない。一つの深く執拗な情熱が彼を衝き動かしている。絶対的なものと真理に対する情熱である。[10]

カミュは哲学の歴史においてその役割を終えてしまった人である（そもそも、どんな役割も彼には引き受ける気がなかった）。だから、哲学史のシリーズの中にカミュのために割かれた章が存在しないのは判断としては適切である。けれども、二〇世紀の哲学的問題群のほとんどが忘れ去られた未来の世紀においてもなお、歴史を超えた「絶対的なものと真理に対する情熱」ゆえに、アルベール・カミュは少数の、だが熱烈な讃美者を末永く持ち続けるだろうと私は信じている

註

1 ジャン＝ポール・サルトル、「アルベール・カミュに答える」、サルトル、カミュ他、『革命か反抗か』、佐藤朔訳、新潮文庫、一九六九年、九三頁。

2 Albert Camus, *Le Mythe de Sisyphe*, in *Essais*, Gallimard, 1965, p. 99.

3 *Ibid.*

4 サルトル、前掲書、七四頁。

5 同書、七五—七六頁（強調は原著者）。

6 同書、一〇六—一〇七頁。

7 Camus, "Au service de l'homme", in *Essais*, p. 1544.

8 サルトル、前掲書、一〇九—一一〇頁（強調は原著者）。

9 C. Lévi-Strauss, *La Pensée sauvage*, Plon, 1962, p. 297.

10 Camus, "Préface à l'édition universitaire américaine", in *Théâtre, Récits, Nouvelles*, Gallimard, 1962, p. 1928.

（『哲学の歴史　第12巻　実存・構造・他者【20世紀Ⅲ】』
鷲田清一責任編集、中央公論新社、２００８年）

「意味しないもの」としての〈母〉

——アルベール・カミュと性差

1

1945年冬、ジャン＝ポール・サルトルはニューヨークの新しい恋人に会うためにアメリカの大学の招聘を受けて、パリをあとにした。残されたシモーヌ・ド・ボーヴォワールは鬱屈の日々を、最も近しいもう一人の男友達アルベール・カミュと頻繁に出歩いて過ごした。そのいささか背徳的な気分のまじった時期を彼女は率直な筆致でこう回想している。

ある晩、私たちはリップで夕食をとり、ポン・ロワイヤルのバーで看板までねばったあと、シャンパンを一本買い、ラ・ルイジアーヌで午前3時までおしゃべりしながらそれを空にした。私が女なので——ということは封建的な彼にとって対等な人間ではなかったので——彼はときどき私に親しく内心を打ち明けることがあった。私に『手帖《カルネ》』の一節を読み聞かせ、個人的な事柄について語り、彼に取り憑いて離れない問題を繰り返し口にした。それは『いつか真実を語らねばならない』ということだった。事実、彼の場合は、他の人たちの場合よりもずっと、実生活と作品の間に深い溝があった。二人で出かけて、夜が更けるまで飲んだり、しゃべったり、笑ったりしているときの彼は、人を笑わせてくれて、辛辣で、少しやくざっぽく、話題も相当にきわどかった。彼は自分の感情を制御できず、衝動を抑えることのできない男だった。[1]

これはその数年後、サルトルに与して「私の大好きだったカミュはもうずっと前から存在しなくなっていた[2]」と告げて訣別することになるボーヴォワールが、カミュについて書いた最も愛情のこもった、そしておそらく最も適確な肖像である。

この肖像のうちで私たちが興味を惹かれるのはカミュの一種の「幼児性」のまじり込んだ男性誇示《マチスモ》である。とりわけ彼が「封建的」(féodal)な男であるがゆえに彼女を「対等者」(égale)と見なさず、そのせいで節度なく彼女に内心を吐露することがあったという一節である。

ボーヴォワールのこの観察はカミュという人の思考の資質をみごとに言い当てている。

彼女をつねに自分と対等の人として遇してきたサルトルに対比したとき、カミュの男性誇示癖は、際立った特性と映ったことだろう。「封建的」という大仰な形容詞は彼女がカミュの性差にかかわる認識の「後進性」「未開性」を批判的に受けとめていたということと、この偏見を癒しがたい固疾とみなして、説得や教化をあらかじめ断念していたことをうかがわせる。

しかし不思議なのは、この時期彼女にとって理解しがたかったのは、彼女に内心を包み隠さず語っていたはずのサルトルの不透明性であり、彼女が慰めを得ていたのは「封建的」な男性の透明性であったということである。

サルトルは人間関係で何よりも大事なのは「透明性」(transparence) だと宣明していた。

人間関係を蝕むのは人々が他人に対して隠しごとや秘密を持つことです。(……)透明性が秘密に取って代わらなければなりません。二人の人間がたがいに秘密を持たず、内面も外面も等しくさらし合い委ねあうときに、二人の間には何の秘密もなくなることでしょう。[3]

しかし当時のボーヴォワールにとってサルトルは本人が信じているほど分かり易い人物ではなかった。

15年間も続いている関係では、どれだけのものが習慣に属しているのだろう。どれほどの妥協をそれは含んでいるのだろう。私の答えははっきりしている。でもサルトルの答えは分からない。私は以前よりは彼のことを受け容れられるようになっていた。けれどもそのせいで彼はかえって不透明（opaque）になってしまった。[4]

このささやかな三角関係のうちに私たちは後年フェミニズムの論点となる性差のアポリアを透かし見ることができる。サルトルは性差を原則として認めない。

私たちは二人とも女性的本質（une nature féminine）なるものが存在するという考え方を認めません。[5]

彼にとって性差は単なる文化的な擬制にすぎない。ちょうど彼が『ユダヤ人問題についての省察』でユダヤ的本質（juiverie）を否定し、ユダヤ人の思考・行動の特性をすべて歴史的与件のうちに解消してみせたのと同一の論法でサルトルは性差を否定する。

「女らしさ」（féminité）「男らしさ」（masculinité）なるものは、一定の歴史的条件が強要する規範にすぎない。だからサルトルは自分の中にさえ「女らしさ」があることをいさぎよく受け容れる。

女性にはある種の感情の型式、存在の仕方があります。私は自分のうちにもそれを認めました。だからこそ私は男たちとよりは女たちとうまく話すことができるように感じたのです。[6]

性的本質の否定から「男女等格」論は直接に導出される。

私たちの関係において、私はあなた（＝ボーヴォワール）をつねに自分と対等の人（une égale）とみなしてきました。（……）私は自分があなたよりすぐれているとか、あなたより知的だとか活動的だとか思ったことはありません。（……）私たちは等格者でした。（Nous étions des égaux.）[7]

サルトルはこうして一切の差別を解消し、「本質」の呪縛から解き放たれた個体たちが「等格」で「透明」なかかわりを結ぶ社会を理想として提示することになる。この「男女等格」論に対比すると、カミュの性差認識の「封建性」は歴然としているように思われる。

しかしことはそれほど単純ではない。

第一に、カミュの性差認識の「封建性」は少なくとも一時期は、『第二の性』の著者との親密なコミュニケーションを妨げるものではなかったということ。

第二に、自分の「男らしさ」を自明の前提としていたのはサルトルの方であってカミュではなかったことである。「女らしさ」を自分のうちに認めるサルトルはその個人史を「男性特有の滑稽さ」から解放されてゆくプロセスとして回顧している。つまり出発点においてまず過剰な「男らしさ」が彼を満たしており、彼の努力はそれをそぎ落とし、「透明」なものとなることへ向けられていたのである。サルトルにとって「男らしさ」とは減算すべき何ものかとして把持されていたわけである。

一方、女性を等格者とみなさないカミュにとって、自分が「男である」（être un homme）ことは、自明の前提でも、出発点における所与でもなかった。一人の男性が生物学的に雄であることの文化的価値は、カミュにとってはさしあたりゼロである。「男らしさ」は行動を通じて構築され、他者の承認を得てはじめて個人の属性に加算されるものだからである。

この努力を怠るものは「男ではないもの」すなわち「卑劣漢」（vilain）に類別される。

サルトルと同じくカミュも「男らしさ」なる観念が文化的な擬制であることを知っている。にもかかわらずカミュは「男らしさ」に固執する。「男らしさ」なるものがある種の地域的・民族誌的偏見にすぎないことを知っていながら、それがいかなる汎通性も持ちえないことを知っていながら、なおカミュは「男らしさ」に高い賭金を積み続ける。

この屈折した性差認識の由来とその思想的な射程を検証するのが本論考の目的である。

男性誇示とはどのような具体的な徴候を示すのか、またそれはなぜ「非等格者」である女性に対する無防備な自己露出と親和するのか、これがさしあたり私たちの扱う問いである。

「男らしさ」を誇示する男性が女性に対してときに幼児的な甘えを示すことは、経験的には通俗的な「事実」にすぎない。しかし表層に露出したこの通俗的事実はカミュのテクストの最も解読しがたい箇所の端的な徴候なのだと私たちは考えている。

ボーヴォワールとは反対に、私たちは次のような仮説から出発する。「彼の場合は、他の人たちの場合よりもずっと、実生活と作品の間に深いつながりがある」。

アルベール・カミュの「男性」の物語の上に「父親の不在」が無縁であるとは思われない。この論件についてはすでに別稿で論じたけれど、[8] ここでは違う論脈で再び検証してみたい。

2

葡萄酒会社の社員だったリュシアン・オーギュスト・カミュは１９１４年10月、次男アルベールが生後11ヵ月のときに、マルヌの戦場で頭蓋に砲弾を受けて戦死した。母カトリーヌ・カミュは夫の死の衝撃で、もともとからの聴覚障害に言語障害が加わり、社会性の希薄な、極端に受動的な女性となった。彼女は読み書きができず、二人の子供たちが戦災孤児としての国家保護を受ける申請書類を作成することさえできなかった。

幼児二人をかかえた彼女はアルジェの実家に戻り、そこで彼女の母と弟と暮らすことになる。このアルジェの下層労働者街ベルクール（Belcourt）で、アルベール・カミュは17歳までを過ごした。

アルベールの叔父に当たるエチエンヌ・サンテスは『啞』（les Muets）の主人公イヴ

アールのモデルとなった樽職人で、やはり言語障害があった。一家を支配していた祖母は『裏と表』で活写されている通りの威圧的でヒステリックな女性であり、彼女がアルベールをその母から切り離すのは、よりねばついた情念的なかかわりを孫に強要するためでしかなかった。

これは見ての通りかなり傾向的な環境である。ここには子供を社会化するための「父性機能」の二つの働き——母と子供を切り離す「父の否」(le Non du père) と、子供に言語を習得させ、経験を記号化する仕方を教える「父の名」(le Nom du père) ——がともに欠落している。

父性機能が欠落した家庭環境で成熟しなければならなかった少年の「男性」観は、当然つよいバイアスを受けたものとなるだろう。

「父の不在」はさまざまな徴候としてカミュの自己造型プロセスに干渉してくる。

第一に、彼は模倣すべき範例を持つことができなかった。

ジャン・グルニエはカミュの家庭環境の特性を「範例の欠除」というかたちで総括している。

アルベール・カミュの父はアルザスの出身であり、母はスペイン出身である。彼らにとってはすべてが新しく、すべてがこれから作り上げられるべきものであった。(……)彼らには守るべきものはなかった。建設すること、打ち壊すこと、また建設すること、それがこの人たち――過去も、維持すべき伝統も、従うべき教訓も、仰ぐべき範例も持たず、ひたすら光のうちで生きることを喜ぶ人たち――の日々の仕事であった。[9]

カミュには誇るべき家名も、父祖の勲功も、伝えるべき家風もなかった。彼が知りえたのは彼の父祖たちは何らかの理由で故郷を喪失し、未知の荒野に運命を託した「根のない人々」(déraciné)だったという事実だけである。父母両系について、彼は二代以上遡ることができなかった(その大きな理由は入植者の多くがそうであったように、カミュの父祖たちも家族の伝承を記録に残すだけの読み書きの能力を有さなかったことによる)。

カミュがこの環境的与件から汲み出しうるものがあったとすれば、それはこの「根を失っていること」――別の言い方をすれば、範例のない状態を範例として生きること――を肯定的に捉えることの他にはなかった。

「父の不在」はカミュ一家に物質的窮乏をもたらした。カミュはこの状況を「赤貧」(dénuement)という言葉で言い表わしている。それは単に経済的に困窮し、身を包むものさえないというだけでなく、赤裸な、剝き出しの現実と直接的・無媒介的に対面しているという状況を指している。
カミュはこの状況の極限性からも肯定的な要素を汲み出す。

> 私は貧困のうちに生きていたが、同時にある種の豊饒性のうちにも生きていた。私は自分のうちに無限の力を感じていた。[10]
>
> 最大の贅沢とは私にとってある種の赤貧とつねに一致していた。[11]

赤貧が豊饒であるという逆説はそれほど複雑なものではない。ふだん私たちは「物語」のうちに無反省的に棲みついている。私たちはアモルフな現実を恣意的に分節し、整序し、「有意的連関」を構成し、そのような「世界についての物語」の繭の中に棲まっている。逆に赤貧とは「剝き出しにされてあること」である。アモルフな現実が非分節でカオティックで、「無意味」なままに肉迫してくる状態である。

現実を分節し、整合的な「物語」として構成しようとする人間的努力に対しては「世界の意味」が代償として与えられる。しかし赤貧が経験するのは、いかなる人間的努力の報償でもない「世界の無意味」である。「物語」を破裂させるような世界の奥ゆきと宏大さである。

豊かさのある段階においては空そのものも、満天の星も、自然の恵みのように思われる。けれど、梯子の一番下の段から見ると、空はそのすべての意味を回復する。対価なき恩寵だ。(une grâce sans prix.)[12]

「豊かさ」、それはおそらく「父」が「子供たち」に保証してくれるものだ。それは「名づけられたものは名を持つ」という一種の循環運動に支えられた安定性のことである。「赤貧」とは「名づけえぬものは名を持たない」という単純で眼の眩むような不安定性のことである。

しかしこの一種の無量性の経験は、人間の紡ぐ「物語」の矮小さを教えるだけでなく、「宏大である」ことの要請としても働く。無量性の経験が、人間の側に「容量の拡大」を求めるからである。

僕の生は拒絶するにせよ、受け容れるにせよ、切り分けることのできぬ一つの塊として僕の前にあった。僕にはある種の大きさが必要だった。(J'avais besoin d'une grandeur.)[13]。

カミュの家庭環境における「父の不在」はこうして「範例を持たぬことの範例性」「世界の非分節性の経験」「宏大さへの志向」といったとりとめのない徴候においてカミュの思索の初期条件を構成した。「男性」としてのカミュの自己造型はこの条件に規制されながら構想されることになる。

3

少年期のカミュの性差意識は「父の不在」と「母の現前」によって決定づけられた。母はアルベール・カミュにとって、世界の宏大さと混沌性を端的に体現していたからである。

彼女は不具で、うまくものが考えられない。[14]

彼女はほとんど言葉を発しない。

ときおり「何を考えているの」とたずねると「何も」と答える。本当にそうなのだ。すべてがあるから何もないのだ（Tout est là, donc rien.）。彼女の生も、彼女の利害も、彼女の子供たちも、ただその場にいるだけだ。あまりにも自然にそこにあるので彼女には感知されないのだ。[15]

彼女は「差異づけ」（différencier）をしない。彼女と世界のかかわり方はそれゆえ「無差異＝無関心＝分け隔てのなさ」（indifférence）というかたちをとることになる。彼女は差異づけと序列化を拒み、世界を分節する線から逃れ去る。

彼女は子供たちを愛している。彼女は分け隔てのない愛情で（d'un égal amour）子供たちを愛しているが、その愛情は決して彼らにはあらわに示されなかった。[16]

あの不思議な母の分け隔てのなさ！（*L'indifférence de cette mère étrange!*）そこにあるのはただ世界のあの広漠たる単独性（cette immense solitude）だけであり、それが僕に世界の宏大さを教えてくれるのだ。[17]

母は無差別で無際限な「愛」の湧出する源泉であり、その愛は「あらわに示される」（se révéler）ことがない。母はブランショ的な「夜」の晦冥のうちに隠れており、「開示」や「暴露」というような視覚的・光学的操作によっては捕捉されることがない。「母なるもの」についてのこのようなコノタシオンは特に独創的なものではない。老子の「玄牝《げんぴん》」からクリステヴァの「コーラ」まで、秩序以前の「生成するカオスの場所」はしばしば「母」のメタファーで語られてきた。

しかしカミュの母性認識の特徴は、そこに無秩序、無量（sans mesure）を見るだけでなく、「大きさ」の要請として、子供の成熟を方向づける力を認めることにある。

精神分析的知見による限り、差異化・秩序化を統御する父性機能に比して母が過剰なプレザンスを示すことは、子供の成熟の阻害要因となる。

しかるにカミュは「母の欲望」を「宏大さ」への要請として教化的に読み換えることによって、母性に主導された成熟というきわめて反西欧的、反近代的なモデルを造型してみせる。

母は父性の介入なしに、父が習得させる象徴や記号の助けを借りることなしに、その「広漠たる単独性」を以て、子供にある種の「明晰」をもたらす。母は、あたかも私生児を産み出すように、母性的「明晰」を産み出す。

> 僕には僕の明晰が必要だ。そうなのだ。すべては単純だ。物事を複雑にするのは人間たちなのだ。[18]（j'ai besoin de ma lucidité. Oui, tout est simple. Ce sont les hommes qui compliquent les choses.）

「僕の明晰」は独特な明晰だ。それは「すべてが単純」であること、つまり世界の生成は単一の起源を持つことを「僕」に教えるからだ。

オイディプス神話の究極的メッセージがもしレヴィ＝ストロースの言うように「私たちはなぜただ一人の産出者（un seul géniteur）ではなく、一人の母の他にさらに一人の父を持つようになるのかを理解すること」[19]にかかわっているとするならば、「僕の明晰」は反‐オイディプス的な生成解釈だということになるだろう。

カミュによれば、生成の唯一の起源は母である。私たちは「ただ一人の産出者」しか持たないのだ。「男たち」（les hommes）はただ「物事を複雑にする」ために事後的に到来するにすぎない。

子供の成熟を促すのは母の単独性と無量性なのである。

> 母は子供の言うことを聞かない。彼女は耳が聞こえないからだ。（……）母はいつでもそのように沈黙しているだろう。[20]

母は聞かず語らず、いかなる言語活動にも与しない。彼女はただ無言のうちに世界の深みを指示するばかりだ。子供はそこから成熟への推力を抽き出す。

彼は苦悩のうちで成長するだろう。大人になること、それが大事なのだ。(Être un homme, c'est ce qui compte.)[21]

「大人になること」「男になること」は父による去勢を経由することでも、言語活動を習得することでもなく、母の推力を得てある種の「明晰」と「大きさ」を獲得することである。

4

「男」は「父」ではない。
「男」とは「母」の主導の下で成熟した「子供」のことである。「男」の社会関係は二種類しかない。「男と母」の関係と「男と男」の関係である。「父」はどこにも占めるべき場所を持たない。

カミュはベルクールの「男」たちの肖像を次のような簡明な筆致で描き出している。


ベルクールでは（……）人々は若くして結婚する。人々は非常に早くから仕事に就き、10年間で人生の経験を汲み尽くしてしまう。30歳の労働者はすでに彼の手持ちのカードを使い切ってしまっている。彼は妻子の間で人生の終わりを待つ。彼の幸福は唐突で、無慈悲だ。[22]

ベルクールの男たちにとって、成熟とは確実に階梯を昇ったり、何かを積み上げてゆくような建設的な営みではなく、むしろカタパルトから勢いよく打ち出された少年が初速を失って失墜する救いのない経験に類比される。

彼らに栄光があるとすれば、それは人生を法外な安値で売り払ってしまう蕩尽の豪奢のうちにある。彼らにとって「人生は構築するものではなく燃尽するものなのだ[23]」。けれどもその蕩尽は決して無原則的なものではない。

この男たちは彼らなりの原則に従っている。彼らには彼らに固有のモラルがある。男は母に背いてはならない。表では妻の体面を保たねばならない。妊婦に思いやりを示さなくてはならない。一人の相手に二人でかかっていってはならない。それは「卑劣なこと」(Ça fait vilain)だからだ。以上の基本的戒律を守らない者は「男ではない」(il n'est pas un homme)とされる。それでけりがつく。[24]

この「男」たちのモラルは驚くほど率直に反‐父性的である。彼らは「母」たちに仕えるために努力の過半を割く。そして残りは「決闘」に注がれる。

なぜ「決闘」なのだろう。

ベルクールのモラルに従えば「男と男」の関係は「一対一」(d'homme à homme)でなければならない。男と男のかかわりに干渉するもの(「一人の相手に二人でかかるもの」)は「卑劣漢」(vilain)とされて、男たちの世界からは排除される。

男と男の「決闘的＝双数的(duel)」な関係に干渉する「第三者」は、ストリート・ファイトにおける加勢であれ、司直の裁定であれ等しく「卑劣」である。

一人の男が警官に引き立てられてゆくのを見ると僕の周りの人たちは一様に同情を示した。そしてその男が盗人か、親殺しか、あるいは単なる反骨漢か分からないときはいつもこう言った。「気の毒な奴だ」。そしていささかの称讃のニュアンスをこめてこう続けた。「あれは海賊だ」[25]。

犯罪者への共感は「第三者」としての警察・司法権力への根深い拒絶と結びついている。

ラカンの言うように、双数的（＝決闘的）関係を断ち切り、三項関係を構築するために介入してくるものが「父であり、法であり、言語である」とするならば、ベルクールの男たちがひたすら排除しようとしているものが何であるのかはおのずと明らかだ（事実カミュはベルクールにおいて最もありふれた犯罪として「窃盗」の次に「親殺し」（parricide）を挙げている。「母に背いてはならぬ」をモラルとする男たちが殺す親とは誰のことなのだろう）。

『異邦人』に登場する男たち（ムルソー、セレスト、レイモン、マソン）は典型的な「ベルクールの男たち」である。ムルソーの殺人は「決闘」のルールを厳密に自分に適用した結果であり、そのルールに照らす限り、この殺人事件にはどのような「不条理」性もない。

ムルソーの発砲は彼自身がその直前にレイモンに告知したルールの必然的帰結である。

男同士でやれ（Prends-le d'homme à homme.）。君の銃を僕によこせ。もし他の奴が出てきたり、あいつがナイフを抜いたら、僕が奴を撃ち殺す。（je le descendrai.）[26]

「男対男」の決闘に加勢に入ったり、武器を使ったりする者は「卑劣漢」であり「男ではない」から、「撃ち殺して」「けりがつく」（l'affaire est réglée.）のは当然のことなのだ。

これは「男たち」の常識に属する。だからこそ裁判で友人たちは逡巡することなくムルソーのために証言する。レイモンは「彼は潔白だ」と証言し、セレストは「彼は男だ」と証言し、マソンは「彼は誠実な男、勇敢な男だ」と証言する。

彼らは一様にムルソーが「男である」ことが事件の必然性と悲劇性を言い尽くしており、それが同時に免責事由たりうると信じている。

問題はまさに彼らが切り札のように口にする「男である」ことが法的言語の支配する場では何の意味も持たないことなのだ。

5

『異邦人』の主人公ムルソーはそのような意味においてカミュ的「男性」の究極の姿である。ムルソーは最後まで双数関係に固執し、第三者の介入を峻拒する。

冒頭の一節がこの物語の基調をなす経験を何のてらいもなく提示しているだろう。

> 今日、母が死んだ。(Aujourd'hui, maman est morte.)

「母が死んだ」のだ。背いてはならぬもの、格別の敬意を払うべきもの、そして「男」の唯一単独の産出者が消滅したのだ。つまりこの小説はムルソーにとっての世界の瓦壊から開始される。主人公は物語の冒頭ですでに半ば以上死んでいる。彼の刑死はすでに始まっていた死を成就するものにすぎない。

> 今日、母が死んだ。昨日かもしれない。僕には分からない。養老院から電報を受け取った。「御母堂逝去。埋葬明日。敬具」。このことには何の意味もない。(Cela ne veut rien dire.)[27]

「このこと」(cela)とは電報の文面を指すのではない。「このこと」とは「母の死」という出来事そのものを指している。

「母の死」はいかなる言語表現によっても汲み尽くしえない絶対的に非分節的な出来事として主人公を圧倒している。だから彼はこの出来事の起きたのが「今日か昨日か分からない」。日付には何の意味もない。そのような数量的分節に「母」は本質的に無縁だからだ（ムルソーは母の年齢さえ知らない）。

この出来事はどのような隠喩や象徴を以てしても代理表象しえないし、またするべきでもないとムルソーは感じる。彼はこの巨大な喪失感をそのまま剝き出しのかたちで維持しようとする。

彼はそれゆえ母の死について語ること、それを主題化することを自らに禁じ、服喪にふさわしい社会的演技を拒否する。それは母の死という絶対に名づけえぬ喪失の経験、無量性の経験を詐術的に象徴化し、馴致し、日常的・公共的に理解可能な事件にすり換えてしまうことだからだ。

母の死には涙してはならない。

誰にも、誰にも彼女の死を悼んで涙する権利はない。[28]

「死を悼んで涙する」ことによって「母の死」は「意味」を持ってしまうからだ。「母の死」はその純粋な「無意味さ」において保持されねばならない。

埋葬されたあとには（……）母の死も類別された事件（une affaire classée）となり、すべてはより公的な外観（une allure plus officielle）を帯びることだろう。[29]

「類別された事件」となり「公的な外観」を帯びるとき、母の死は「父の言語」の力域へ回収されてしまう。「男」は母の死をその双数的純粋性において、剝き出しの実相において保持しなくてはならない。

『異邦人』は母の死を有意味的な言語では語るまいとする「男」と、それを類別可能な公的事件として語り切ろうとする「父」の確執をドラマの緯糸として進行する。法の言語を語り、ムルソーの斬首（去勢）を求刑する検事は全身を父の隠喩で飾り立てている。彼は殺人事件とは直接何の関係もないはずの「母の死」に徹底的に拘泥する。それというのも彼は母の死について語るまいとするムルソーの意志のうちに父への最も危険な反逆を見抜くからである。

母の死に涙しないとは母の死を父の言語では語らないことであり、父の言語の全能性・汎通性に異議を申し立てることである。

「母を精神的に殺すものは、父を手にかけたものと同じ罪科で社会から排除されてきた」[30]と検事は語る。彼は正しくムルソーの罪を言い当てている。それは翌日同じ法廷で審理される被告と同じく「父殺し」（le meurtre d'un père）の罪なのだ。「この腰掛に坐っている男は明日この法廷が裁くことになっている殺人事件についてもまた有罪なのです」と検事は言い切る。「この男はその事由によって罰されねばならないのです[31]」。

検事は完全に正しい。「父の名」を拒み、母の「象徴的殺害」（原抑圧）に同意せず、父の言語を以てしては語りえない広漠たる「意味しないもの」を抱きしめたまま社会にとどまろうとする者は殺されねばならない。まさしく「この男に見出されるような心の空洞（le vide du cœur）が、社会をも呑み込みかねない一つの深淵（un gouffre）となるようなときには[32]」なおさら殺されねばならないのだ。

刑が確定したあと、次はムルソー自身の死を「類別された事件」にするために司祭がやって来る。社会に穿たれた「深淵」への開口部は縫合されねばならない。彼らの戦いは熾烈だ。

ムルソーは彼自身の死をもまた母の死と同じく、いかなる象徴化・記号化をも拒む「意味しないもの」として保持しようと望む。司祭は死に「意味」を与えようとする。

「あなたはそれでは何の希望も持たず、自分が完全に死ぬだろう（mourir tout entier）と考えて生きているのですか」と彼はたずねた。「そうです」と僕は答えた。[33]

神も来世も信じないと断言するムルソーにさらに司祭が食い下がるとき両者の対決の構図は明瞭なかたちをとる。

彼はなぜ僕が彼を「ムッシュ」と呼んで「神父様（わが父）」(mon père) と呼ばないのかとたずねた。この言葉が僕の怒りに火をつけた (Cela m'a énervé.)。僕は彼に向かってあんたなんか僕の父じゃないと答えた。僕の父は他の人たちのところにいる。[34]

クールなムルソーが篇中唯一怒りをあらわにするのは「わが父」の現前の承認を求められたときである。「父」はムルソーの「癇にさわる」(énerver) のだ。ムルソーは激昂して司祭の首を締め上げ、看守に制止される。司祭は「眼に涙を一杯にたたえて」姿を消す。司祭はムルソーの死に「涙を流して」みせる。彼の死の「意味」を司祭は一人で作り上げ、それを持ち帰る。

残されたムルソーは「激しい怒りによって不快な思いから浄化され」「世界のやさ

しい分け隔てのなさ（tendre indifférence du monde）に向けてはじめて身を委ねる」[35]。検事や司祭（「父たち」）と戦って「意味しないもの」を護持したことによってムルソーは小説の冒頭で喪失した「母」の「やさしい分け隔てのなさ」を回復する。残された仕事は、刑場で「憎しみの叫びに迎えられ」、決して「意味」を持つことのない死、「完全な死」を成就することだけである。

6

『異邦人』は私たちの解釈によれば「母の死」の根源的な表象不可能性を守ろうとする「男」と、すべてを表象しようとする「父」との間の闘争のドラマである。

この作品に私たちはカミュの性差認識の特質を認めることができる。それは男と女の性差は二次的なものにすぎず、真の「種差」は「男」と「父」の間にあるとする考え方である。

「父」とはときに国家権力であり、ときに神であり、ときに全体知（ヘーゲル＝マルクス主義）である。それらがいずれも双数的＝決闘的関係に第三項を介入させようとするものである限り、「一人の相手に二人でかかる」卑劣漢の場合と同じく「撃ち殺す」べきなのだ。だからカミュの思想的な戦いはつねに「父」を標的に進められることになる。

「母」は「男」の戦いの正統性の淵源である。しかし「母」は友人でも同盟者でもない。なぜなら「母」と「男」の関係は「父」の場合とは違った意味で非対称的だからだ。

「母」は「背いてはならぬもの」として「男」の上位にあり、「格別の思いやりを示すべきもの」として「男」の庇護下にある。崇敬されるにせよ保護されるにせよ、あるいは同時に崇敬されつつ保護されるにせよ、「母」は「男」とは決して等格になることがない。ボーヴォワールはカミュのかかる性差認識の構造を理解することができなかった。しかしたとえ「封建的」と揶揄されようとも、これはカミュの思考の本質にかかわることだったのである。

1952年のサルトル＝カミュ論争でカミュが決定的な傷を負ったことはかくれもない事実である。そのときにカミュを最も深く傷つけた言葉は（おそらくサルトル自身もその致命的効果を予測していなかった）次の言葉であろうと思われる。

君はかつては貧しかった。しかし今はそうではない。君はジャンソンや僕と同じようにブルジョワだ。（……）貧しき者たちの兄弟であると自称したければその人生のすべての瞬間を彼らのために献げる覚悟が必要だ。とすれば君は彼らの兄弟ではない。(……)彼らの兄弟? いや違う。君は「この人たちは私の兄弟です」と言う弁護士なのだ。というのもその台詞は陪審員を泣かせる決めの文句だからだ。分かってくれるだろうが、僕は訳知り顔の家父長的な演説(discours paternalistes)にはうんざりなのだ。[36]

サルトルは直観的にカミュが最も厭がる比喩を探り当てた。それは「法的言語を操るもの」にカミュをなぞらえることだ。サルトルは「陪審員」を泣かせる「弁護士」の役をカミュに振った。抑圧された兄弟の名において、誰一人反論できない正義の論を述べ立てる「暴力的で勿体ぶった独裁者」、それは『異邦人』でまさに正義の名においてムルソーに死刑を求刑する検事の姿と重なり合う。

カミュは彼自身が全力を尽くして戦ってきた当の敵手と同じ罪状で告発される。カミュはその過剰な「父性」によってサルトルに弾劾されたのだ。

この告発はおそらく全く予想外のものだったに違いない。「歴史」の名においてサルトルがカミュの「反動性」を批判した点について、カミュは十分な反論の備えがあったはずである。しかしまさか「家父長」的な「全能性」を痛撃されるとは思ってもいなかっただろう。

気づかぬうちに「男」は「父の言語」を語り始めていた。これはカミュの思想的営為の全行程が徒労であったことを意味している。

この救いない虚脱感をカミュは『転落』において重い口で語ることになるだろう。しかしこのテクストの奥ゆきを分析するだけの紙数はもう残されていない。

私たちはいずれにせよ「父」と「男」の非妥協的な対決という構図がカミュのテクストの深層につねにわだかまっていることを指摘するところで筆をとどめねばならない。

註

1 Simone de Beauvoir, *La force des choses I*, Gallimard, 1963, p. 79.
2 *Ibid.*, p. 355.
3 Jean-Paul Sartre, *Simone de Beauvoir interroge J.-P. Sartre*, in *Situation X*, 1976, pp. 141-142.
4 Beauvoir, *op. cit.*, p. 101.
5 Sartre, *op. cit.*, p. 131.
6 *Ibid.*, p. 118.
7 *Ibid.*, p. 129.
8 拙論「鏡像破壊——『カリギュラ』のラカン的読解」（本書収録）
9 Jean Grenier, *Albert Camus, Souvenirs*, Gallimard, 1968, p. 182.
10 Albert Camus, *L'envers et l'endroit*, in *Essais*, Gallimard, 1965, p. 6.
11 *Ibid.*, p. 7.
12 *Ibid.*, p. 24.
13 *Ibid.*, p. 39.
14 *Ibid.*, p. 25.
15 *Ibid.*
16 *Ibid.*
17 *Ibid.*, p. 26.
18 *Ibid.*, p. 30.
19 Claude Lévi-Strauss, *La structure des mythes* in *Anthropologie structurale*, Plon, 1958, p. 240.
20 Camus, *op. cit.*, p. 26.
21 *Ibid.*
22 Camus, *Noces*, in *Essais*, p. 72.
23 *Ibid.*
24 *Ibid.*
25 *Ibid.*
26 Camus, *L'Étranger*, in *Théâtre, Récits, Nouvelles*, Gallimard, 1962, p. 1166.
27 *Ibid.*, p. 1127.
28 *Ibid.*, p. 1211.
29 *Ibid.*, p. 1127.

30 *Ibid.*, p. 1197.
31 *Ibid.*, pp. 1197-98.
32 *Ibid.*, p. 1197.
33 *Ibid.*, p. 1208.
34 *Ibid.*, p. 1210.
35 *Ibid.*, p. 1211.
36 Sartre, *Réponse à Albert Camus*, in *Les Temps Modernes*, août, 1952, p. 336.

（『女性学評論』7号、1993年3月）

鏡像破壊

——『カリギュラ』のラカン的読解

人間はつねに自分がそう思っているよりはるかに多くの記号を駆使している。

ジャック・ラカン

1 序論

パブロ・ピカソは『尻尾をつかまれた欲望』(*Le Désir attrapé par la queue*) と題する戯曲をドイツ軍占領下のパリで書き上げた。ミシェル・レリスがその上演を企画し、友人たちを俳優に、一夜の祝宴が催された。

演出を担当したのは俳優・演出家として経験豊かなアルベール・カミュ。レリスの他、ジャン゠ポール・サルトル、シモーヌ・ド・ボーヴォワール、ドラ・マールらが贅沢な文士劇に興じた。

ジャン゠ルイ・バローやジョルジュ・バタイユも観客としてレリス家の客間に顔を見せた賑やかな上演ののち、一同は、ピカソとカミュを囲んで記念写真を撮影した。

その写真の後列左端に、トレード・マークのボウタイを着用したジャック・ラカンが横顔を示している。一九四四年三月一九日の夜、アルベール・カミュとジャック・ラカンは「ささやかな座興」の一夜を共有した。[1]

カミュの『カリギュラ』が刊行されるのはその二月後、ラカンが『〈私〉の機能を形成するものとしての鏡像段階』をチューリヒの学会で発表するのはその四年後である。

私たちはカミュとラカンの知的交流について寡聞にして知るところがない。H・R・ロットマンの詳細なカミュ伝にもラカンとの交遊については言及がない。おそらく両者のかかわりはレリス家のサロンで一夜をともにしたこと以上の逸話を持たないのであろう。

カミュとラカンは私たち日本人の読者にとって思想史的には全く無縁の文脈で受容されてきた。カミュはマルロー、ジード、モーリアック、ポーランといった人たちがフランス文芸を支配していた「旧王朝時代」の寵児であり、フーコー、アルチュセール、レヴィ＝ストロース、バルトといった人たちとともに語られることの多いラカンは臨床の精神分析家であり、その著作のほとんどは、専門家のためのテクニカルなテクストである。

しかし一葉の写真は、彼らがその主要なテクストを書きつつあった歴史的・文化的な与件を共有していたという単純であると同時に謎の多い事実を私たちに教えてくれる。

同一の文明的「危機」を状況として生きた二つの卓越した知性の一方は「鏡」の破壊をクライマックスに設定した戯曲を、一方は「鏡像」を経由して自我が想像的に形成される過程を理論化した。

二人に共有された「鏡」は単に偶有的な符合にすぎないのだろうか。それとも「鏡」の選択には何らかの必然性がひそんでいたのだろうか。

ラカンにとって鏡像の主題は先行する心理学上の知見（ボールドウィン、ワロン、クライン）とのかかわりから論及しないではすまされぬものであった。しかし、カミュにとって鏡の選択にそれほどの必然性があったようには思われない。カミュは、発達心理学上の学説を顧慮して鏡の装置を選んだわけではあるまい。鏡は、おそらく審美的な直観と、演出的な効果の計算に基づいて選択されたものと思われる。

鏡は、ほとんど唯一の重要な装置として舞台中央に置かれ、一幕と四幕で印象的な使われ方をする。

一幕では鏡像の隠蔽と開示の謎めいた動作がカリギュラの暴政の開始を暗示し、四幕では鏡の破壊がカリギュラの死を予告する。

私たちは、鏡がカリギュラの「変容」の決定的な転換に関与しているらしいことを知らされる。しかしなぜ鏡がそれほど重要な役割を果たすのかについては十分な説明を受けない。

もしト書き通りに演出されれば、『カリギュラ』は舞台一面に散乱した鏡の破片と、その中に倒れた血みどろのカリギュラの死骸を残して幕をおろすはずである。散乱した鏡の破片は、私たちの意識に突きささる。戯曲は十分に悲劇的であり、哲学的主題は十分に深遠であった。しかし鏡はどうなのか。鏡は何を意味していたのか。その問いは抜けないガラスの刺のように突きささったままだ。鏡は私たちの読解に抵抗する。

だが、鏡の「意味」は理解できないままにとどまろうとも、鏡の演劇的な「効果」はそれによって損われるわけではない。

その意味が仮に事情に疎い読者にとって全く理解できないものだとしても、事態の推移はそれによってさしたる影響を受けない。[2]

鏡はそのようなものとしてある。

鏡は物語の表層に露出し、私たちの理解に抵抗しながら、物語を進めていく。余りにも目立ちながら、そのせいでかえって理解を免れるもの、それが「事件」の核心にあるものだということを洞察したのはエドガー・アラン・ポーの創造した名探偵オーギュスト・デュパンであった。

『モルグ街の殺人』でデュパンはこう語っている。

真理は、いつも井戸の底にあるわけではない。実を言うと、重要性の高い情報は、必ず表層に浮いているものなのだ。[3]

表層に現れ、目立ち過ぎるものは、「事態の推移」に関与していながら、その意味を問われずにすまされる。「極端に目立つせいで、かえって見逃されてしまう」(escape observation by dint of being excessively obvious) のだ。[4]極端に目立つ場所はものを隠すのに絶好の場所だ。デュパンはそう考えて「盗まれた手紙」を探し当てる。

周知のように、ジャック・ラカンはその分析上の着想のいくつかをデュパンの推理から汲み出した。ラカンもまた、すぐれて分析的なものとは読解できるものではなく、反対に読解できないもの、「読解できないものの効果」であると考えた。

分析を要請しているのはテクストにおける読解不可能なものの自己主張である。(S・フェルマン)[5]

『〈盗まれた手紙〉についてのセミネール』の中でラカンが注目したのは「盗まれた手紙」の内容は誰にも明かされず、にもかかわらず手紙は事態の推移に効果的に関与しているという事実であった。「読解不可能なもの」である手紙が登場人物たちの行動の仕方を決定している。手紙をめぐる登場人物たちの布置は循環的に移動し、誰一人そのようにして決定された「役割」を拒むことができない。

大臣が状況から引き出している影響力は手紙に由来するのではない。彼がそのことに気づいていようといまいと、それは手紙が大臣に与えている役割に由来するのだ[6]。

デュパンの推理に従うと、『カリギュラ』の鏡は何かを隠すのには絶好な場所だということになる。「事件」の核心はおそらくそこにひそんでいる。ラカンの推理に従うと、鏡は単に何かを隠してある場所というにとどまらず、隠蔽の運動、隠蔽の構造そのものである。さらに言えば、カリギュラを含めた登場人物たちは「それに気づいていようといまいと」鏡の力に統御されていることになる。むろん、このような推理にはさしあたり説得力のある裏付けがあるわけではない。しかしその蓋然性を検討してみる価値はあるだろう。私たちは以下の論考において、アルベール・カミュが『カリギュラ』において破壊した鏡はジャック・ラカンが「〈私〉の機能を形成するもの」と規定した鏡像と同じ一つのものであることを示してゆきたいと思う。

二人は鏡がある根源的な運動の原点であるという了解を共有している（ラカンは学知的推論によって、カミュは文学的直観によって）。けれども二人が共有するのはそれだけである。ラカンにとって「正気」の出発点である鏡は、カミュにとって「狂気」の終点であったからである。

2―1

『カリギュラ』の主題についてカミュは戯曲集アメリカ版の序文に、次のような整然たる自註を加えている。

『カリギュラ』は一九三八年、スエトニウスの『皇帝伝』を読んだあとに書かれた。（……）この作品はその当時の私の思念を占めていた関心事に動機づけられている。（……）それまで比較的温厚な人物であったカリギュラは妹であり、愛人でもあったドリュジラの死に接して、あるがままの世界は満足しがたいものであることに気がつく。それから、不可能なるものに取り憑かれ、軽侮と恐怖に毒せられ、彼は殺人とあらゆる価値観のシステマティックな転倒を通じて、ある種の自由を行使しようと試みる。けれどもその自由が良きものではないことに、やがて彼は気づくことになる。(……)運命に対して反抗する点については正しいとしても、人間たちを否認する点において彼は誤っている。すべてを破壊するものは、おのれ自身を破壊せずにはすまない。(……)『カリギュラ』は至高の自殺の物語である。最も人間的で、最も悲劇的な錯誤の物語である。[7]

『カリギュラ』は『異邦人』、『シシュポスの神話』とともに、いわゆる「不条理三部作」を構成する。一九三七年にカミュの主催する〈仲間座〉(le Théâtre de l'Equipe)のための戯曲として着手され、三九年七月一五日に脱稿、推敲ののち、四四年に『誤解』と併せてガリマール書店から刊行された。四五年にジェラール・フィリップ主演で初演され、カミュの戯曲中最も華々しい成功を収めた。

以上が問題になっているテクストについての基本的な情報である。

カミュの自作自註による限り、戯曲の成立条件や作者の意図は疑問の余地なく明らかであるように思われる。この戯曲は古典に取材して、当時カミュの「思念を占めていた関心事」に文学的表現を与えたものである。

『誤解』と『カリギュラ』によってアルベール・カミュは『異邦人』と『シシュ

ポスの神話』でそれぞれ小説とエッセイという形式の下で出発点を画した一つの思想を明確にするために（pour préciser une pensée）演劇的技巧に訴えた。[8]

おそらくこれが『カリギュラ』についての最も正統的で最も通俗的な解釈である。そしてこの「書評依頼文」は三人称で書かれているが、アルベール・カミュ本人の筆になるものなのである。

となれば、これを「イデオロギー的戯曲」「哲学的戯曲」と批評家たちが分類したのも当然のことと思われる。

不条理の問題を直接に取扱ったカミュ最初の創作である『カリギュラ』は（……）作品それ自体の中に、これら不条理の問題に対するある有益な解決の可能性が、はじめて表現された作品でもある。[9]

ある種の形而上学的問題への解決を示すことがこの戯曲の主旨であったとするならば、戯曲の文学的ディティールにそれほど関心を向ける必要はないだろう。事実、批評家たちは「不条理の哲学」を論じる際に『カリギュラ』の演劇的・文学的な創意にはほとんど触れることなく、その主題について手短かに言及して足早に立ち去ってしまう。

ある批評家はこの戯曲のうちに「カミュ研究上の心理的興味」以上のものを認めない[10]し、ある批評家は「今のところわれわれは、この劇作品の出来栄えよりも、ただカリギュラの、そしてカリギュラをこうした狂気にまで駆り立てさせるカミュの形而上的怒りの激しさを確認するだけでよい」[11]としている。

このような、いささか冷やかな批評はおそらく正しいのであろう。戯曲をそのように読むように仕向けたのが当のカミュ自身なのだから。

しかし、カミュは批評家たちが自作を「哲学的戯曲」と決めつけ、その文学性を掬《きく》そうとしないことに傷ついた（「フランスの批評家たちは驚いたことに、これを称して哲学的戯曲（pièce philosophique）だとしている。果たしてそのようなものが存在するのだろうか」[12]）。

カミュは「計算された意図」とは別の「創造における直観的な要素」を鑑賞してほしいと訴えている。私たちの読解はいうなれば、カミュのこの訴求に答えようとするものである。その読解が「計算された意図」とは、はるかに隔たる場所へ私たちを導くかもしれないとしても。

2-2

私たちはまず「哲学的戯曲」(そんなものが存在するのだ)として『カリギュラ』を読むという正統的な読解の線に沿って、この戯曲に託したカミュの「計算された意図」を確定するところから始めようと思う。

『手帖』に『カリギュラ』についての最初の言及がなされたのは一九三七年一月のことである。「カリギュラ、あるいは死の意味、四幕」という表題、断片的な構想、そして幕切れの台詞が書きとめてある(この台詞は、決定稿からはほとんど削除された)。

幕切れの台詞は次のようなものだ。

(幕。カリギュラ、幕を開けて登場)いや、カリギュラは死んではいない。彼はそこにも、そこにもいる。彼は諸君ひとりひとりのうちにいる。諸君が権力を与えられたとき、諸君が愛を知るとき、諸君が生をいとおしく思うとき、その身のうちに棲むこの怪物あるいは天使が鎖を解き放たれるのを知るだろう。(……)さらば諸君、私は歴史のうちへ戻る。愛し過ぎることを恐れる者たちが、かくも久しく私を幽閉してきたあの歴史の中へ。[13]

カリギュラは「怪物あるいは天使」（ce monstre ou cet ange）という言葉が示す通り、善悪正邪の差異づけ以前の原初的衝動の体現者である。

カリギュラの象徴する根源的な力能は両価的である。『結婚』でカミュはこう謳っていた。

このとき私は栄光と呼ばれるものが何かを理解する。それは節度なく愛する権利だ。[14]

『シシュポスの神話』や『反抗的人間』では、この「節度のない」（sans mesure）「絶対的自由」の請求は「殺人的ニヒリズム」として「反抗」や「限界」によって抑圧される。

カミュの態度は、この力能に対してはつねに曖昧だ。彼はときに制約を憎み、ときに節度を要求する。というのも、彼は自分を高揚させるものと打ちのめすものが根源的には同じ一つのものであることを直観しているからだ。光と闇、歓喜と絶望、栄光と悲惨、これらはある根源的な経験の二つの相にすぎない。

　この二つは、私にはいずれ劣らずかけがえのないものだ。私は光と生命に対する私の愛と、絶望的経験への私のひそかな執着をうまく切り離すことができない。（……）私は選択したくない。[15]

世界は天使的な「表」と怪物的な「裏」の二相から織り上げられている。世界を全的に経験しようと望む者は表と裏を同時に生きなくてはならない。

　この世界の裏と表の間で、どちらを選ぶか私は決断したくないし、人にも選択してほしくない。[16]

「選択する」（choisir）とはカミュの用語法では、ある「物語」（histoire）を選ぶこと、その「物語」の中で生きることを意味している。

日常的・無反省的には、私たちは「物語」の中にとらえられ、その織目に沿って世界を分節している。意味や価値や善悪の差異化はその分節から生じる。

選択しないとは、そのような物語的分節に安住することなく、世界の分節以前、差異づけ以前の境位に立つことを指している。

むろんそれは容易なわざではない。だからこそカミュは「私にはある種の大きさが必要だった」[17]と書いているのだ。

怪物＝天使カリギュラは差異づけ以前の境位に立ち、日常的・無反省的な世界分節の恣意性・無根拠性をきびしく拒絶する「哲学的」英雄である。彼はさまざまな相反する属性ゆえにとらえがたい人物だが「ある種の大きさ」(une grandeur) において余人を圧倒していることは間違いない。

カリギュラの任務はきわめて明確だ。

それは差異づけを破壊すること、一切を平準化＝カオス化することである。

私はすべての行為は等価であると思う。[18]

私はこの時代に等価性 (égalité) という贈りものを与えようと思う。[19]

世界の物語的な被媒介性、端的に言えば世界の根源的な無意義性を非反省的な「俗人たち」に覚知せしめる最上の方法は、彼らに「死」を間近に経験させることだ。「死」の接近のうちで世界の適所全体性はあっけなく崩落し、「俗人たち」はもはや頼るべきいかなる「物語」もないことを知らされる。

人間は死ぬ。それゆえ人間は幸福ではない。[20]

この救いのない現実を直視することをカリギュラは臣民に強要する。存在論的な真理が強権によって組織的に開示される。

私のまわりにあるものは、ことごとく虚偽である。私は人が真理のうちに生きることを望む。[21]

カリギュラは「人」（das Man）がその中に安住している「公共的な世界解釈」という「偽善」を「破砕」する。世界には起源もテロスもない。人間には人間を超えるものを権源とするような召命も救済もない。人間は「人間たちだけしかいない閉じられた世界」[22]に住んでおり、その世界には出口がない。

暴力的に開示されるこの明断性は『結婚』で叙情的に語られた海と太陽の絶対無分節的な現実感を前にしたときの明断性と同一のものである。

この世界を前にして、私は嘘をつきたくないし、人にも嘘をついてほしくない。

私は最期まで私の明晰を保っていたい。私の終末を執着と恐怖に満たされながら、私は凝視していたい。[23]

カリギュラの暴政がめざしているのは、まさしくかかる哲学的な覚知に他ならない。

2－3

『カリギュラ』には、もう一人カミュの分身が登場する。カリギュラが真理のうちに生きることを要求するのに対し、人は真理を知ったのちに、あえて「物語」のうちに生きるために戻らねばならないと考えるケレアがそれである。

ケレアはカリギュラと等しい知性の持ち主であるから「公共的な被解釈性」のうちに、頽落的に安んじてはいない。彼もまた「その糧である個人的利害や嘘を脱ぎ棄てる」能力を持っている。しかし彼は、人が一切の「物語」を剝奪されたままでは生きることができないことを知っている。それゆえ彼は準拠すべき超越的審級が不在であっても、人間の行動には相対的な差異化の余地があると主張する。「大きな物語」を断念しても「小さな物語」は手ばなさない。

他の行為よりも立派な行為というものが存在すると私は思っています。[24]

その差異づけはいかにして可能なのだろうか。この問いをカミュは別の言葉でこう語っている。

私の関心は、いかに行動するかを知ることに存する。より厳密に言えば、神も理性も信じえぬときに、人はなお行動しうるかを知ることに存する。[25]

ケレアはその行動規範を「他者とともにあること」「自分の運命を自分で決しうること」「安定」「幸福」といったささやかなプラス価値に求めようとする。

私は生き、かつ幸福であることを切望しています。不条理を極限までおし進めれば、生きることも幸福になることもできません。私は他の人たちと同じなのです。[26]

ケレアの論理は凡庸であるように見えながら、カリギュラの論理より一層屈折している。

ケレアは自分が「人」と同じではないことを知っている。「人」を嫌悪することにおいてケレアはカリギュラと変わらない。

カリギュラ暗殺の陰謀に際してケレアは他の貴族たちに、あからさまな嫌厭の情を示す。

君たちのくだらぬ屈辱を晴らすために私は君たちに与するのではない。（……）私が君たちと行動するのは束の間だけのことだ。[27]

にもかかわらず、ケレアはあえて「人」の側に、そのちっぽけな「物語」の延命に与する。この屈折は『シシュポスの神話』でカミュが語った「逆転」に対応している。

私は探究の順序を逆転させ、知性の冒険から出発して日常の営みに帰還したいと思う。[28]

「物語」の「物語性」を認識しつつなお「物語」を生きるというケレアの決意をのちにカミュは「反抗」（la révolte）と術語化した。

反抗が一つの哲学の土台となりうるとしたら（……）それは限界と計算された無知とリスクの哲学となるだろう。すべてを知りえぬ者はすべてを殺すことはできない。（……）反抗がめざすのは相対的なものだけであり、反抗が予告できるのは相対的正義を伴ったささやかな威信のみである。反抗は限界に与する。それは限界のうちにおいて人間たちの共同体が成立するからなのだ。[29]

ケレアは、この「反抗の哲学」の体現者である。

私たちが『カリギュラ』を「哲学的」に読むときに浮き出てくるのはかかる図式である。怪物＝天使と反抗者の二人の登場人物に分凝されたカミュ自身の内的葛藤。カリギュラの殺害と再生（「私はまだ生きている！」）。明快だが単純であり、整合的だが説明的に過ぎる。

しかし『カリギュラ』は、これまでそのように読まれてきた。あえて言えば、そのようにしか読まれてこなかった。私たちはここまで検出してきた哲学的な「計算された意図」をすべて捨象し、カミュの言う「悲劇的次元」に注視して、異なる読みの可能性を求めてみたいと思う。

3-1

『カリギュラ』のうちにはカミュの統御に完全には服さない要素がある。例えばカミュはスエトニウスからいくつかの伝記的事実を制限として受け容れた。上演台本である以上、時間、空間、人数、装置などに物理的制約が加わるのは言うまでもない。

これらはいわば素材の制約である。しかし素材の制約は、それが書き手の自由、彼のテクストに対する全能を掣肘《せいちゅう》するがゆえに、かえって書き手を惹きつける。すべてを思い通りに書くことができないという主権性の翳りのうちにエクリチュールの自律性は住まっており、書き手はそのような権能の制限に魅了されるからだ（例えばヴァレリーの『エウパリノス』は字数指定という全く非文学的な制約によって詩人に倒錯的な高揚感をもたらした）。

書き手は自由に書くことを本当は求めていない。

素材の抵抗と形式上の制約によって書き手の全能が力を失い、ある種の被制状態に陥ったときに「デーモン」であれ「霊感」であれ、「エクリチュール」であれ、要は書き手の意識統御の検閲をくぐり抜けた何ものかがテクストのうちに流れ込む。

そしてこの被制態において、何らかの禁圧ゆえに書くことのできぬもの、「知っているけれど、語ることのできぬもの」が文学的意匠として、テクストの表層にあふれ返るのである。

「創造における直観的な要素」とはこのことである。

戯曲の主題が定まり、構成が決まり、決定的な台詞が書かれたあと、作者はその骨格の上に審美的な配慮をこらしつつ肉づけを行う。彼は挿話を入れ替え、二次的な登場人物の性格を変え、効果的な身ぶりを書き加える。「怒り」を示す行為は何がよいか、「軽蔑」を示す表情はどれがふさわしいか、「友情」を示す言葉は何が適確か。そういった戯曲の主題からすれば副次的・偶有的な一連の選択のうちに、書き手の無意識は歴然とした痕跡を残す。

のちに私たちはそのような「文学的」ディティールの分析に取り組みたいと思う。この表層に氾濫するシニフィアンの群を統御しているもの、それが私たちの考えでは「鏡」なのである。

鏡がなぜ、表層的な意匠の配列をひそやかに統御しているのか。その支配力と特権は何に由来するのか。私たちは鏡にまつわるこのような問いかけから、問題に接近することにしよう。

3-2

鏡の意味するものを、私たちはジャック・ラカンの解釈に拠って確定したいと思う。ラカンの理論に通暁している読者には不要な迂回であろうが、私たちはまずラカンの鏡像段階と、エディプスについての理説の概略を祖述しておきたいと思う。

鏡像段階 (le stade du miroir) とは子供がおのれの身体像を獲得し、自己同一性を確立する経験である。

幼児は生後六ヵ月から一八ヵ月にかけて、鏡を前にしたとき特有の反応を示す。動物の場合は鏡像への反応は、それが生物でないと分かったとたんに終わってしまうが、人間の場合は「自分のものとして引き受けられた鏡像の動作と、鏡に映るその周囲の関係、つまりこの虚像的複合とそれが強化する現実の関係を喜々として経験する」[30]。

この喜悦は、人間固有の鏡像への反応である。この喜悦は何に由来するのだろうか。

幼児は自由に移動することも、自主的に栄養を摂取することもできないある種の不能状態にある。のちに見るように、この未熟性と不能性は強い不安感を幼児に及ぼしていると考えられる。しかし「鏡像をわがものとして引き受けるとき、主体の肉体に変容が生じる」[31]。

鏡像を他ならぬ「私」であると覚知することによって、幼児は自己同一性を一気に視覚的に獲得するからである。このとき「私はその始源的態様に突入する」[32]。

この劇的転換をラカンは鏡像段階と呼ぶ。

鏡像段階を足がかりに幼児は以後さまざまな成熟と社会化の段階を登ってゆくことになるのだが、「私」の獲得が、自己の外に視覚的に把持された虚像（image）を自己と同定するという一種の「詐術」を経て果たされたという事実は、「私」の構造に宿命的なねじれを呼び込むことになる。


自我の力域は、虚構の系列のうちに位置づけられ、個体に回収することは永遠に不可能となる[33]。


自我の始点を虚像的＝想像的（imaginaire）な系列のうちに措定したがゆえに、人間は「私の精神的恒常性」を私ならざるもの、私の外部にある虚像によって保証されるという危うい宿命を生きることを余儀なくされる。

自我の起源は自我の内部にはない。そのような意味において、自我とは本質的に「疎外されたもの」（aliéné）すなわち「狂人」なのである。

幼児は、他の子供を殴っておきながら自分が殴られたと訴え、他の子供が転ぶと痛がって泣き出すことがある。転嫁（transitivisme）と呼ばれるこの現象は、視覚的に見分けがたいもの（同類あるいは分身）については、自他の識別に混乱が生じていることを示している。自己同一性は、外部の虚像から到来する。ゆえに「何よりも他者の中でこそ子供は自己を生き、自己を印づけている[34]」。

同じことは欲望の形成においても起こる。経験的に明らかなように、私たちの欲望は他者の欲望によって賦活される。欲望は自存する欠如ではなく、他者の欲望を模倣するかたちで生まれる。転嫁の場合と同じように、自他の境界の混乱した分身の間では、欲望の癒着はとりわけ顕著に現れる（子供たちに玩具や菓子を与えるとき、彼らが分身の欲望を追って、際限のない相互模倣を繰り返すのを見ることができる）。

欲望はつねに「欲望の欲望」（le désir du désir）というかたちをとることになる。ラカンによれば、幼児の自己意識は「母の欲望の欲望」（le désir du désir de la mère）という形式で構成されている。つまり幼児は母の欲望を全面的に専有し、母の欲望と隙なく重なり合おうとする。

母の欲望の「対象」（それはむろん自存する具物ではなく、「欲望されるもの」として、欠性的に指示されるにすぎないが）をラカンは「ファルス」（phallus）という術語で呼ぶ。

ファルスは、それが象徴しているペニスやクリトリスという器官ではない。（……）ファルスは一つのシニフィアンである。[35]

ファルスは「性的結合という現実において、把持される最も顕著なもの」であり、「その膨張性において生命潮流のイメージ」であるのみならず、「包み隠されることによってしかその役割を果たしえない」という固有の性格によって特権的なシニフィアンである。

母の欲望がファルスであるとしたら、幼児はそれを充足させるためにファルスになろうと望む。[36]

「ファルスである」（être le phallus）という形式において子供は母と癒合する。原理的にはこのとき、すべての欲望は隙なく満たされ、子供は欲望を指示したり訴求したりする必要もなく、一種の至福の状況を生きている。

この自他未分化の二項的・双数的な母子関係の境位をラカンは、「想像的なもの（想像界）」（l'imaginaire）と呼ぶ。

しかし、想像的な癒合は一種の欲望の熱死状態でもある。欲望は絶えず欠如によって賦活され、失われた対象を求めて運動することを宿命づけられている。双数的関係の安定はただちに父の介入によって暴力的に打ち砕かれる。

父は子供の「衝動の満足」を禁止し、「母を禁止」し、「母は父のものであり、子供のものではない」ことを思い知らせる。[37]「母は自分のものではない掟に服属」しており、「母の欲望の対象は、彼女が服属する掟の所有者たるこの同じ〈他者〉によって〈抗い難く〉専有されていること」を子供は威嚇的な仕方で学習させられる。[38]

子供が「ファルスである」のに対し、父は「ファルスを持つ」(avoir phallus)。父の介入は子供に「ファルスである」ことを止め、「ファルスを持つ」局面へ向かうことを指示する(男児は「ファルスを持つ」ものたる父へ同一化し、女児は「ファルスのありかを知る」ものたる女へ同一化する)。

これは、子供が母の欲望の「対象」である段階から、母の欲望の対象の統御者すなわち「主体」になるという立場の劇的転換を意味している。

この転換点の通過は、鏡像段階の通過より一層複雑なプロセスをたどる。しかしここでもまた、ある種の不能状態が「詐術的」に克服され、「喜悦」が経験されるのが認められる。

フロイトの『快感原則の彼岸』に報告されている有名な「いない—いる（fort-da）遊び」はこの「詐術」の適例である。子供は母の不在という苦痛を償うために、自分が意のままに操れる玩具を投げ棄て、「いない」と叫びながら「興味と満足の表情を表わ[39]」す。

子供は玩具を視界から排除することによって象徴的に母を追い払う。母の不在という受動的な苦痛の経験を、自分が操作できる玩具を用いた遊戯として反復することによって、子供は能動的な経験に読み換えるのである。子供は「失われた対象（母親）の不在を自分で支配できることを発見し、（……）大きな喜びを感じる[40]」。そして、「『主体の欲望』としての自らの欲望を、失われた対象と入れ代った対象へと向けることができるようになる[41]」。

鏡像段階で、虚像と自我の想像的なすり換えが行われたのと類比的に、父の出現によって「母の不在」は「母の不在の表象」に象徴的にすり換えられる。いずれの場合も、ある種の無能性が局面の詐術的な読み換えによって力能性に転換する。「もの自体」すなわち、「失われた対象」は表象され、隠喩化され、象徴化され、言語化されることによって詭弁的に奪還される。これが「原抑圧」と呼ばれるプロセスである。

言語活動は本質的に原抑圧である。

言葉に生命を与えたものは言葉の中で死ぬ。言葉とは、この死せるものの生命なのだ。（……）今はもうないけれども、何かそこにあったのだ。（モーリス・ブランショ[42]）

子供がファルスであるとき、ファルスは主題的に把持されることはない。ファルスが所有すべきもの、すなわち、自己にあらざるものとして疎隔化されたとき、はじめてファルスは表象される。そのとき、ファルスというシニフィアンに「生命を与えたもの」は「言葉の中で死ぬ」。ファルスのシニフィエは永遠に消失する。

言語化するとは、「言語化しえぬもの」の本質（非本質）を逸することである。そしてこの逸失の運動は一たび起動するともう誰にもとどめることができない。「失われた全体」に入れ替わるものはつねにその部分にすぎない。だからシニフィアンの連鎖運動は「換喩」的たらざるをえないのだ。

このように入り組んだプロセスを経て遂行される失われた対象の言語的なすり換えをラカンは想像的ファルスの象徴的な欠如、すなわち「去勢」（castration）と呼んでいる。

去勢が成功裡に遂行されれば、子供はエディプスの階梯を登って「正常」な「大人」へと育ってゆく。母と引き離された子供が、その欠如を象徴的に代償しながら踏み込んでゆく虚構の系列——言語、法、秩序の系列——を私たちはラカンに倣って「象徴的なもの（象徴界）」（le symbolique）と呼ぶことにする。

　以上の祖述から私たちは子供の発達が鏡像段階とエディプスによって二度、大きな転換点を通過することを知る。一度目は鏡像の想像的騙取《へんしゅ》による「私の形成」、二度目は母の喪失を象徴的に支配する「去勢」である。いずれの場合も一種の欠如、無能、あるいは不安が、「すり換え」によって充実、力能、喜悦へと詐術的に読み換えられる。

　この二つの劇的なパラダイム・チェンジを境界として成熟のプロセスは現実界・想像界・象徴界の三つのレヴェルに区別される。

　最後に鏡像段階以前の「現実的なもの（現実界）」（le réel）について補足しておこう。現実界は、私の自己同一性にも世界の言語的な分節にも先立つわけであるから、「論理的な意味で、象徴化し、媒介化し、語りまたは書くことが不可能[43]」なはずであり、「言葉を発することがなく、名をもたない」「到達不可能」な境位である。それは「象徴によっては埋めあわせることができない欠如[44]」である。

　言語化されざるもの、表象されないもの、「象徴界の明るみに到達しないもの」は現実界に属する。「現実界は（……）カオスないしは、ある、ない、外、内、生、死その他いっさいの差異、区別のない神話的な純粋な同一性の世界」[45]である。言語化しえぬ現実界について、私たちはこれ以上言語を以て説明することはできない。現実界が私たちの世界に出現するのは幻覚・妄想・夢などにおける「太古的なイマゴ」としてのみである。

原抑圧以前の子供は「人間世界の太古的構造」である「寸断された身体」（le corps morcelé）という特異な心的経験を生きている。鏡像による自我の統一像の騙取以前の状態は、論理的に考えても「統一されざる身体」すなわち「身体の分割、分解[46]」の状態以外にありえない。

この「ばらばらに切り離された四肢」「分断のイメージ」、腹を切り裂くイメージ、貪り食うイメージ、身体を解体するイメージ」、総じて「寸断された身体のイマーゴ」[47]は、精神の「太古的な固着の底」にわだかまっており、私たちは幻覚や夢で繰り返しこのイメージを反復する。

このイメージは幼児の未熟・無能の不安を反映しており、「いまだに動くことも自力で栄養をとることもできぬ状態にある存在[48]」を圧倒している「生命を引き裂かれる不安[49]」がこの悪魔的イマゴを条件づけている。

鏡像段階とエディプスについてのラカンの理説を瞥見《べっけん》したことによって、私たちはテクスト読解のための基本的なツールをいくつか、手に入れることができたと思う。ここで「ツール」というのは、どんな難問のドアをも開けてしまうマスターキーのような道具を意味するのではない。ラカンのツールは問題解決のためのものではなく、問題発見のための、問題点の局限のためのツールである。

私たちはラカンのツールを用いてカミュのテクストを読んでゆくことになるが、その用い方は臨床医としてのラカンの仕事とは逆向きになっている。臨床医は「狂気を治癒する」という抗いえない使命の下にこのツールを使用するが、私たちは「いかにして正常者は狂気を病むことができるか」という反‐医療的な観点から、このツールを利用するからである。

『カリギュラ』は、カミュが意識的に仕掛けた哲学的主題とは別の層に欲望のテクストを隠している。これが私たちの作業仮説である。

その欲望のテクストは、ある種の文化的禁圧ゆえに決して主題的には提示されえず、非主題的に（つまり主題を構成する「材料」を装って）テクストの表層に執拗に回帰する。

この欲望の流れ（というよりは、むしろ常同的な反復）はあまりに際立ったかたちで現れているために、かえって私たちの注視を逃れる。

以下の論考において私たちは『カリギュラ』の隠されたもう一つの読解の線——狂気を病むことへの固着——をたどってゆきたいと思う。

4―1

カミュは『カリギュラ』の核心的な主題についてこう言明している。

この四幕に哲学を求めるのは空しいことだ。それでもなお哲学がここにあるとすれば、それは主人公の次の言葉に集約されるだろう。「人間たちは死ぬ。だから人間たちは幸福ではない」(les hommes meurent et ils ne sont pas heureux.)[50]

カミュの指示に従って、私たちもこの「哲学」の分析から出発しようと思う。手がかりになるのは「人間」(homme)と訳されている語が、フランス語では「女性」に対する「男性」、「子供」に対する「大人」をも意味するという事実である。もしhommeを「大人」と読み換えるとカミュの「哲学」は様相を一変させる。「大人たちは死ぬ。だから大人たちは幸福ではない」。

ここでもう一度、ラカンの言う「子供」から「大人」への成熟のプロセスを確認しておこう。

　近親相姦を禁止する〈法〉の象徴としての父（あるいは父の名）は、一方では最初の権威的な「否」、断念せよという最初の社会的命令を表わしており、子供の根源的欲望のこの去勢を通じて、抑圧の必要性と欲望対象の象徴的な置き換えのプロセスを開始させる[51]。

　母子の双数関係を転覆し、三項関係を創始する第三者たる父は「法であり、言語であり、死の現実性であり、総じてラカンが〈他者〉と指称するものである[52]」。父の決定的な役割は「死」を象徴系のうちに回収し、「死」という置き換え不能・代替不能の経験を言語的に支配することにある。「死」は父による去勢が正しく執行されると象徴界に統合され、現実界の巨怪な裂口を彌縫《びほう》する「死の現実性」となる。つまり、父とともに死は現実のものとなるのだ。というのも、父とともにはじめて死は表象されるのであり、父以前においては欠如としての死は表象不能のはずだからである。

　そのような意味においては、父こそが最初に死をもたらすのであり、父のもたらす死を受け容れた子供だけが大人になることを許されるのである。「大人たちは死ぬ」あるいは「死ぬものが大人」なのだ。

父による死の導入は、去勢、剝奪、禁圧、拒絶、威嚇という一連の攻撃性を伴って遂行される。子供は一方的にこの攻撃にさらされるわけである。しかし子供の側に全く抵抗がないわけではない。「幼児的＝言語を持たぬ（infans）」段階は「毒を含んだ眼を以て（amaro aspecto）」他人を凝視するという「根源的攻撃性の心身の座標軸と不滅に結び」ついてもいるからである。[53]

この「毒を含んだ視線」は、子供から母を奪い去ろうとする「主体の聖域に対する有害な侵奪」者たち、すなわち父と同胞のイマゴへ向けて発射される。[54]

父と子供の間の攻撃的な確執は、正常ならば父の圧倒的な優位のうちに決着を見る。しかし、もし父が何らかの理由でその機能を全うしえず、子供が死ぬことを拒み通したなら、そのとき子供はどうなるだろう。

原抑圧の失敗をラカンは精神病の「本質的条件」であるとしている。

原抑圧の到来を無効にしてしまう〈父の名〉の排除は、父の隠喩を失敗させると同時に、子供が象徴的なものへ接近することを危機にさらし、妨害するのである。[55]

精神病の原因は、父性的隠喩の形成の失敗にあり、これにより主体は「ファルスの意味作用を喚起」できなくなる。[56]

父を拒み、母との太古的な双数関係に固着する者は狂人と類別される。父ライオスを殺し、母イオカステと通じたオイディプスはテバイに悪疫をもたらした。精神の異型はそれが象徴界に統合されないカオスを暗示するがゆえに、つねに悪疫に類比される。

さて、カリギュラは自らを悪疫に喩《たと》えている。

私がペストの代わりになる。[57]

明日から大災害が起こる。そして私は好きなときにそれを停止させるだろう。[58]

カリギュラは狂人であり、悪疫である。それは彼の生得的な形質によるものでも主体的な決意によるものでもない。それはまさしくカリギュラが「父の名を排除」し、「父性的隠喩の形成に失敗」したからに他ならない。

カリギュラは父のもたらす「死の現実性」を拒んだ「子供」である。彼は成熟に逆行する。彼は法、言語、規範、近親相姦の禁止を受け容れず、母への太古的固着を経由して、最終的に自我の解体と身体の寸断を成就する。彼は遡行的に反‐成熟のプロセスを踏破するのである。

カリギュラがたどる反‐成熟、退化のプロセスは、フロイトの『快感原則の彼岸』で論及されている「死の衝迫」を想起させる。

> 本能とは生命ある有機体に内在する衝迫であって、以前のある状態を回復しようとするものであろう。以前の状態とは、生物が外的な妨害力の影響のもとで、放棄せざるをえなかったものである。[59]
>
> あらゆる生物は内的な理由から死んで無機物に還るという仮定がゆるされるなら、われわれはただ、あらゆる生命の目標は死であるとしかいえない。[60]

父という「外的な妨害力」を何らかの理由で免れたカリギュラは、おそらく「死の衝動」(Todestrieb) に忠実にまっすぐ「生物の原状」へ向かう。カリギュラは父の与える死、象徴され馴致された死を拒み、象徴的に詐取されることのない、非分節的な、剥き出しの死へと突進してゆく。

彼は自分の仕事がすべてを平準化し、カオスを現出することだと言明していた。というのもカオスが成就したとき、人間は不死になるからである。

> すべてが平準化されたとき、不可能なものが実現し、月がわが手にあるとき、そのときおそらく私自身も変容を遂げているだろう。そして世界も私とともにその姿を一変させているだろう。そのときついに人間は死ぬことなく、幸福になるのだ。(les hommes ne mourront pas et ils seront heureux.)[61]

すべてが平準化したとき、カオスが、神話的で純粋な同一性がすべてを呑み込むとき、想像界と象徴界が現実界の奈落のうちに崩れ落ちるとき、子供たちは一種の宏大な熱死状態、生命以前の平衡状態に達するだろう。「子供たちは死なない。だから子供たちは幸福なのだ」。

カミュの「哲学」を私たちは反‐成熟のメッセージとして読もうと思う。ここであらわにされた成熟と退行の、別の言い方をすれば、大人と子供の、父と子の終わりなき確執の図式に基づいて戯曲は読解されることになる。

4−2

まず「大人と子供」あるいは「父と子」という対立性に基づいて戯曲を検索してみよう。歴然としているのはカリギュラが「子供」として規定され、人々が繰り返しその幼児性を強調していることである。

貴族たちはカリギュラが幼児であり、大人の教化を受けて成人となるべきだと開幕早々に宣告する。

若い者というのは、みんなあんなものだ。

年をとればすべて消えてなくなる。[62]

あれはまだ子供だ。(C'est encore un enfant.)[63]

カリギュラの愛妃セゾニアもその評価を追認する。

あの方は子供だった。[64]

腹心のエリコンもこの評価に与する。

若者たちも、いずれ年をとるでしょう。[65]

カイウス様は理想主義者です。それはみんな知っています。つまりあの方はまだ何も分かっちゃいないということです。[66]

興味深いのは、幼児性が一つの共通属性となって登場人物の類別を可能にするということである。

若いシピオンは貴族たちによってカリギュラと同じカテゴリーに入れられる。

あれは子供だ（C'est un enfant.）。若い連中は仲がいいのだ。（Les jeunes gens sont solidaires.）[67]

ここでは若さ、幼なさが「大人」たちに対する連帯の統合軸として働いている。エリコンは老獪な人物だが、奴隷の出身という弱さのゆえに「子供」たちに連帯を感じている。

あなたは強い、ケレア。本当に強い。私は強くない（Je ne suis pas fort.）。けれどカイウス様には指一本触れさせはしない。[68]

大人たちは「強い」。彼らは「道理」を知っている。彼らは子供たちをつねに教化の対象と考えている。

あれはまだ子供だ。私たちがあれにものの道理を教えてやるのだ。[69]

エリコンは奴隷であっただけに、暴力的な教化の経験を有している。

私は奴隷に生まれました。だから美徳の旋律を私はまず鞭の下で踊らされたのです。カイウス様は、あの方は私に説教を垂れたりはなさらなかった。[70]

カリギュラ、シピオン、エリコンの三人は若さ、弱さ、無知、未熟といった大人たちの側からの決めつけによって、否応なく「教化されるべき子供たち」の地位に置かれている。
　むろん子供たちは、このような攻撃を一方的に受け容れはしない。彼らは父性的なもの一切に対する激烈な攻撃によってこれに対抗する。

4―3

　法と道理を体現し、子供たちを訓育する立場にあると思い込んでいた老貴族たちは、おのれの使命を自覚したカリギュラの際限ない暴力にさらされることになる。彼らは戯曲の冒頭と終幕においてのみわずかに面目を保つものの、それ以外の全場面においてひたすらカリギュラの悪意と嘲弄の標的となる。彼らは恣意的に処刑され、資産を没収され、家族を殺害され、走らされ、給仕をさせられ、妻を寝取られ、思いつく限りの辱めを受ける。

　彼は我々の威厳を傷つけた。(……)彼は私を「お嬢ちゃん」と呼ぶ。彼は私を嘲弄する。(……)パトリキウス、彼は君の資産を没収した。シピオン、彼は君の父を殺した。オクタヴィウス、彼は君の妻を奪い、公営娼家で働かせている。レピドゥス、彼は君の息子を殺した。こんな仕打ちに耐えていくつもりか。[71]

カリギュラの暴力が大人たちのファルスに念入りに向けられていることは容易に察知される。資産も威厳も家族を保護する能力も、すべてはファルスのシニフィアンである。とりわけ男たちを女の名前で呼ぶことと、妻を奪うことは彼らの父性に取り返しのつかない傷をつけることになるだろう。カリギュラは二幕以降、大人たちを執拗に女性形で呼ぶ。「お嬢さん」(petite femme)「いとしい人」(ma chérie)「かわいい人」(ma jolie)。

父性とは現実の父親ではなく、純粋な機能である。父は禁止し、象徴する。それゆえラカンは父性の機能を「父の否」(le Non du père)「父の名」(le Nom du père)と呼んだのである。

大人たちの威信を踏みにじり、大人たちを女性形で呼称することによって、カリギュラは「父の否」と「父の名」をともに毀損したことになる。

「父殺し」はシピオンの場合は、現実の出来事として身にふりかかる。

興味深いのは、シピオンがカリギュラに父を殺されたことに両価的な感情を抱く点である。父を殺されたあとはじめてカリギュラに対面したとき、シピオンは「憎悪と何だか分からないもの（il ne sait pas quoi）の間で引き裂かれる[72]」。

シピオンはどうしてもカリギュラを憎みきれない。その不決断をケレアに責められたとき、シピオンはこう答える。

そうです。彼が父を殺したときにすべてが始まったのです。いや、そのとき同時にすべてが終わったのです。（……）僕の中にある何かが彼に似ているのです。同じ炎が僕たちの心を灼いているのです[73]。

二人に共有された「同じ炎」は「父への憎しみ」に他ならない。けれどもシピオンはそれを直接口にすることはない。シピオンはカリギュラへの訣別の言葉をこう結んでいる。

僕はあなたのことがよく分かるのです。あなたにも、あなたに余りに似ている僕にも、もう出口はないのです[74]。

「もう出口はない」（il n'y a plus d'issue.）。

「父殺し」はいかなる弁論をもってしても正当化することができない。なぜなら「弁論をもって正当化すること」が「父性」だからだ。父を殺しながら、父になることを拒むものには、父殺しについて語るいかなる可能性も残されてはいない。「もう出口はない」のだ。

だからシピオンはカリギュラを正当化することなしに愛するという身をよじるような生き方を選ばざるをえない。

さようなら、カイウス様。すべてが終わったとき、僕があなたを愛していたことを忘れないでください。[75]

カリギュラ自身はおのれの父については一言も語らない。

エリコンは一度だけ父に言及する。

もし私に自分の父を選ぶ自由があったなら、私は生まれては来なかったでしょう。[76]

父への否定的なかかわりにおいて、カリギュラ、シピオン、エリコン――「子供たち」――はここでも際立った徴候を示している。

4-4

カリギュラは「不可能なもの」(l'impossible) を求めている。それはこの世ならざるものである。

この世界は今あるがままでは私には耐えられぬ。だから私は月を求めているのだ。あるいは幸福を、不死性を、おそらくは気違いじみた何ものかを、この世ならざる何ものかを。[77]

カリギュラにこの世界は耐えがたいものと映る。それはこの世が「嘘」で塗り固められているからだ。

私のまわりにあるものはことごとく嘘だ。私は真理のうちに生きたい。[78]

「嘘」とは世界の根源的な無意義性を隠蔽するために「人間たち」が作り上げた虚構

の系列のことである。カリギュラは序列・位階・分類といった差異化をことごとく否定することによって平準化・カオス化を実現しようとする。彼にとって嘘とは差異化のことであり、真理とは無差異（indifférence）のことである。

処刑の順序など実はどうでもよいのだ。むしろ処刑はすべて等しく重要だということだ。それはとりもなおさず処刑には何の重要性もないということになる。[79]

私は空と海を混ぜ合わせようと思う。美と醜を混同しようと思う。苦痛の中から哄笑を湧き出させようと思う。[80]

アモルフでカオティックな世界を分節し、世界を有意化することが言語活動であるとするならば、カリギュラのカオス志向は言語活動それ自体と不可避的に対立することになるだろう。

戯曲という古典的な言語芸術の領域において、言語活動の本質と対決するという企図は、しかしどのようにして遂行されるのだろう。むろんカミュは、戯曲の約束事を前衛的に突破したり、言語を限界まで酷使したりするような技法上の実験には訴えない。言語活動としての「父」は、きわめて演劇的な方法で殺害される。

カリギュラは簡潔にときに雄弁に、緩急自在に語り、その論理は過剰なほどに明晰だ。彼はどの水準においても言語に敵対しているようには見えない。しかし、ここでも私たちはデュパンの教訓を思い出さなくてはならない。極端に目立つものはかえって見逃される。言語活動の最も表層にあるものに目を向けなくてはならない。テクストを読めば、誰でも気がつくことでありながら、その重要性が見落とされていることがある。それはカリギュラが肉体に向けてふるう暴力が口腔と咽喉に強迫的に集中していることである。暴力は発声器官を標的にし、その機能を破壊しようとする。

カリギュラはメレイアの口の中に薬瓶を押し込み、それを打ち砕く。（二幕一〇場）
シピオンの父に拷問を加え、その舌を抜く。（二幕一二場）
命乞いをする者たちの舌を抜く。（四幕一三場）
詩人たちに自作の詩を舐めさせて消させる。（四幕一二場）
セゾニアを扼殺する。（四幕一三場）

カリギュラの暴力が口唇周辺に固着していたことに、カミュ自身どのくらい意識的であったのか私たちは知らない（詩人たちへの罰はスエトニウスに拠っている）。しかし口腔と咽喉が言語活動の換喩的表現であることに異論の余地はないだろう。発話のみならず、書字のレヴェルでも攻撃的な指標は少なくない。

カリギュラは『剣』と題する死刑論を執筆しているが、そのテクストは紙に書かれず、エリコンの頭の中に記憶されている。（二幕九場）

カリギュラが臣民たちに強制的に書かせる劇中唯一の文書は、子を廃嫡して財産を国庫に遺贈するという遺言である。（一幕八場）

カリギュラは謀叛人たちの名が記してある書字板を燃やす。（三幕六場）

詩人たちは書字板の文字を舌で消すことを強いられる。（四幕一二場）

カリギュラの意に沿うただ一人の詩人であるシピオンは詩を書字板に書かず、頭の中に記憶している。（二幕一四場、四幕一二場）

カリギュラ、エリコン、シピオン、つまり「子供」たちは字を書かない。そして「大人」たち（貴族たち、詩人たち）の書くものは（遺言、謀叛の連判状、へぼ詩）いずれも書いた当の本人に災厄をもたらし、その取り消しを求めさせる。

エクリチュールは全く書かれないが、書かれたあと否認されるか、いずれかのかたちでしか戯曲のうちに登場しないのである。

言語活動は発話と書字という二つの具体的な形式において繰り返し凌辱される。言語活動そのものを言語によって排除するという「気違いじみた」企ては、こうして象徴的に解決されたことになる。

繰り返し言う通り、このようなディティールがどれほど意図的に書き込まれているのか私たちには知る由もない。ただ同一の意匠の執拗な反復は、何らかの固着を反映しているということだけは言ってもよいだろう。そしてたいていの場合「欲望は、主体の与り知らぬ間に、主体の始源の欲望を名指し続けるのである[81]」。

4-5

父のファルスを一つ一つ無化してゆくことでエディプス・トライアングルの一項を解体させた「退行するヒーロー」は、成熟の逆行程をたどって、母との想像的な癒合に到達する。戯曲の中で母を演じているのは、むろん愛妃セゾニアである。

カリギュラとセゾニアの関係が母子関係をなぞっていることは容易に見てとれる。カリギュラのセゾニアへの対応はほとんど幼児的である。

ほっといてくれセゾニア（セゾニア後退る）。いや、そばにいてくれ[82]。

セゾニア、私の言うことを聞くのだ。いつも私を助けてほしい。私を助けると誓ってくれ、セゾニア[83]。

で応じる。
駄々っ子のようなカリギュラの要求に対して、セゾニアは嬰児をあやすような態度

寝なくてはだめよ。ぐっすりおやすみなさい。何もかも放り出して、もう考え込むのはおよしなさい。私が起きて、あなたを見張っていてあげますから。[84]

こちらへいらっしゃい。私のそばに横になって。私の膝に頭をのせて（カリギュラ従う）。大丈夫、静かになったわ。[85]

セゾニアはその盲愛によってカリギュラの退行を受け容れ、父殺しの共犯者となる。しかし、カリギュラの「狂気」は母との双数的関係への安住さえ許してはくれない。セゾニアは完全に無差別的な愛でカリギュラを受け容れているのではないからだ。セゾニアはカリギュラの若さを、個性を愛している。彼女の愛はカリギュラを他者と差別化することの上に成立している。そして差別化があるとき、そこには必ず序列づけを可能にする「第三者」が存在する。

セゾニアは最後になって母と子以外の「第三者」（それは父以外の何ものでもない）

の介入を訴求する。

あの人たちにあなたを殺させはしない。それに、そのときになったら、天から何かがやってきて（quelque chose, venu de ciel）あの人たちがあなたを手にかける前に、あの人たちを打ち滅ぼしてくれるでしょう。[86]

「天」（ciel）からの介入による子の救い。セゾニアは土壇場になって、双数関係から三項関係への事態の「正常化」による収拾を企てる。

私はあなたが癒されるのを見たいだけなの。だってあなたはまだ子供なんですもの。（tu es encore un enfant.）[87]

このとき、カリギュラはセゾニアの眼には「治癒されるべき」異型、「成熟すべき」幼児として映っている。「まだ」（encore）という副詞一つの挿入によって彼女は父を通じ、子供を去勢することに同意を与えてしまう。

この言葉を耳にしたカリギュラが「お前は私のそばに長くい過ぎた[88]」と呟いてセゾニアの殺害を決意するのは、この裏切りに対する当然の応報なのだ。

セゾニアを扼殺しながらカリギュラは、その行為が「論理的」帰結であることを説き聞かせる。

この峻厳な論理が人間たちの生を打ち砕き（カリギュラ笑う）、お前をも打ち砕くのだ。セゾニア。かくして私の欲する永遠の孤独が成就する。[89]

4－6

父を殺し、母を殺して「永遠の孤独」を成就したカリギュラには、なお殺さなければならないものが残っている。自我すなわち鏡像である。鏡像として騙取された自我の統一性が打ち砕かれない限り、退行の旅程は完了しないからである。

戯曲は事実、鏡の破壊とカリギュラの死を以て終る。私たちはそこに至るまでの視覚と鏡像の位置の変換を一つ一つ見てゆくことにしよう。

最初に確認しておくことは、「見ること」が戯曲の中ではつねに権力の執行の隠喩となっていることである。

カリギュラの暴君への変身は「見られること」の忌避と「見ること」の専有という

形式で進行してゆく。

戯曲はまずカリギュラの「失踪」から始まる。「完璧な皇帝」は突如臣下たちの視界から消えてしまう。ドラマはまさしく「視線からの逃走」を以て開始される。宮殿に戻ったカリギュラは、エリコンに「不可能なもの」を追究する決意を語ったあと、衛兵の足音を聴きつけてこう語る。

　黙っていろよ。私を見たことは忘れるのだ。[90]

暴君としてのカリギュラの権力は、彼だけが見ており、他の者は彼を見ることができないという視線の非対称性を源泉としている。カリギュラは謀叛を企てる者たちの集会に不意に登場する。貴族たちを思う存分なぶったあと、彼はこうたずねる。

　ところで私がきたとき、諸君はたしか謀叛の謀議中であったな。[91]

カリギュラは臣下たちの動静をすべて見通しており、一方、臣下たちはカリギュラを見ることを許されない。

カリギュラは「グロテスクなヴィーナスの衣裳をつけて」登場したり（三幕一場）、「踊り子の短い衣裳を着て、頭に花を飾り、シルエットで」登場する（四幕四場）。臣下の視線は「幔幕《まんまく》」や「紗幕」やカリギュラ自身の変装と演技によって幾重にも遮断される。

演技することによって内心を隠蔽するのもカリギュラの好むところである。シピオンの本心を聞き出すときにもカリギュラはその「芝居」をなじられ（二幕四場）、ケレアとの対話でも「こんな臭い芝居にはあきあきです」と非難を受ける（三幕一六場）。カリギュラの権力は、見ること＝知ることの独占と、見られること＝知られることの徹底的な回避によって構成されている。それゆえカリギュラの権力の翳りは、この非対称性の逆転に現れる。終幕でエリコンを刺殺するのは「見えない手」（une main invisible）である。このとき、カリギュラははじめて「見る」側から「見られる」側に回る。カリギュラは謀叛人たちに不意を衝かれて斬殺される。

4－7

近代の権力は「自分を不可視にすることで行使され、服従させる相手には可視性の義務の原則を強制する」（ミシェル・フーコー）。

カリギュラの権力性にはこの公式がそのまま当てはまる。しかし、このような権力にとっての根源的な難点は、他者の視線をのがれ、あざむき、遮断することはできても、おのれ自身の視線からは逃れられないということである。それが鏡像の経験である。

鏡に映るおのれの姿は、一切の視線からの逃走を求めるカリギュラにとってのアキレスの踵である。鏡の中には統一像として視覚的に騙取された自我が映っている。世界の諸事物との有意的連関のうちに捉えられ、分節されたカリギュラが映っている。鏡像がある限り、カオスの王子であるカリギュラも、視られ、理解され、称名され、父の力域へ回収されることに抗することができない。

鏡像のはらむこの難点をカミュは正しく直観していた。『手帖』にカミュはこう書きとめている。

> 不条理、それは鏡を前にした悲劇的人間（カリギュラ）のことだ。それゆえ彼は一人ではない。そこには満足あるいは自己充足の萌芽が存在する。今や鏡を取り除かねばならない。(Maintenant, il faut supprimer le miroir.)[92]

鏡を前にする人間は、一人ではない(il n'est pas seul.)。彼は否応なしに彼を囲む世界と関係づけられ、その中へ組み込まれる。鏡を見るとは、外部の世界を受け容れ、自分をその全体性の一部分と見なすことである。カミュはそのようにして獲得される自己同一性を否定的に捉えた。「鏡を取り除かねばならない」。鏡を破壊しなければならない。ラカンの文脈で言えば、それは自我を放棄すること、自我以前へ帰還することに他ならない。

カリギュラと鏡の関係は明らかに、このような趨向性のうちに展開される。カリギュラが鏡に向けて示す最初のしぐさは、おのれの鏡像を消し去ることである。このしぐさは同時に、恐怖政治の開始をも告知している。

みんなこっちへ来い。近くへ寄れ。寄れと命じているのだ(足を踏みならす)。皇帝がお前たちに来いと命じているのだ。(全員、恐怖にとらえられて前へ進む)もっと早くしろ、さあ来いセゾニア。(カリギュラ、彼女の手をつかんで鏡のそばへつれてゆく。そして槌で鏡面に映る鏡像を狂ったように消し去る)(笑いながら)ほら、もう何も見えない。記憶も失せた。すべての顔も消え失せた。もう何もない。

そしてセゾニアに鏡の中をのぞきこませる。「もっと近づけ。見ろ、近づけ。見ろ」セゾニアは鏡を見て「おびえた様子」で叫ぶ。「カリギュラ！」[93]セゾニアが鏡の中に見たのは何だったのだろう。とにかく、それは彼女を恐怖させるものだった。銅鑼を打ち鳴らす槌（maillet）で「鏡像を消す」（efface une image）という動作が舞台でどう演じられるのか、私たちにはうまく想像できない。けれども槌で鏡の表面をなでても鏡像は消えないし、セゾニアが恐れるような像が生じるはずもない。

鏡はこのとき、槌で象徴的に割られていたと解釈することはできないだろうか。セゾニアがのぞき込んだのは槌の一撃によって一面にひび割れた鏡であり、そこには無数の断片と化したカリギュラが映っていたと考えることはできないだろうか。巨大なハンマーで鏡の表面を「狂ったように」こするという動作は、どう考えても不自然である。鏡を割ることはまだためらわれている。鏡を割るときは、カリギュラの自我もまた解体するときだからだ。おそらくこのとき、鏡は象徴的に、擬装的に、半分だけ割られたのだ。

父を表象する臣下たちと、母を表象するセゾニアの前でカリギュラは鏡像を消してみせた。これは「私は、お前たちの世界の中にはもう位置づけられない」というアピールと解することができる。そしてセゾニアだけは、消去された鏡像のうちにさらにカリギュラを認め、恐怖する。おそらくセゾニアはそこに、カリギュラがやがて帰還する「寸断された身体」を予兆する何かを見たのだ。

しかし、鏡はまだ半分しか割られていない。カリギュラの「永遠の孤独」はこれだけでは成就しない。

カリギュラはこうして開始された恐怖政治において依然として「父の言葉」を語り続けるからである。彼はあくまで「見る、見られる」という非対称性を権力の基本構造にすえている。彼は「嘘」と「真理」の二元論で語る。彼は世界の無意義性を「暴露する」という視覚の用語を手離さない。

それは彼が「論理的であろうと決意」し、「お前のゲームに加わり、お前の札で勝負する」というかたちで、ゲームのルールそのものの不条理性をあらわにしようと望んだ以上、避けることのできない事態だ。彼は「権力」と「論理」と「視線」を縦横に駆使することによって、権力と論理と視線の自明性を審問しようとする。父の道具を逆用して、父のシステムを攻略するというカリギュラのイロニックな戦略（脱構築？）は、きわめて巧妙な構成を持つように見えながら、その循環性ゆえに一種の「同一性の反復」の地獄にはまり込んでしまう。

父性機能を無化するために、全能の権力者となり、すべてを見通し、誰よりも卓越した知性の持ち主となろうとしたカリギュラは、そうすることによって、おのれ自身を父として構成することになる。父の無化のための努力が父の遍在性を逆証するというこのアポリアには、まぎれもなく一九三〇年代の思想的風土の刻印が読みとれる。「迫り来る世界は無意義であり、にもかかわらず世界からの脱出は不可能である。」「迫り来る戦争への不安と『存在することの疲労感』という、あの時代の気分」（エマニュエル・レヴィナス）[94]が条件づける情動がここにも感知される。

カリギュラが世界の無意義性を証明するために権力と知性を駆使するたびに、権力と知性という世界内部的な財貨は騰貴してゆく。

彼はすべては愚劣だというために、おのれ一人は賢明である（つまりすべてが愚劣であるわけではない）ことを絶えず証明しなければならない。

世界から脱出しようとする冒険が、ただちに「世界から脱出しようとする冒険」の「物語」となって、世界のうちへ回収されてしまうこと、これが「脱出することの不可能性」という名で呼ばれるアポリアである。

カリギュラは全能であるがゆえに、全能性そのものを審問する機会を原理的に封じられている。いわばカリギュラは、全能性に繋縛されるという形式において無能なのである。

世界を超越する運動が世界を拡大し、自我を審問する運動が自我を強化するというこの無能性を、レヴィナスは悲劇として受けとめてこう書いている。

あらゆるものに対して外部にありながら、私はおのれ自身には内属し、それに繋縛されている。私が引き受けた実存のうちに私は幽閉されている。自我がおのれ自身以外のものではありえないというこの無能性は自我の根源的な悲劇性、すなわち私が私の存在に釘付けにされているという事実を示している。[95]

カリギュラが終幕近くに、おのれの鏡像を前にして叫ぶ言葉はほとんどこれと変わらない。

不可能なもの！　私はそれを世界の涯まで、私自身の極限まで追い求めた。私は手をさしのべた。（絶叫する）私は手をさし出す。すると私が出会うのは、いつもお前だ。私の前にはいつもお前がいる。だから私はお前が心底憎いのだ。私の選んだ道は間違っていた。私はどこにもたどりつかなかった。[96]（強調は引用者）

カリギュラは「私自身の極限」（aux confins de moi-même）を究める。けれども極限においてさえ「私」は「不可能を追い求める私」であることに変わりはない。最後までカリギュラにつきまとうもの、彼が満腔の憎悪を向けるのは、彼が釘付けにされている「私」という機能なのである。「私が私自身でしかありえないこと」を究極的な無能性として認知するものには「私」の機能を廃棄すること、「私の機能を形成するもの」(formateur de la fonction du je)を破壊することしか残されていない。

それゆえ「鏡は排除されねばならない」。

(カリギュラ、鏡の中のおのれの姿を凝視する。前に一歩跳ぶふりをして、鏡の中の分身が対称的な動作をするのに向けて、いきなり吠え声をあげながら椅子を投げつける)[97]。

幼児は鏡の中の分身が自分と対称的な動作をするのを見て、喜悦の感情を示す。幼児はそのとき「私」を騙取する。退行のプロセスを駆け下るカリギュラは、分身の対称的動作のうちに「私」の「私」への繋縛性のあかしを見て、憎悪の感情を覚える。彼は「前に一歩跳ぶふりをして」鏡像を出し抜こうとする。けれども、鏡像を出し抜くことは「私」にはできない。なぜなら、鏡像の方が「私」の起源であり、鏡像の呪縛から逃れるためには、「私」であることを止める他ないからだ。

カリギュラに残された選択はもう一つしかない。鏡を破壊し、「私」の機能を解体し、鏡像段階以前の原身体への退行を完了することである。

鏡の破壊と同時に舞台には叛徒がなだれ込んでくる。

（老貴族、カリギュラに背後から斬りつける。ケレアは正面から斬りかかる。カリギュラの哄笑は嗚咽に変わる。全員が斬りかかる）[98]。

こうしてカリギュラは「寸断された身体」へと斬り刻まれ、言語以前の「しゃくり上げ」（hoquet）を残して、生物の原状へ帰還し終えたのである。

5　結論

『カリギュラ』のうちに「アンチ・オイディプス」の「隠し絵」を読み取ること、これが本論考のねらいであった。鏡を軸にして配列された一連の文学的意匠を「欲望のテクスト」として読むという私たちの作業仮説はとりあえずつじつまの合う推理の態をなしたように思う。

このような読みが『カリギュラ』という作品にだけしか当てはまらないのか、それともカミュの他の作品についてもある程度妥当するのかについては、今のところ確かなことは言えない。しかし、いくつかの伝記的事実がこの読解と符合することは指摘しておいてよいだろう。

アルベールの父、リュシアン・カミュは息子が一歳に満たぬうちにマルヌで戦死した。「分けへだてない愛情で子供たちを愛した」[99]母は聴覚障害があり、文盲であった。父代わりの叔父は言語障害があった。家族を支配していたのはヒステリックで、自己中心的な祖母であり、彼女の口から出るのは、理不尽な情念の言語と「げろ」であった。[100]

この家庭環境に、父性機能が著しく欠けていたことは、誰の眼にも明らかであるだろう。少年を「不思議な母の無関心（無差異）」(l'indifférence de cette mère étrange)[101]から切り離し、「掟と社会文化的価値」の境位へ導くための「父のパロール」がここには欠落している。

にもかかわらず「父の否《ノン》」と「父の名《ノン》」が「唯一の救済への道」[102]である以上、少年は自らの手で自らを去勢する他ない。

カミュが「男（大人）であること」(être un homme) に過剰なこだわりを示し、その男性誇示が、しばしば通俗的・表層的なシミュラークルに流れがちであることを私たちは別稿で論じたことがある。[103]これを成熟することへの性急さのあかしと見ることも不可能ではないだろう。

「大人にならなければならない」という心理的脅迫の下で、ヨーロッパ人は成熟の旅程を歩む。脱落者はただちに異型に分類され、場合によっては狂人として治療の対象にされる。

エディプス通過のための条件においてハンディを背負わされ、なお範例的男性として自らを律することはカミュにとってひときわ痛苦な経験であったに違いない。彼が意志の力で排除した欲望は、それゆえ幻想的に繰り返し彼のエクリチュールの表層に回帰することになった。

「大人になんかなりたくない」。これが『カリギュラ』のうちに私たちが見出し、その「尻尾をつかんだ」欲望の名である。

註

1 Simone de Beauvoir, *La force de l'âge*, Gallimard, 1960, p. 650.

2 Jacques Lacan, *Le séminaire sur «La lettre volée»*, in *Écrits I*, Seuil, 1966, p. 36.

3 E. A. Poe, *The Murders in the Rue Morgue*, *Poetry & Tales*, The Library of America, 1984, p. 412.

4 Poe, *The Purloined letter*, *Ibid.*, p. 694.

5 Shoshana Felman, *Jacques Lacan and the adventure of insight*, Harvard University Press, 1987, p. 46.

6 Lacan, *op. cit.*, p. 43.

7 Albert Camus, *Préface à l'édition américaine du Théâtre*, in *Théâtre, Récits, Nouvelles*, Gallimard, 1962, pp. 1729-30.（以下 *PLI* と略記）

8 Camus, *Prière d'insérer*, in *PLI*, p. 1744.

9 フィリップ・ソディ、『アルベール・カミュ』、安達昭雄訳、紀伊國屋書店、一九六八年、八五頁。

10 Pol Gaillard, *Albert Camus*, Bordas, 1973, p. 72.

11 西永良成、『評伝アルベール・カミュ』、白水社、一九七六年、九六頁。

12 Camus, *Préface à l'édition américaine du Théâtre*, *PLI*, p. 1729.

13 Camus, *Carnet no I*, in *Œuvres complètes d'Albert Camus, tome 6*, Gallimard et Club de l'Honnête Homme, 1988, p. 36.（以下 *Carnet I* と略記）

14 Camus, *Noces*, in *Essais*, Gallimard, 1965, p. 57.（以下 *PLII* と略記）

15 Camus, *L'Envers et l'endroit*, *PLII*, p. 39.

16 *Ibid.*, p. 49.

17 *Ibid.*, p. 39.

18 Camus, *Caligula*, in *PLI*, p. 79.

19 *Ibid.*, p. 27.
20 *Ibid.*, p. 76.
21 *Ibid.*
22 Camus, *Le Mythe de Sisyphe*, *PLII*, p. 122.
23 Camus, *Noces*, *PLII*, p. 65.
24 Camus, *Caligula*, in *PLI*, p. 78.
25 Camus, *Interview à «Servir»*, (1945), *PLII*, p. 1427.
26 Camus, *Caligula*, *PLI*, p. 78.
27 *Ibid.*, pp. 34-35.
28 Camus, *Le Mythe de Sisyphe*, *PLII*, p. 117.
29 Camus, *L'Homme révolté*, *PLII*, p. 693.
30 Lacan, *Le Stade du miroir comme formateur de la fonction du je*, in *Écrits I*, p. 90.
31 *Ibid.*
32 *Ibid.*（強調は原著者）
33 *Ibid.*, p. 91.（強調は原著者）
34 J・ドール、『ラカン読解入門』、小出浩之訳、岩波書店、一九八九年、七九頁。
35 Lacan, *La signification du phallus*, in *Écrits II*, Seuil, 1971, p. 108.
36 *Ibid.*, p. 112.
37 Lacan, *Les formations de l'inconscient*, cité par L. Ferry et A. Renault, *La Pensée 68*, 1988, p. 296.
38 *Ibid.*
39 S・フロイト、「快感原則の彼岸」、『フロイト著作集　第六巻』、井村恒郎他訳、人文書院、一九七〇年、一五六頁。
40 ドール、前掲書、九五頁。
41 同書。
42 Maurice Blanchot, *La littérature et le droit à la mort*, in *La part du feu*, Gallimard, 1949, p. 316.
43 M・マリーニ、『ラカン』、榎本譲訳、新曜社、一九八九年、一〇四頁。
44 同書、一〇八頁。
45 石田浩之、『負のラカン』、誠信書房、一九九二年、一五五頁。

46 J・ラカン、『家族複合』、宮本忠雄他訳、哲学書房、一九八六年、六〇頁。

47 ラカン、「精神分析における攻撃性」、『エクリI』、高橋徹訳、弘文堂、一九七二年、一四二頁。

48 Lacan, *Le Stade du miroir comme formateur de la fonction du je*, in *Écrits I*, p. 90.

49 ラカン『家族複合』、八八頁。

50 Camus, *Préface à l'édition américaine du Théâtre*, *PLI*, p. 1730.

51 Felman, *op. cit.*, p. 104.

52 *Ibid.*, p. 105.

53 ラカン、「精神分析における攻撃性」、一五四頁。

54 同書、一五五頁。

55 ドール、前掲書、一〇四頁。

56 マリーニ、前掲書、七七頁。

57 Camus, *Caligula*, *PLI*, p. 94.

58 *Ibid.*, p. 46.

59 フロイト、「快感原則の彼岸」、一七二頁（強調は原著者）。

60 同書、一七四頁（同）。

61 Camus, *op. cit.*, p. 27.

62 *Ibid.*, p. 8.

63 *Ibid.*, p. 12.

64 *Ibid.*, p. 19.

65 *Ibid.*, p. 13.

66 *Ibid.*, p. 18.

67 *Ibid.*, p. 13.

68 *Ibid.*, p. 89.

69 *Ibid.*, p. 12.

70 *Ibid.*, p. 89.

71 *Ibid.*, pp. 31-32.

72 *Ibid.*, p. 55.

73 *Ibid.*, p. 83.

74 *Ibid.*, p. 101.

75 *Ibid.*

76 *Ibid.*, p. 11.
77 *Ibid.*, p. 15.
78 *Ibid.*, p. 16.
79 *Ibid.*, p. 22.
80 *Ibid.*, p. 27.
81 ドール、前掲書、一〇〇頁。
82 Camus, *op, cit.*, p. 26.
83 *Ibid.*, p. 28.
84 *Ibid.*, p. 26.
85 *Ibid.*, p. 103.
86 *Ibid.*, p. 105.
87 *Ibid.*, p. 104.
88 *Ibid.*
89 *Ibid.*, p. 106.
90 *Ibid.*, p. 17.
91 *Ibid.*, p. 42.
92 Camus, *Carnet I*, p. 243.
93 Camus, *Caligula*, in *PLI*, pp. 29-30.
94 François Poirié, *Emmanuel Lévinas, Qui êtes-vous?*, La Manufacture, 1987, p. 82.
95 Emmanuel Lévinas, *De l'existence à l'existant*, Vrin, 1978, p. 143.（強調は原著者）
96 Camus, *Caligula*, in *PLI*, pp. 107-108.
97 *Ibid.*, p. 108.
98 *Ibid.*
99 Camus, *L'Envers et l'endroit*, *PLII*, p. 25.
100 *Ibid.*, p. 21.
101 *Ibid.*, p. 26.
102 マリーニ、前掲書、六〇頁。
103 「レヴィナスとカミュ――存在論から倫理へ」『神戸女学院大学論集』、第一一〇号、一九九一年。

（『神戸女学院大学論集』39（2）、1992年12月）

アルベール・カミュと演劇

H・R・ロットマンの『伝記アルベール・カミュ』は一九五五年の出来事として、次のような短いエピソードを伝えている。

三月二十六日、カミュは、〈ノクタンビュール〉劇場で、『カリギュラ』の全文朗読を行なった。聴衆は青少年であった。初めは単調な読み方だったが、次第に熱を帯び、終幕に至ると、各人物を本当に演じていた。聴衆は、本物の上演を観ているような印象を持った。[1]

この短い記事から、初演からすでに十年が経っていた『カリギュラ』にアルベール・カミュがいまだに深い愛着を持っていたことが知れる。

この時期、カミュはサルトルとの『反抗的人間』をめぐる論争のあと、失意のうちに長く気鬱な沈黙を守っていた。だが、作家的にはきわめて非生産的だったこの時期にも、カミュは戯曲の翻案と上演についてだけは、むしろ以前よりも活動的であった。ロットマンはこの時期のカミュが示した演劇への情熱について、こう書いている。

かれの生涯の最後の十年間を支配して行くのは、もはや文学ではなく、演劇なのである。[2]

アルベール・カミュはどうして演劇に情熱を注いだのか。また、どうしてその情熱は、彼が文学的あるいは哲学的な生産性を失ったあともまだ持続し得たのか。私はこれまでこの問いについて一度も真剣には考えたことがなかった。『カリギュラ』の新訳にひとことを寄せる機会を与えられたことを奇貨として、それについて考えてみたいと思う。

カミュの伝記や知友の回想を読むと、どれにも俳優として、演出家として、そして戯曲家として、彼がたいへんに才能豊かな人であったことが記してある。だが、カミュの演劇へのこだわりはそれだけでは説明がつかない。

カミュの名前を文学史に刻むのは『異邦人』という小説であり、これはあと百年後に、それ以外の彼のすべての作品（そして彼の同時代のすべての作品）が忘れられても、読み継がれているだろう。だが、率直に言って、彼の戯曲が（『カリギュラ』を含めて）、作品自身の力で、それほど長い寿命を持ちこたえることができるかどうか、私には分からない。

もし、カミュが何か「言いたいこと」があり、それを広く世界中の人々に、後世の人々に伝えたいと願っていたとしたら、彼はそれを戯曲というかたちでは書き残さなかっただろう。どう考えても、演劇作品の上演には小説や哲学論文の執筆よりはるかに手間暇がかかる。プロデューサーから俳優まで、多くの参加者の協力を得なければ実現できない演劇は「伝えたいメッセージ」を過不足なく送信するための媒体としては明らかに不適切だからである。

にもかかわらず、カミュは戯曲を書き、演出をし、俳優として演じることに対して最後まで変わることのない欲望を持ち続けた（俳優としては一九四三年の、流産したサルトルの『出口なし』上演企画での主役がカミュが舞台に立つ最後の機会だった）。

だとすれば、カミュは演劇を通して、それ以外の形態ではかたちをとることのできない何かを経験しようとしていたと考えるのが論理的である。その「何か」とは何だろうか？

『異邦人』、『シシュポスの神話』、『カリギュラ』の三作品はあわせて「不条理三部作」と呼ばれている。批評家がそう呼んだのではない。カミュ自身がこの三作品を一冊のものとして刊行することを望んでいたのである。一九四一年にアルジェの出版社シャルロに対して、カミュはその可能性を打診したが、実際には、『異邦人』の原稿だけが、パスカル・ピア、アンドレ・マルロー経由でガリマール書店の企画審査委員会に届けられ、委員会を主宰していたジャン・ポーランの「鶴の一声」により、作品の刊行が決定した。カミュ自身は『異邦人』を独立した作品ではなく、「一つの《系列》の全体を構成するものの一部として」渡したつもりであったので、単独刊行はカミュにとってはやや不本意な事態であった[3]。

しかし、実際には『異邦人』の解釈のために『シシュポスの神話』を引用することは繰り返し行われるが、『カリギュラ』の解釈のために、他の二作品が引かれることはまれである。それは、『カリギュラ』が『異邦人』、『シシュポスの神話』と比べても、解釈にとりわけ困難を要さない作品だと見なされているからである。

論理的にはそうである。これはこの「難解な戯曲」に対する評価としては意外なものに思われるだろう。『カリギュラ』のような難解な戯曲が物議を醸すことが（比較的）少なかったという文学史的事実に私は興味を惹かれる。どうして、そういうことが起きたのか。

カミュが文学史上の伝説になった今から、リアルタイムでのパリでのカミュのポジションを想像することは容易ではない。実際には文壇、論壇におけるカミュの立場は決して堅牢なものではなかった。彼の一挙手一投足はデビュー直後からメディアの注目を引き、さまざまな立場の人々が（シュールレアリスト、スターリニスト、最後には実存主義者たちが）カミュに仮借ない批判を浴びせ続けていたし、占領中やアルジェリア戦争のときなら、彼の著作活動は文字通り「命がけ」のものであった。カミュは（私たちが日本の文壇で見知っているようなタイプの）「人気作家」では全くない。そのことを覚えておこう。

『異邦人』はパリから見れば文字通りの「異邦」であるフランス領アルジェリアの労働者階級の青年の内面を描いたロマンであり、グランゼコールの出身で、ブルジョワジーの子弟たちから構成されていた「パリ文壇」のエリートたちにとっては所詮「ひとごと」であった。

『シシュポスの神話』は挑発的な哲学的エッセイであったが、（後にサルトルが批判したように）、アカデミックな哲学教育を受けていない（それゆえ哲学に十分な敬意を払うことができない）「無教養なアルジェリア人」の書き物だとパリの高踏的な哲学サークルからは見なされていた。

「不条理三部作」のうちの二作は騒然たる物議を醸したが、『カリギュラ』だけは毀誉褒貶にもみくちゃにされるという運命を免れた。『カリギュラ』は一九四五年九月に初演され、ジェラール・フィリップの伝説的名演によって、パリの観客のほぼ全員から（「温かい」から「熱狂的に」の間のどこかの）評価を以て迎えられたからである。戯曲だけが享受しえた、この「穏やかな運命」に私は興味がある。それはおそらく演劇にかかわるときの、カミュ自身の「穏やかさ」と相関している。

文壇でも論壇でも、絶えず身を守るための戦いを余儀なくされていたカミュにとって、演劇は「敵がいない」唯一例外的な活動領域であった。彼はそこでは「仲間」たちに囲まれていた。

『カリギュラ』ではジェラール・フィリップが（『誤解』ではマリア・カザレスが）戯曲に命を吹き込んだ。観客は主演の俳優たちに魅了された。彼らはその深みのある声と美しい身体を経由させることで、戯曲に命を与えることができる。

小説や哲学書においては、著者以外の誰かがその作品に「命を吹き込む」というようなハイレヴェルの関与をすることはありえない。戯曲においてだけ、それが可能になる。

だから、戯曲家は孤独ではない。彼が十分に言葉にできなかったことを（場合によっては、彼が言うつもりがなかったことさえも）、俳優が舞台で実現してしまうということが起こり得るからである。演劇において、戯曲家は舞台上に実現されたものの「創造者たち」の一人（俳優や演出家やスタッフたちと同格の）という慎ましい地位に満足しなければならない。小説や論文において、書き手は「あなたはこれを通じて何を言いたいのか」という問いを回避することが許されない。けれども、演劇においてはそうではない。戯曲家は「舞台にすべてがある。舞台を見てくれ」と答えて、それ以上の説明を留保する権利があり、あえて言えば、義務がある。

アルベール・カミュが演劇という形式にこだわったのは、「書き手がそこでは全能ではない」ということが理由ではないか。私にはそのように思われるのである。

演劇はそこにかかわる全員に自制と献身を要求する。「私のありのまま」を演じたいという俳優や、「私の審美的こだわり」を表現したいという演出家や、「私の政治的意見」を宣布したいという戯曲家は、舞台にかかわる資格がない。演劇では、「私」の知的優位や、「私」の政治的正しさを主張することは許されない。だから、演劇の世界には（凡庸な劇評家と観客を除外してしまえば）、「敵」がいない。そこには「友人」たちしかいない。

アルベール・カミュは一九五八年のインタビューで、彼がどうして演劇にこだわるのか、その理由についてこう語っている。

私にとって忘れがたいものがいくつか存在します。例えば、レジスタンスや『コンバ』に見られた同志的連帯がそうです。それはもうずいぶん昔の話になってしまいました。けれども、演劇にはその友情と、集団的な冒険がいまだに残っています。私にはそれが必要です。それが、人が孤独ではなく生きることのできる最も心暖まる方法の一つだからです。[4]

カミュはここで実に率直に、彼が演劇に求めたのは「同志的連帯」、「友情」、そして「集団的冒険」(aventure collective) であることを認めている。彼はかつてレジスタンスのときにそうであったように、匿名の一人として集団的創造に参加することの喜びを演劇のうちに求めたのである。というよりむしろ、カミュはレジスタンスにおいて、彼がかつてアルジェの『仲間座』(le Théâtre de l'Équipe) の同志たちとともに培った能力(「ありあわせの材料で」、「上演台本の作成から舞台装置から衣装まですべてを自分たちの手で作り上げる」[5] 能力) を発揮したというべきかもしれない。

エマニュエル・ロブレスは『仲間座』を率いていた若き演出家との最初の邂逅をこんなふうに回想している。

俳優は皆すでに舞台の上にいて、信頼に満ちた楽し気なある種の仲間意識で(……) 結ばれていることが見てとれた。そして演出家は、言葉を荒げることもなく、時々淡々と指示を出していた。そして穏やかに意見を述べていた。彼の指摘は常に細やかで、的確であるように私には思われた。そしてためらうことなく、取るべきふさわしい姿勢あるいは動きを俳優たちに示唆していた。（……）彼は指示を与えたり、あるいは舞台の上で自ら演技をしてみせたりした。そして顔を汗で光らせ、しばしば額を拭いながら降りてきた。[6]

ロブレスが描く若きカミュのこの肖像のうちに、演出家としてあるいは俳優としての卓越性を仲間たちに誇示することを自制し、俳優たちのうちに空気のように溶け込み、彼らの中に入り込み、同一化し、一つの多細胞生物のようなものを作り上げようとしているカミュの確かな意志を私たちは読み取ることができる。

ロブレスに会った最初の夜、カミュは「彼が芸術のなかで《最も偉大なもの》とみなしている戯曲を書く」[7]ことをロブレスに勧めた。それほどにアルジェ時代のカミュは演劇と幸福な関係にあった。

人は成熟したあとも、苦しみや迷いに出会うたびに、自分の進むべき道を確かめるために、「至福」の原点的経験に繰り返し立ち返る。サルトルとの激烈な論争により、論壇における絶望的な孤立を経験した翌年、カミュはラリヴェーの『精霊たち』とカルデロンの『十字架への献身』という二つの戯曲を翻案上演し（狭い業界内部のことではあったが）、絶讃を浴びた。このときカミュは「同志たち」との連帯をもう一度回復しようとしたのだというロットマンの解釈に私も同意する。

　かれは、職業俳優を監督し、自分の仕事に対する全国的な注目を浴び、毎晩、二千人を越える観客を迎えたのである。（……）今では、これこそが唯一可能な救済だと、確信したのである。そこには、友人たち――俳優たち、そしてもしかしたら演出家たち――がおり、批評家も、公衆も、もはや恐れることはなかった。[8]

間違いなく、ジェラール・フィリップ、ジャン＝ルイ・バロー、マリア・カザレスらの俳優たちはカミュにとってつねに変わることのない忠実な友人たち（あるいはそれ以上）であった。だから、カミュは『シシュポスの神話』の中で俳優に破格の地位を与えている。

　俳優の王国はうつろいやすさのうちにある。あらゆる栄光のうちで、俳優の栄光が最も儚い。（……）俳優は喝采を浴びるか、浴びないか、その二つに一つしかない。作家なら、たとえ無視されても後世の評価に希望をつなぐことができる。作家は自分が何者であったのかの証言を自作に託すことができる。俳優が私たちに残せるのはせいぜい一葉の写真である。彼のものは何一つ、その身ぶりも、その沈黙も、その短い息づかいも、その愛の吐息も、私たちの下には届かない。（……）あらゆる創造行為のうち最も儚いものの上に構築されたこの滅びゆく栄光ほどに驚くべきものがあろうか。俳優は三時間だけイアーゴであり、アルセストであり、フェードルであり、グロスター公である。このわずかな時間のうちに、俳優は五十平方メートルの舞台の上に、彼らを生み出し、そして滅ぼす。（……）三時間後に俳優は、今日だけ彼のものである人間の顔の下で死ぬ。だから三時間のうちに、彼はある例外的な人生のすべてを経験し表現しなければならぬのである。（……）三時間で、俳優は出口のない道の終点まで行き着く。座席で見ている人々がそれを踏破するために一生をかける歴程を駆け抜けるのだ。[9]

一つの目的のために人々が自発的に集まり、支援し合い、教え合い、目的が達成されたら無言のうちに離散して、場合によっては二度と会うことがない。それが共同の創造の場の作法である。そこでは何よりもまず「同志的連帯」が求められ、自分らしさを声高に表現したり、自己主張したりすることは自制されねばならなかった（レジスタンスの場合には本名を名乗ること自体が禁忌であった）。

それは私たちの作家について言えば、カミュが「カミュであること」の正しさを立証したり、弁護したりする責務から解放されていたということである。

戯曲家カミュは素材を提供するだけの人であり、俳優や演出家から、テクストの意味について訊かれれば答えるというだけの仕事のうちに踏みとどまらなければならない。この「割り当てられた仕事の局所性」という事実が、集団の創造の中の「一つの歯車にすぎない」という事実が、カミュに深い解放感と喜びをもたらしたのではないか。私にはそのように思われる。

五八年に刊行された戯曲集の英語版の序文にカミュはこう書いている。

『カリギュラ』はその当時の私の思念を領していた主題に想を得たものである。この作品を高く評価してくれたフランスの批評家たちは、これは「哲学的戯曲」であると語った。そのようなものが果たして存在するのだろうか？[10]

この修辞的問いは「存在しない」という答えをすでに含んでいる。「哲学的戯曲」(pièce philosophique) などというものは存在しない。演劇において、戯曲家がそこに込めた「哲学的命題」がどれほど適切に観客に理解されたか、というようなことは問題にならない。演劇は何か有用な情報や正しい命題を後世に残すための手段ではなく、美しいものがまたたくうちに消え去るという事況そのものに立ち会う経験のことだからである。演劇はそれを作り上げるまでの同志たちとの集団的努力と、舞台の上に生成する一瞬の栄光がすべてであり、「この戯曲を通じて作家は何を表現しようとしていたのか？」といった事後的な問いは原理的に無意味なのである。だから、私もまた、通常このような解説に期待されている「この戯曲を通じて作家は何を表現したいのか？」という問いを自制しようと思う。

アルジェ時代の演劇活動を回顧して、カミュは熱くこう語っている。

私たちは三ヵ月働いて金を貯め、二ヵ月間稽古をしましたけれど、それはたった二回の上演のためのものだったのです。信じていなければ、こんなことはできません。[11]

「信じていなければ、こんなことはできません」(il fallait y croire!) と言うとき、カミュは「何を」信じているのかを曖昧な中性代名詞で指示するにとどめた。「何を」信じていたのか、それをカミュはあえて言挙げしなかった。私はこの謙抑的な構えのうちにカミュの演劇への敬意を見るのである。

一九四五年九月二六日、エベルト座には、ジロドゥの戯曲で彗星のように登場し、「天使」と呼ばれてパリ中を熱狂させたジェラール・フィリップが、今まさにその名声の絶頂にあるアルベール・カミュ氏の新作戯曲のタイトル・ロールを演じるのを見るために、パリ中の先端的な知識人が押し寄せた。

アルベール・カミュはその十五年後に四六歳で自動車事故で死んだ。ジェラール・フィリップはカミュの死の二ヵ月前に癌で三六歳のあまりに短い人生を終えていた。その日、エベルト座の客席にあって、その奇跡的な舞台を実見した人々のほとんどはすでに鬼籍に入っている。その幸福な経験を追体験することは私たちの誰にもできない。

『異邦人』や『シシュポスの神話』のようなテクストはこれまで時代を超えて生き続けてきたし、これからも生き続けるだろう。けれども、『カリギュラ』の場合はテクストとしては生き延びることができない。今ここで、俳優たちがおのれの身体を供物として捧げることなしには、アルベール・カミュの青春の息づかいに私たちは触れることができない。

その意味で、戯曲は未完成な文学形式である。戯曲は単独では完結しえず、他者の参加を呼び求める。そして、他者の関与があるたびに、そのつど「別のもの」として繰り返し再生する。

カミュがこの本の読者に求めているのは、戯曲を読むことよりもむしろそれを上演することであり、上演された舞台の観客となることだろう。その意味では、岩切正一郎さんがこの新訳を活字化に先立って、まず上演台本として現場に差し出したというのは、カミュの意思を実に正しく理解したふるまいのように思われるのである。

註

1 H・R・ロットマン、『伝記アルベール・カミュ』、大久保敏彦、石崎晴己訳、清水弘文堂、一九八二年、五九五―五九六頁。

2 同書、五六二頁。

3 同書、二八〇―二八二頁。

4 Albert Camus, *Interviews*, in *Théâtre, Récits, Nouvelles*, Gallimard, 1962, p. 1713.

5 *Ibid.*, pp. 1713-14.

6 エマニュエル・ロブレス、『カミュ　太陽の兄弟』、大久保敏彦、柳沢淑枝訳、国文社、一九九九年、一二一―一二三頁。

7 同書、一五頁。

8 ロットマン、前掲書、五七三頁。

9 Camus, *Le mythe de Sisyphe*, in *Essais*, Gallimard, 1965, pp. 158-159.

10 Camus, 'Préface à l'édition américaine du théâtre', in *Théâtre, Récits, Nouvelles*, Gallimard, 1962, p. 1729.

11 Camus, *Interviews*, *Ibid.*, p. 1714.

（アルベール・カミュ、『カリギュラ』、岩切正一郎訳、早川書房、２００８年）

声と光

——レヴィナス『フッサール現象学における直観の理論』の読解

1―1

西欧近代はユダヤ系思想家を多く数えるけれども、エマニュエル・レヴィナス(Emmanuel Lévinas, 1906-1995)ほど、公然かつ決然とユダヤ教思想からその着想を汲み出した哲学者は例外的である。ユダヤ教思想に対するこの全面的な帰依が「ユダヤ人思想家」としてのレヴィナスの際立った個性をかたちづくっている。

なぜ「ユダヤ人」思想家が「ユダヤ教」思想に涵養されたことが例外的な個性たりうるのであろうか。このパラドクスには少し説明が必要だろう。

ユダヤ系思想家の理論的業績にユダヤ教思想の影響を事後的に検出することは難しい仕事ではない。例えばD・バカンはフロイトにカバラーの影響を認めているし、M・ウルフソンはマルクスに「ラビ的思考」の痕跡を見出した。サルトルがフッサール、スピノザ、ベルクソンに「純粋知性への嗜好」「普遍性への情熱」という「ユダヤ人の理性主義」を認めたのはいささか旧聞に属するとして、最近ではS・ハンデルマンがジャック・デリダの理論に「ラビ的発想」を発見したと主張している。

このような類型への還元において「ユダヤ教思想」は、理論家たちの無意識に刻み込まれた思考の文法という曖昧でかつ破格の地位を提供されている。それぞれの研究が刺激的で示唆に富むことは明らかとしてもここでユダヤ的環境に割り当てられた気前のよい重要性については若干の留保が求められるだろう。

そもそも「ユダヤ人」とは誰なのか。いかなる条件をクリアすれば「ユダヤ人」と認定されるのか。

実践的なユダヤ教信者でなく、聖書、タルムード、カバラーについての体系的な教育も受けたことがなく、ユダヤ人コミュニティーにさえ属していない人であっても「ユダヤ人」であり、その人の思考には拭い難くユダヤ性が刻印されている、という仮説を無批判に受け容れることは難しい。

事実、多くのユダヤ人思想家はことさらに自らのユダヤ人としてのアイデンティティーを否定してみせた。スピノザ、マルクス、トロツキー、ベルクソン、シモーヌ・ヴェーユらに見られる仮借のない、場合によっては過剰とさえ見えるほどのユダヤ教批判は、彼らが自分の理論の科学性・中立性を守り、民族的・宗教的な「発想」への還元を拒否しようとしている意志の現れとして解釈することも可能である。

さて、自らの思考を律するような環境的与件の否定は、程度の差はあれ西欧近代のユダヤ系知識人の全般的傾向である。サルトルが正しく指摘した通り、彼らは「ユダヤ人としての現実から逃れようとするそのときに自らをユダヤ人として造型してしまう」[1]のである。
ユダヤ出自の影響を否認するわずかに余計な仕種によって、彼らは自らの中立性を傷つける。「ユダヤ人の反ユダヤ主義」と呼ばれるこのジレンマに西欧近代のユダヤ人は取り憑かれていた。そしてそのジレンマゆえに、中立性・科学性を要求するユダヤ系思想家の業績を宗教的霊感と結びつけて説明することはつねに可能だったのである。

レヴィナスの基本的な戦略は、このジレンマを無効化することをめざしている。彼は自分の思考を律する環境的条件を胸を張って認める。そしてその環境が学知的に卓越したものであることの認知を逆に非ユダヤ的世界に向かって要求するのである。

この身振りは「被差別・被抑圧」民族がその否定的条件ゆえに優先的発言権を要求する「第三世界主義」とは異質のものである。

レヴィナスは非ユダヤ人と同等の権利を請求するのではなく、非ユダヤ人の範例たる過剰な義務を自分のために請求するのである。つまり「ユダヤ人としての責務を受け容れるそのときに自らを人間として造型する」こと、レヴィナスがめざしているのはこれである。

この基本的戦略がどのように構想され、どのように実践されていったのか、これを問うのが本論考のおおまかなねらいである。

1－2

一八世紀以来進行したユダヤ人の「同化」は、近代市民社会への受け容れの代償として、彼らに民族的伝統の放棄を要求した。

伝統との急激な断絶が同化世代に及ぼした影響については、すでに多くの研究がなされた。「伝統に対する中途半端な忠誠心」と「伝統の断絶への中途半端な欲望」の間に引き裂かれた同化世代は「二つの歴史、二つの文化、二つの和解不能の思惟形式の中間に宙吊りにされる」[2]。

この否定的条件が逆に彼らのうちから卓越した西欧文化の分析者たるマージナル・マンを産み出したのは周知のことである。

ここで私たちが確認しておかなくてはならないのは、同化世代を伝統の側へ引き止めたものは、父祖から伝えられた生活様式への漠然たる郷愁であり、精神的遺産としてのユダヤ教の学知的威信は問われることさえなかったということである。

ハインリッヒ・マルクス、ヨーゼフ・フロイト、ヘルマン・カフカが体現していた伝統は彼らの息子たちにとっていささかも学知的なものではなかった。

これとは逆に、レヴィナスの生地リトアニアにおいてユダヤ教思想は、精神生活全域を統轄する原理であり、学知的な崇敬の対象であった。この対照は注目に値する。

一九世紀から二〇世紀初頭にかけてリトアニア・ユダヤ人社会は経済的・文化的に活況を呈していた。人口は一五万人、レヴィナスの生まれたカウナスでは住民の四〇%に達していた。伝統的に教学の中心地であり、ラビ養成、ヘブライ語文献の出版事業においても世界的に知られたリトアニアでは、独仏に見られたような自虐的・自損的な同化主義が育つ条件が整っていなかった。

レヴィナスによれば、故郷カウナスは「ユダヤ教が最高度の精神的発達を遂げた」地であり、そこでは「タルムード研究の水準は非常に高度で、生活全体がタルムードの学習の上に築かれ、学習として生きられていた[3]」。

レヴィナスはリトアニアにおけるユダヤ教の学知的威信について次のように証言している。

一般文化と近代文明に対してもっと開かれた知的諸形式が私の時代には拡がってきたはずなのに、それさえもこの過去の威信を消し去ることはできなかった[4]。

西欧文明への抵抗は伝統の堅固さだけでなく、教えの内容自体にも原因があるように思われる。リトアニア・ユダヤ教は反ハシディズムに端的に示された「知性主義」をその特質とするからである。

リトアニアのユダヤ教は神秘主義的なユダヤ教ではない。反対に神秘的なものの侵入を絶えず警戒している知性であり、タルムードを軸とし、またタルムードの内部で展開する註釈を通して、ラビ的思考の弁証法に結びついている。[5]

宗教的法悦状態における神との合一を求めるハシディズムを厳しく斥けたのはリトアニアの「反論派」(ミトナグディーム)であり、その代表的論客がレヴィナスの敬愛してやまない一八世紀のタルムード学者ヴィルナのガオン (Gaon de Vilna) である。ある資料によると、リトアニア・ユダヤ人の特徴は「情緒的なひややかさ、感情よりも知性を重んじる傾向、隙のない眼配り、鋭い理解力、辛辣さ」[6]であるという。住民の人格特性についてのこのような印象的な記述はもとより学問的な論証には耐え得ないが、私たちはとりあえず、かかる「通説」とレヴィナスの自己評価が重なり合っていることを見ておくことができる。

レヴィナスがリトアニア・ユダヤ教に対して示す信頼は、例えばハシディズムの中で育てられたアイザック・ドイッチャーの態度と際立った対照をなしている。

ドイッチャーは少年期の宗教的教育を回想してこう書いている。

　すべてのこの似て非なる知識は私の記憶力を混乱せしめ、歪曲し、私を実生活や真の学問や自分をめぐるこの世界についての本当の知識から遠ざけた。それは私の肉体的精神的成長を妨げた[7]。

レヴィナスはユダヤ教思想と西欧哲学を身をもって架橋することになるのだが、この二つの知的伝統への帰属は彼の中に「引き裂かれた」というようなパセティックな感覚を生み出すことがない。また彼の、伝統への忠誠は西欧の誘惑に一度屈伏したあと、成人後に改めて伝統の知的豊饒を再発見したフランツ・ローゼンツヴァイクやベルナール・ラザールの忠誠とも異質であるように思われる。レヴィナスはついに改宗の誘惑や「階級なき社会＝民族なき社会」の幻想とは無縁であったからだ。

レヴィナスには「ユダヤ人の反ユダヤ主義」に類する屈折や葛藤がない。自らの環境的与件を決して否定的条件とみなさなかった点においてレヴィナスは例外的なユダヤ人思想家なのである。

2-1

レヴィナスが「タルムード講話」をフランスのユダヤ知識人会議で始めたのは一九六〇年のことである。『全体性と無限』（一九六一）で学名を高めるより先に、すでにレヴィナスはフランス・ユダヤ人社会において教学の権威者として認知されていた。この講話やラシ（中世フランスのユダヤ教学者）講義を通して師シュシャーニ（Chouchani）から伝授されたタルムード解釈技法を後代に伝えるという高度に専門的な宗教教育を通じてレヴィナスはいわゆる「六八年世代」の青年知識人に大きな影響を及ぼした。

フランスにおけるリトアニア・ユダヤ教の興隆を報告した『セーヌ河畔のヴィルナ』の著者は、アラン・フィンケルクロート、ベルナール＝アンリ・レヴィ、ベニー・レヴィらの世代が「ユダヤ教への帰還を最近になって選択した」ことの理由を次のように分析している。

レヴィナスはディアスポラのユダヤ人が直面している倫理的問題について書くときに、しばしば西欧哲学とユダヤ教思想の両方の教えに準拠して論を組み立てている。近年になって一九六八年世代の旧過激派の若者たちがレヴィナスを畏敬をこめて読み始めたのは、彼の仕事のうちにかつての政治的仮説の限界を超えて新しい考え方の世界へ通じる道を見出したからである。その世界は西欧の哲学的伝統と、リトアニアのタルムード学者たちに連なる分析的伝統の両方に通暁した者だけに開かれているのである。レヴィナスを筆頭とするリトアニア出身の学者たちは、一八世紀にあの伝説的なヴィルナのガオンによって開拓され、この輝かしいタルムード学者の確立した学知的伝統のうちで、厳格に訓練されたラビたちによって幾世代も受け継がれた教えの一つの型を、フランスの大衆に紹介したのである。[8]

フランス・ユダヤ人社会で教学上の権威と仰がれているにもかかわらず、レヴィナスは「ユダヤ人思想家」(penseur juif) という呼称に対してなお一定の留保を要求している。

もしその呼称が哲学的批判に耐えるという労苦を自らに課すことなしに、専ら伝承と宗教的テクストのみに基づく概念を操作する者を意味するのであれば、私はその呼称に異を唱えたい。[9]

伝承に依拠する「宗教的理解」（compréhension religieuse）は存在する。けれどもそれはある種の特殊な訓練を受けた者たちの間でしか伝達できない。「賢者から賢者へ、師から弟子へ、弟子から師へ、俗衆の頭越しに交される対話[10]」は「客観的に伝達可能な了解」（intelligibilité objectivement communicable）とは言いがたいだろう。

特殊なバックグラウンドを必要とする宗教的覚知は「俗衆」に了解可能、「客観的に伝達可能な了解」に変換されなくてはならない。レヴィナスが言っているのは、この了解の準位の差異に、文法の違いに自覚的でなくてはならないということである。

> 哲学的真理を聖句の権威の上に基礎づけることはできない。聖句は現象学的に論証されなければならない。（……）時に私は古代の叡智を借りて思索を深め、聖句を引いてことを明らかにしようとすることがある。それは認めよう。けれども私は聖句を以て論証に代えたことはない。[11]

聖句はそのままでは哲学的論証の任に耐えない。聖句はある種の変換、読み換えを要求する。けれどもそのような哲学的検証は聖句に何かを付け加えたり、聖句から何かを削除したりするわけではない。聖句は「完全記号」（signe parfait）[12]であり、哲学的検証は聖句が本来内包していたいまだ開示されざる未知のアスペクトを開くだけなのである。

だからレヴィナスは宗教的了解と客観的に伝達可能な了解を厳密に截別し、それぞれの趣旨に合わせてディスクールを使い分けている。タルムード講話と哲学的著述の出版社を分けているのは、そのような配慮を体してのことである。

2―2

まず最初に「非・哲学的伝統に属する言語」[13]がある。彼はそれに習熟し、その言語で語られた了解を別の言語に変換し、変換したのちも整合性がゆるがぬことを「裏づけ」ようと試みる。

> 私がはじめて哲学書を読み始めたときから、私の思考のうちにはユダヤ教のテクストが現前しており、そのテクストの要請に従って（……）私が哲学と呼ぶものへ私は導かれていったように思われる。[14]

順序は聖句から哲学へであり、その逆ではない。聖句は哲学的問いの答えを提供するのではなく、問いかけを励起する。哲学のディスクールは聖句に喚起されて問いを深める。

この二つの言説の語法の違いをレヴィナスは「聖書」(la Bible) と「ギリシャ人」(les Grecs) の違いに喩えている。

「ギリシャ人」とは「認識することを精神活動の最たるものとして称揚する[15]」者である。

一方、「聖書」は「我々に人間はその隣人を愛する者であると教える[16]」。「隣人を愛する」ことは「対象の認識や対象の認識としての真理と等しく根源的な、あえていえばより根源的な[17]」精神活動だからである。

「聖書」と「ギリシャ人」は、排除し合う関係にはない。この二つの精神活動は〈西欧〉文明を相補的に構成している。

〈西欧〉(l'Europe) とは「聖書」とギリシャ人のことである。[18]

西欧文明の二大源泉がヘブライズムとヘレニズムであること、ヘレニズムが認識の知でありヘブライズムが行動の知であること、これは常識に属するだろう。例えばマシュー・アーノルドはこう書いている。「ギリシア主義にとって最高の観念は、事物を如実に見ることである。ヘブライ主義にとって最高の観念は、行為と服従である」[19]。同じような差別化の論理はルナン、テーヌからトゥースネル、ドリュモンに至る反ユダヤ主義文献からも無数に引用することができる。

デリダもそのレヴィナス論で同じシェーマを取り上げている。「我々はユダヤ人であろうか？　ギリシャ人であろうか？　我々はユダヤ人とギリシャ人の差異のうちに生きている。それがおそらく歴史と呼ばれるものの統一性なのだ」[20]。

レヴィナスも同じ古典的二元論に準拠して語っているように見える。けれども私たちが看過できないのはレヴィナスが「ユダヤ人」ではなく「聖書」を「ギリシャ人」に対置させていることである。レヴィナスはあえてカテゴリー・ミステイクを犯している。

デリダが言うように、あるいはアーノルドが言うように、「ヘブライ主義とギリシア主義――これらの勢力の二点間をわれわれの世界は動いている」[21]のであれば、「ギリシャ人」と「ユダヤ人」のいずれに長子権があるかの確執は決着を見ないだろう。しかし、レヴィナスは等権利的な二つの知の確執や和解や協調について語っているのではない。

「ユダヤ教思想と哲学的省察の区別は際立った確執（conflit）として現れるものだろ

うか？」[22]と自らに問いかけて、レヴィナスは「私は決してこの二つの伝統を意識的に『調和させる』とか『一致させる』とかいうことを目的にしたことはない[23]」と答えている。

二つの知は確執も和解もしない。それは二つの知が等権利的ではないからである。両者が位階を異にしているからである。

哲学的な思惟というものはすべて前‐哲学的な（pré-philosophiques）経験をその根拠とする。しかるに私においては聖書を読むことがこの基礎的経験に属することだった[24]。

「前」という接頭辞が示すように、二つの知は前後の関係にある。

「聖書」がギリシャ人を必要ならしめるのである[25]。

レヴィナス個人の知的成熟がそういう順序でなされたという事実については私たちに異論をはさむ権限はない。けれどもこの前後関係が汎通的に妥当するのかどうかという問題はまた別である。そしてレヴィナスはこの個人的経験を一般理論として論証してみせることをその任としたのである。

彼の哲学的構想はその出発点においてすでに判明な輪郭を有していた。それは「行動の知」の「認識の知」に対する先行性を、認識の知の語法で語ること、「ギリシャ人」の口をして「聖書」の卓越性を語らしめること、これである。

3－1

レヴィナスが西欧哲学の摂取に先立ってすでに知的な足場を確保していたこと、それゆえ彼の哲学研究はつねにこの前‐哲学的な言説が喚起する問いによって賦活されてきたこと、私たちは以下の論述でそのことを明らかにさせたいと思う。

一九二八年、レヴィナスはわずか数年間の基礎的学習ののち、あやまたずフッサールとハイデガーの下に向かった。それはその時点での西欧哲学の最頂部にレヴィナスがピンポイントしたことを意味している。

フッサールの下に赴いた青年期を回想してレヴィナスは「私はひどく幼く、敬意を欠いていたに違いない[26]」と述べている。なぜなら「私はフッサールが哲学者は『哲学において永遠の初心者である』と言っていたのに同意して彼に会いに行ったのだ[27]」からである。

レヴィナスがめざしていたのは、師の「哲学への入口を理解すること」[28]、師における前‐哲学的経験、師を哲学へ導いたものを理解することであった。「哲学者が語るのは彼の弱さである」というときに「弱さ」の語が指示するのは哲学に先立って哲学を動機づけた何かである。レヴィナスの関心はまずそのような「前」「入口」「励起するもの」（stimulant）に標定されていた。そして彼は徹底的にそこにこだわるのである。

レヴィナス自身はこのこだわりをおのれの「幼さ」としていささかの自嘲を込めて回想しているわけだが、それでも二〇歳を過ぎたばかりの青年が西欧哲学の頂点を究めた老師の前で、その威風に怯むどころかむしろ挑発的な構えを示したという事実は変わらない。

そしてレヴィナスはフッサールの謦咳《けいがい》に接するやただちに幻滅を感じるのである。

> フッサールは彼の探究をもう終えてしまっていた。（……）すでに開かれた地平の方法論については驚くべきものはもうなかった。（……）彼の指し示すものの自体にもはや意外性はなかった。何か語っても、それはもう既刊のどれかの著作で述べられていたことの蒸し返しであった。口頭での教えのうちでもすでにでき上

がってしまったものが存在した。[29]

円熟の境地に達した老哲学者の教えのうちに意外性がないことはそれほど非とするには当たるまいと私たちは考える。けれどもレヴィナスは「驚くべきもの」（surprise）「意外性」（inattendu）とりわけ「口頭での教え」（enseignement oral）における未完了性を強く要求し、それが満たされないことに不満を隠さない。

これは彼が受けた宗教的訓練を勘案すれば納得のゆく態度である。ラビ的伝統においては「終わらないこと」、つねに「驚き」と「意外性」によって対話を活性化することが正統的な知的姿勢とされるからである。

タルムードは矛盾を求め、読者のうちに自由と発明の才と大胆さを要請する。（……）これは超－批判的（hyper-critique）な人々の交わす暗示的運動である。彼らはすばやく思考し、自分と比肩しうる対論者に向かって語りかける。[30]

知はタルムードの渦巻型の版型が暗示するように、一つの完了形に収斂し成就するのではなく、矛盾と反問と創意を喚起しつつスパイラルに放散する運動だとレヴィナスは考えている。「一つの問いに答えが与えられる毎により豊饒な問いを出現させる」

「終わりなき労苦」を「満腔の歓び」を以て迎え容れるのが知の責務だとするならば、[31]「たとえ問いを向けてもフッサールと対話へ入ってゆくことは困難であった[32]」という記述は深い失望を含意したものと受け取られねばならないだろう。

3-2

対照的にハイデガーはその「意外性」のゆえに高い評価を得ることになる。

> フッサールとは対照的に、ハイデガーはとりわけいまだ現象学の領域に属している『存在と時間』においては、すべての頁が斬新であった。(……)ハイデガーにおいてはすべてが意外であるように思われた。情動性についての分析のみごとさ、日常性への独創的な切り込み、存在と存在者の間のあの存在論的差異。こういった主題を、この上なく鮮やかな定式で照らし出しながら思考してゆくときの厳密さ[33]。

レヴィナスはハイデガーが何を思考していたのかではなく、いかにして思考したのかという技術的側面については高い評価をつねに贈っている。しかし、一九二九年のダヴォスでのカッシーラーとの論争後のハイデガーに対してレヴィナスは熱狂のうちにもある種の不安の予兆を感じている。ハイデガーが一九三三年にどうなるのか「ダヴォスにおいてそれを予見するためには預言の才が必要であったろう。長い間——あの恐るべき歳月の間——私は熱狂しながらも、それをそのときに感じ取っていたと考えてきた[34]」。

さしあたりこの予感は、ハイデガーの内在的な批判に資するところはない。けれども弱冠二二、三歳の哲学徒が当時の学知的権威に程度の差はあれ懐疑的な視線を送っていたという事実は確認しておいてよいだろう。この懐疑をレヴィナスの個人的資質によって説明することも不可能ではない。しかし、私たちはレヴィナスが西欧哲学との《ファースト・コンタクト》の時点で、それとは別の知のモードを、より正確に言えば西欧の知を審問するようなある基準を、すでに習得していたという仮説を取りたい。

ここまでの予備的考察を踏まえて以下で私たちはレヴィナスの最初の著作、博士論文である『フッサール現象学における直観の理論』を取り上げる。現象学の「概説書」的体裁を持つこのテクストにおいてレヴィナスがすでに西欧哲学を、それとは別のある学知的立場から、批判的に検証していることをいささか細部にこだわった読解を通じて示したいと思う。

4-1

資料の分析に進むに先立って、レヴィナス哲学の主題についてその概略を素描しておこう。

レヴィナス哲学は自我は他者とどうかかわることができるかという問いを軸に展開している。より具体的には他者の他者性（altérité）を毀損することなしに自我はいかにして他者と交通しうるかという問いが中心になる。

他者は自我と「根本的に分離」したものであり、「私の思考、私の所有に還元されることがなく[35]」、他者と私の間には「共通の祖国が欠如しており」、他者は「私と同じ集合に属さない[36]」。

だから私は他者を主題化することができず、他者を位置づけたり類別したり命名したりできず、総じて他者について語ることができない。というのも「他者について語ること」は、他者を自我の権能の支配圏に取り込むことだからである。「自分一人が行動しており、世界のその他のものは、この行動を受容するためだけにそこにいるかのようにしてなされるすべての行為は暴力的である」[37]とするならば、「ものを製作することも、欲求を充たすことも、欲望も、対象の認識さえも、その意味では暴力的である」[38]。

他者を、何ものかとして認識することは、他者性を傷つけ、他者を自我を中心とする知解の体系のうちに回収することである。認識された他者は、原理的にはもはや他者ではない。これが他者の認識をめぐる古典的で根源的なアポリアである。他者を何ものかとして認識するということは、他者に一つの本質規定を当てはめることであり、自我が棲みついている世界分節形式に基づいて他者を見ることである。しかるに他者は定義上「分節になじまぬもの」であるから、かかる本質規定によって失われてしまう。

他者の非分節性を温存したまま、なお他者とかかわりうるためには、この暴力的な認識作用を中断させることが必要である。つまり私たちが無反省的にその中に棲みついている文化的閉域から身をふりほどき、自我が何の努力もなく、自然に行っている対象の分節作用そのものをとりあえず停止し、「括弧に入れる」ことが必要である。

自我が自動的に実行しているこの認識のプロセスを無害化し、「武装解除」すること、これをレヴィナスは「舞台から演出に眼を移す」という比喩を用いて説明する。

私たちが舞台上の俳優の演技に心を奪われているとき、私たちの意識は俳優に集中し、そこに凝固し、いわば「視線が対象によって塞がれている」[39]状態にある。俳優をそのように際立たせているさまざまな装置、照明、音響などは私たちには主題化されない。

これと同じように、私たちの日常的認識がある対象に向けられているとき、私たちは対象をそのように際立たせているさまざまの「地平」を失認している。この演出、仕掛けを努めて意識化すること、「意識の暗部あるいは意識の盲点に改めて注意を向けること」[40]が「括弧入れ」の第一歩ということになる。レヴィナスは現象学をそのようなものとして理解していた。

志向的分析とは具体的なものの探究である。思惟の直接的視線の下で観念は捕捉され、その輪郭を明らかにするわけだが、実はこの無反省的な思惟が全く見落している地平に（この思惟が与り知らぬうちに）当の観念は植えつけられて映現している。つまり地平が観念に意味を付与しているのだ。これがフッサールの本質的な教えである。[41]

無反省的、常同的に対象を見せられている状態、あらかじめ分節された対象を発見しているにすぎない状態から、そのような「仕掛け」を自覚する状態への移行。この移行にレヴィナスは形而上学の兆しを見出す。最も「根源的な反省」である形而上学は「私たちにとってなじみ深い世界から、（……）私たちの棲みついている『自分の家』から旅立ち、異邦である自分の外へ、彼方へと向かう運動[42]」とならねばならない。

現象学はその限りでは「汝の国を出で汝の父の家を出て」ゆくアブラハムと最初の歩みを共有する。けれどもこの一歩と「他者の現前によって自我の自然らしさが審問される[43]」というさらに根源的な反省（レヴィナスはそれを「倫理」と名づける）の間にはまだ超えがたい径庭が残されている。

4-2

『フッサール現象学における直観の理論』は現象学をフランスに紹介した最初のテクストの一つである。同書によって二四歳のレヴィナスは「当時、フランスにおいてほとんど全く知られていない思想の運動[44]」を要説してみせた。サルトルが同書を通じてフッサールの思想をはじめて知ったという逸話が教える通り、この時点でのレヴィナスの表向きの急務はフッサールの所説の簡潔な祖述であり、その理論的瑕疵《かし》を言挙げすることではなかった。事実、このテクストを素直に読む限り、フッサールへの表立った批判的論及は認められない。例えば丸山静は本書をはじめて読んだときの「感動」を次のように書き記している。

　思考が思考としてのヴァイタリテを恢復するためには、フッサールの現象学にまでたちかえる必要性を強烈に私に吹き込んだ。[45]

同書からフッサール批判の論理を抽出するためには、かなりひねくれた読み方が必要になるだろう。

『直観の理論』の冒頭で、レヴィナスは自らの作業の基本的な構えを次のように規定している。

　フッサール哲学の最後の言葉はまだ語られていない。（……）我々はフッサールの哲学を生きている哲学として研究し提示してみたいと思う。我々はすでに確定した命題を前にしているのではなく（……）生き、変容しつつある思考を前にしているのだ。そのただ中に身を投じ、哲学しなければならない。[46]（強調はレヴィナス。以下同じ）

レヴィナス自身がこの時点でフッサールにおいて思考の生成が、すでに終わっていたと評価していたことを私たちはつい今しがた見たばかりである。彼は「すでに確定した命題」を反復する「意外性のない」師に幻滅したと回想していたはずである。それを「生き、変容しつつある思考」として読み込むと言うときに、この読解はすでに祖述以上のものになっている。

テクストはそれ自体では生きることができず、そこに「身を投じる」註解者の実存を糧にして蘇生し、賦活される。これはレヴィナスを育てた学知的伝統の基本的な考え方である。

> タルムードのうちに表明された思考を伝える短い語句やイメージや暗示や《眼くばせ》の意味するところは、ただ実存の具体的問題、具体的な状況に基づいてのみ明らかにされる。[47]

註解者はそれゆえ「著者の行論を単に再構成するのみならず」「著者と同じ《もの》(chose)の前に立たなければならない[48]」。哲学者をして哲学へ至らしめた「前‐哲学的」経験に準拠してはじめて註解者は哲学を賦活することができる。註解者の実存的介入なしにはテクストは何も語らない。

註解者の声が止んだときに（……）テクストは再び硬直化し、謎めいて、よそよそしくしばしば不可解な古文書に戻ってしまう。[49]

テクストと読み手のこの相互交渉の原理をフッサール読解の冒頭に据えたことによってレヴィナスはこの読解が要説でも祖述でもなく、タルムード的な対話に近いものであることを示そうとしているのではないだろうか。

4―3

註解はテクストを活性化しなくてはならない。いわばテクストが織り上げられ、結節が凝固してしまう以前のカオティックな具体性の相においてテクストは読まれねばならない。

とはいえ生き生きとした未分節の「具体的なもの」へ、という趨向自体は哲学に限らず一九三〇年代の思考のクリシェであり、レヴィナスの創見にはかかわらない。シャルル・モーラスからモーリス・ブランショまで、アンリ・ベルクソンからマルチン・ハイデガーまで、殻質化した外被を粉砕し、流動的・具体的な生のダイナミズムを明徴化せよという力強い呼号は時代全体に取りついていた。

レヴィナスもまた力動性と退嬰性、みずみずしさとこだわりという二元論的比喩を頻用する。『直観の理論』では、現象学と前－現象学的学知がこの二元論に基づいて類別される。

物理学、生物学、心理学といった諸学は意味不明のままの諸観念の助けを借りて機能している。例えば記憶、知覚、空間、時間等の観念がそれである。[50]

いずれの哲学においても、存在は惰性化した質料（matière inerte）としての存在である。[51]

意味を問われぬままに、あたかも自然的であるかのように存在するものは「惰性化」したものであり、具体的な生き変容するものではない。学知はそのような所与に無反省的に準拠することは許されない。

意識と対象が緊張感のないまま安直に同定されたこの「意識の物象化」（réification de la conscience）が反省されない限り、私たちは日常的態度の定立作用という「檻」から出ることができない。

レヴィナスはここでも惰性化し、殻質化した知は意味を生み出さないと繰り返す。惰性化した知において思考は同一的なものへ常同的に回帰する。いわゆる「自然主義」「心理主義」はそれを理由に斥けられる。

> 意識を物理的世界の側に置こうと、物理的世界を意識内容に解消しようと、いずれにせよ意識と物理的世界は自然状態のうちにあり、同一的なものとして開示され存在する[52]。

思考が常同的回帰の閉鎖回路から踏み出すためには、物象化される以前の生きた具体性へ立ち戻らなければならない。

> 真理をめざす思考の本質的行程は我々の生きている具体的世界に基づいて、すぐれて現実的な世界を構築することにある[53]。

「具体的世界」において事物は決して既成の分節線に従って生起してはくれない。事物は刻々と生成変化し、つねに未知の、予想外の相を呈示する。

事物は決してことごとく知り尽くされはしない。事物知覚の特徴は本質的にはそれが十全に相応しないということに存する。[54]

「事物」を「テクスト」と読み換えれば、ここでも解釈原理が踏襲されていることが分かる。具体性に基づき、実存を介入させてはじめて世界＝テクストは意味を語り出す。呼びかける声があってはじめて応答がある。

解釈原理に立脚してレヴィナスはここで「対象」あるいは「主体」という概念の洗い直しを要求する。対象の対象性とは認識によっては汲み尽くされないという本質（むしろ非－本質）のうちに存するのではあるまいか。主体の主体性とは汲み尽くしえぬものを前にしたときの同一性の危機（もはや常同的な認識主体ではあり続けられない事態）のうちに存するのではあるまいか。

対象という理念そのものの起源は主体の具体的な生のうちにある。主体は対象に至るために認識という橋を架けようと躍起になっている実体ではない。対象に顔を向き合わせていること（présence en face de l'objet）のうちに主体性の秘密は存するのである。[55]

主体性を構成する「秘密」は認知性にはなく、対象と「顔を向き合わせている」遂行性に存するということでの記述は、後年のレヴィナスの主体概念とほとんど同一の語詞を用いてなされている。

現象学と前‐現象学的学知の対立という論脈の中で、レヴィナスは対象（他者、外部、テクスト、絶対無分節者）と顔を向きあわせている実存の超越への緊張のうちに主体性の根拠を見出すという立場をフッサールの用語を用いて確保してみせた。

意識活動とは超越的存在を前にした生として記述されねばならないだろう。[56]

4‐4

レヴィナスはフッサールをこのように、いわば解釈学的に読み進んでゆく。実存の全体をかけてテクストを読み込む註解者の姿と世界を前にした意識のあり方とがつねに類比的に語られる。「世界という書物」というなじみ深いメタファーを用いてレヴィナスはフッサールの基本的術語である「志向性」（intentionnalité）を解説するわけだが、この解説の中でなぜレヴィナスが「世界を視る」ではなく「世界を読む」という比喩にこだわるのか、その理由が明らかとなってくる。

レヴィナスは志向性を次のように規定する。

> すべての意識作用は何ものかについての意識（conscience de quelque chose）である。あらゆる知覚は、知覚された対象についての知覚である。あらゆる欲望は欲望された対象についての欲望でありあらゆる判断は決定が下された《事態》についての判断である。[57]

例えば一本の木を前にしたときでも、私たちは単にそれを「木である[58]」と認識し、表象するだけではなく「木を愛したり、恐れたり、憎むこともありうる」（サルトル）。具体的な生は、それゆえ「そのすべての様態において捉えられねばならず、純粋に観想的な（théorique）生の様態においてのみ捉えられてはならない[59]」。

> 対象的圏域には《価値》や《望ましさ》や《有用性》[60]が属しているが、それはこれらが観想的表現において与えられたことを意味しない。

例えば「愛する」という行動は「一つの意味を持っている」けれども、これは一方の極に「愛される対象」があり、他方の極に「愛する感情」があり、それが結びついて「愛」が成就するというものではない。

愛される対象の本性は、まさに愛の志向（intention d'amour）のうちに与えられるということに存する。この志向は純粋に観想的な表象には還元不能である。[61]

そしてレヴィナスは次に最も非‐観想的な対象の例として「書物」を取り上げる。

一冊の書物の実存を構成するのはその実践的、実用的性格である。それは、例えば一個の石とは全く違う仕方で私たちに与えられる。[62]

書物を「石」のように紙とインクと皮革の集積として認識する限り、その本質は逸されてしまうだろう。書物は読み手の主体的な働きかけによって賦活されてはじめて何かを意味する。そして、その意味が読み手を驚愕させ挑発し、新たな読み込みを動機づける。書物の本質は、このテクストと読み手の往還の運動それ自体のうちに存するだろう。

「愛する」ことも「読む」ことも「視る」という観想的比喩ではその奥ゆきと拡がりを言い尽くすことができない。

レヴィナスがこの二つを志向性の喩えとして挙げたのは、むろん周到な配慮があってのことである。「愛」が「行動の知」の、「書物」が「聖書」のそれぞれ象徴であることは論ずるまでもないからである。

フッサール自身が志向性を説明するときに用いた実例の一つは「骰子《さいころ》」である。私たちに骰子の一面だけしか見えていないとき、残る側面は「開放的で無限な地平」に喩えられる。骰子が隠す面の潜在性と「書物」が胚胎する註解の潜在性は、質的には同一であれ、量的には比較を絶するだろう。

おそらくこのような比喩、例示の微妙なずれのうちにレヴィナスはフッサールへの異和を表明している。そのことはフッサールが意識活動や知覚を論ずる際に、ほとんど排他的なまでに「世界を視る」という比喩に依存することへの執拗な批判として表われる。

> 世界の存在の源泉である具体的な生は単なる観想ではない。観想がフッサールにおいていかに全く別格の威信を有していたにせよ。[63]

生は観想《テオリア》ではない。「具体的な生、それは行為、感動、意志、審美的判断、利害の計算、そして利害得失を度外視する志（désintéressement）等から成る生である」[64]（dés-inter-essement（存在することへの執着からの解脱）という後年の鍵語が観想の反対概念としてすでに選ばれていることを、ここでは指摘しておこう）。

観想（「視る」）と非‐観想（「愛する」「読む」）の乖離を志向性のうちへ導入することによってレヴィナスはフッサール現象学における視覚の特権性をあぶり出してゆく。

フッサールはもっぱら視覚と光の比喩を用いてのみ真理経験を記述するような、そのようにしか記述しえないような隠喩的地平のうちに無反省的に棲みついているのではあるまいか。これがレヴィナスが執拗に発する問いかけである。

4-5

視覚への依存が無反省なまま思考の枠組みそのものを拘束している端的な例として、レヴィナスは志向性と並んでフッサールの中核的術語である「直観」（intuition）を取り上げる。

直観は語源的には（intueri＝あるものに眼を向ける）視覚系の作用に属する。フッサールは「直観」について例示する場合、ほとんどつねに「視る」事例を引くので、この語が選択されたこと自体は怪しむに足りない。むしろ問題となるのは、「視る」ことがほとんど自動的に「対象をつかむ」という触知・把持の感覚に連動することである。この連動は論理的必然というよりは、修辞的なレヴェルでの癒合というに近い。

> 見るとか知覚するとかいうことは、自分でもつというということである。[65]

視覚と触覚が、メタファーのレヴェルでは厳密な使い分けを要請しないものであることを示すにはフッサールからのこの引用一つで足りるだろう。

レヴィナスはこのことにこだわりを見せる。「視る」すなわち「手でつかむ」という対象への働きかけだけが意識と対象のかかわりのすべてなのだろうか、と。この問いかけは後年の著作ではもっとはっきりした批判のかたちに結実する。

> 視覚的・触覚的性質に超越論的機能は留保され、その他の感覚に由来する諸性質は見られ、触れられた対象に付随する役割しか与えられない。（……）暴露され、見出され、出現する対象、すなわち現象は見られ触れられた対象である。[66]

そして、レヴィナスはこの「もっぱら視覚・触覚に基づく経験解釈」を一つの「文明として開花した」もの、極言すれば、一種の民族誌的臆断とみなすことになる。「視覚・触覚」に専一的に準拠する経験解釈に異を唱えて「その他の感覚」（autres sens）の復権を求めるレヴィナスの長期的戦略を踏まえて遡及的に読み直すならば、『直観の理論』でレヴィナスがなぜ「視る・触れる」作用と「その他」の作用の截断に固執するのかが理解できるはずである。

レヴィナスは「直観的作用」（acte intuitif）と「意味作用」（acte significatif）という語で作用を類別する。

直観的作用は「その対象を手で触れる」（atteindre son objet）[67]。これに対して「意味作用」においては「対象は見られず、手で触れられず、対象はめざされる」（on le vise）[68]。「見る」（voir）すなわち「手で触れる」（atteindre）とは「別の感覚」に基づく経験は「めざす」（viser）という動詞で表わされる。「何かをめざすということと、何かに触れるということの間には千里の径庭がある」[69]。

見るでもなく、触れるでもなく「めざす」とは何なのか。ここまでの行論からするならばそれは「愛する」と「読む」に類比されるような何かでなくてはならない。

4―6

「めざす」は、視覚・触覚「以外の感覚」を通じて働く作用でなくてはならない。これは論理的に自明である。それは別に超常的な感覚である必要はない。対象を「めざす」作用は聴覚に基づく経験、光やイマージュではなく、音声の経験だというのがレヴィナスの考えである。

意味作用とは日常会話（conversation courante）という事実である。[70]

「会話」においては「対象のイマージュや知覚を我々が所有していない限り、我々は単に対象をめざすという作用に甘んじている。にもかかわらず我々は何がそこで語られているのか、我々自身が何を語っているのかを理解している」[71]。

見えずとも把持されずとも、語り語られていることは音声の状態で理解されている。「語への志向は対象が直接的に見られることに必ずしも帰着しない。（……）語が意味を持つためには、ただ対象がめざされるだけで十分なのだ[72]」。

「めざす」とは対話することであり、聴くことである。なぜ「めざす」ことがダイレクトに音声の経験に結びつくのかについてはもう少し詳しい説明が必要だ。「めざす」(viser)は語源的には「見る」(videre)から派生する歴然たる視覚系の動詞でありながら、ここでは聴覚系に類別されている。なぜそのような読み換えが可能なのか。

それは、この動詞がレヴィナスの中では語源的連想によって「顔」(visage)と同族の概念に区分されているからである。「めざす」とは「顔を見る」(regarder le visage)ことであり、「顔を見る」とは(論理的な不整合をあえて無視して言えば)、「語り聴く」ことであって、決して「視る」ことではないのである。

これについては、レヴィナス自身が次のような説明を行っている。

> 語られたこと、伝達された内容は顔と顔を見合わせたこの関係を通してしか届かない。この関係において他者は認識されるに先立って、まず対話者としてそこにいる。みつめるまなざしがみつめ返される。みつめるまなざしをみつめ返すこと。それは身を放棄せぬもの、身を委ねぬもの、にもかかわらずこちらをめざすものをみつめること(regarder ce qui vous *vise*)である。これが顔を見る(regarder le *visage*)ということである。[73]

レヴィナスの鍵語である「顔」とは、見ること、手でつかむことのできぬもの、つまりあらゆる既存の分節を逃れるものが、それにもかかわらず圧倒的なリアリティーを以て、自我に肉迫してくるという他者の顕現様態を表わす言葉である。

> 顔は包摂されることを拒否することのうちに現前する。その限りでは、顔は理解不能、回収不能である。顔は見られず、触れられない。というのも、視覚あるいは触覚においては、自我の同一性が対象の他者性を包摂してしまうからである。[74]

「顔を見る＝めざす」とはだから「他者が認識されるに先立ってまず対話者としてそこで重きをなす」(autrui compte comme interlocuteur avant même d'être connu) ようなすぐれて聴覚的な経験なのである。

視線は殺し、歌は生かす——モーリス・ブランショが偏愛したこの「オルフェウス」の主題は、レヴィナスにおいてもその哲学的テクストの全篇を貫く強迫的なリフレインである。

> 諸存在への接近は、それが視覚に準拠する限り諸存在を支配し、その上に権力を

揮うことになる。[75]

4―7

こうして、レヴィナスはフッサール現象学の祖述という装いの下に、フッサール現象学が「視覚に準拠する」ある「文明」に無反省的に帰属するのではないかという疑念を呈示してゆく。『直観の理論』の結論部では、その疑念が再び表明される。

フッサールは、真理と理性の始原的現象を探求し、それを存在に到達する志向性として理解された直観のうちに見出した。彼は《視覚》のうちにそれを見出したのである。《視覚》こそはあらゆる理性的言明の最終的源泉である。[76]

フッサールにおいて存在は、観想的・直観的活動に相関するものとして現前することを指摘しておかなければならない。それゆえ直観にかかわるフッサールの概念は主知主義、それもおそらく余りに狭隘な主知主義に汚染されているのである。[77]

本質の必然的構造の直接的視覚、これがおそらくフッサールにとっての知解作用の始原的現象である。[78]

フッサールの主知主義、それは現実と直面したときの最初の根源的な態度とは、何ものにもとらわれない態度、すなわち純粋な観照、事物を《単にもの》として凝視する観照であるとする立場を指す。[79]

フッサールは「視る」ことを人間的な営みの根源的様態とした。認識を人間精神の最も卓越した活動だということに疑念を抱かなかった。その限りでフッサールは典型的な「ギリシャ人」であるだろう。彼の称揚するのは「認識の知」であって「行動の知」ではない。

フッサールにあるのは、生についての反省である。なるほど生はその充溢《じゅういつ》性、その具体的富裕性においても考察されはする。しかしこの生は考察されているのであって、もはや生きられてはいない。この反省は生そのものと余りに乖離しており、生が人間の運命と形而上学的本質にどうかかわっているかは示されない。[80]

観想すなわち対象の本質把持に基づく截然たる世界分節に先立って、「生きられた」生がある。人はまず視るのではなく、視ることに先立ち、彼に視ることを励すような何ものかと交渉している。

> 人間の自然的態度は、純粋に観照的な態度ではないし、人間の世界は学知的探究の対象でのみあるわけでもないだろう。人間は不意に現象学的還元を実行し、生への反省へ、純粋に観照的な作用へ移行するのである。[81]

この観想以前をフッサールは問わない。

> 無反省的態度において、世界のうちに投げ込まれている人間、この《生まれつき臆断的な》人間が、どうして不意におのれの無反省を意識することになるのか（……）という問いをフッサールは自らに向けない。[82]

私たちは「還元を実行するようなプレッシャーを受ける」わけだが、その「プレッシャー」（poussée）は不問のままである。「観想を励起するもの」（stimulants de la théorie）「生のもの」（la chose brute）「まず最初にあるもの」（quelque chose de premier）についてフッサールは何も語らない。

これが『直観の理論』の結論である。

その十年後に書かれた『エドムント・フッサールの業績』では『直観の理論』の結論はより明快なかたちで言い換えられている。

志向とはまるごと自らを探究する明証性であり、自らを構成する光である。志向の基本には——それが情緒的なものであれ相関的なものであれ——表象があるということは、精神活動の総体を光のモデルの上に構想することである。(……)フッサールにおける志向性の理論は(……)究極的には精神と知解作用を同一視し、知解作用と光を同一視することにある。[83]

光のうちでくまなく見てとり、「すべてを永遠の相の下で考察しようと望む[84]」限り、フッサールは生の最もなまなましく、あらあらしく、剝き出しの相——無分節的な相のリアリティーを逸することになる。

レヴィナスは光の「暴力」と光の「不能」について暗い予感のうちでこう書いた。

その五十年後にレヴィナスは自らの予感を確認するようにこう述べている。

西欧の真の伝統にふさわしく、フッサールには観想性の特権、表象と学知の特権が認められる。（……）この点と、一九三三年から一九四五年にかけて起こった出来事――学知はそれを回避することも理解することもできなかった――のうちに私がフッサールの超越論哲学の後期の立場から離反した理由がある。[85]

レヴィナスがここで示したようなフッサール理解の当否を論じることは本論考の任ではない。私たちはただフランスに最も早くフッサール現象学を紹介したテクストにおいて、レヴィナスがすでに西欧哲学への批判の足場を工作しつつあったことを確認するにとどめたい。

5

思考は発語することをその本義とする。[86]

〈他者〉の現前あるいは表現は（……）理解しうる本質として観想されるのではなく、言語として聴取される。[87]

ギリシャ「文明」において無反省的に前提されてきた視覚の優位性を批判し、言説、発語、聴取、対話といった聴覚的営為の復権を求める主張は、レヴィナスのテクストの全篇に見出される。

聴覚を場とする経験は、観想・把持型の経験では逸されてしまうより具体的で奥深いリアリティーに接近できるという一種の「音声中心主義」は先に言及したオルフェウス神話のみならず、古来多くの宗教思想に認められる。私たちになじみ深い「言霊」や「霊動」という概念を勘案するまでもなく、《名づけえぬもの》の到来をもっぱら視覚的にしか記述しない思考はおそらくそれほど《普遍的》ではないのだ。

いずれにせよ、ユダヤ教思想が「音声中心主義」的な宗教思想の一つであること、これは周知の事実である。

旧約聖書の神は「不可視」の神である。「人は私を見てなお生きることはできない」（『出エジプト記』三三、二〇）。アブラハムへの主の言は「幻のうちに臨み」、モーセは「神を仰ぎ見ることを恐れて、顔を隠し」、エリヤは主の声を聴くと「すぐに外套で顔を隠う」。

神の視覚的顕現は「燃える柴」や「火の柱」や「密雲」といった異象を迂回してのみ果たされる。しかるに神の声は、いかなる象徴も経由することなくダイレクトに族長や預言者に臨む。音声は視像としては包摂不能のものを媒介しうるという考え方がここには認められるだろう。

超越者、外部、他者との交通における聴覚の優位性について私たちはユダヤ教のコーパスから無数の事例を列挙することができる。

十戒のうち神の認識、神との交通にかかわる規定は二つある。一つは「自分のためめに偶像を作ってはならない」、一つは「主の御名をみだりに唱えてはならない」である。

「自分のために《アル・パニー》偶像を作る」とは自我を中心に対象を整序し、他者を既存の分節線に沿って認識することを指す。超越者を眼で見、手で触れうるものに置き換えることが戒律が定める最初の禁忌である。

「主の御名《シェム・アドナイ》」は偶像《ペセル》とは違って、絶対者の代理表象ではなく、それ自体が聖なるものである。だからテトラグラム（YHVH）は「アドナイ」「エロヒーム」「ハシェム」といった非聖音に読み換えて音読されねばならない。「御名」を口にできるのは大祭司だけであり、場所も大贖罪日の神殿の中に限られる。

律法も本来口伝のものであり、散佚をおそれてミシュナーに集成されたのは二世紀末のことである。文書化される以前の律法は音声の状態で暗誦され伝授された。そしてそれ以後もタルムード解釈はテクストをその本来の状態である「対話的・論争的なみずみずしい状態」[88]に戻してやるために、賢者たちの、師弟たちの対話を通して実践されねばならない。レヴィナスの師シュシャーニはタルムード全巻を掌を指す如くに暗記しており、決してテクストを見なかったと伝えられている。[89]

音声への固執は（ユダヤ教諸思想のうちでは比較的ヴィジュアルな）カバラーにも見られる。

ヘブライ語アルファベットの第一音アレフは音門を急激に開いて発する破裂音とされるが、これはこれから発音しようとする発声器官の緊張そのものが音価を認められた音であり、特殊な音声学的訓練を受けている耳にしか聴取できない。概念のみならず物理的音声にさえ先行する純粋音であるアレフはカバラーにおいて特権的な地位を与えられている。

> アレフは自由であり、創造作用である。アレフは理性的には定義不能であり（……）アレフについての概念を作り出すことはできない。[90]

概念に先立つ音声、概念を伴わない音声という主題は、他にもいくつも見出すことができるだろう。しかしこのような事例の列挙は、さしあたりは系統的なものではありえない。私たちは最後に一つだけ聖書から象徴的な事例を引用して、光による世界の視覚的分節に先立って音声があったという考え方がユダヤ教において最も早く示されたメッセージの一つであることを確認するところで筆をとどめたい。

そのとき神が「光よ、あれ」と仰せられた。すると光ができた。(『創世記』一、三)

註

1 Jean-Paul Sartre, *Réflexions sur la question juive*, Gallimard, 1954, p. 130.

2 Marthe Robert, *D' Œdipe à Moïse*, Calmann-Lévy, 1974, pp. 22- 24.

3 François Poirié, *Emmanuel Lévinas, Qui êtes-vous?*, La Manufacture, 1987, p. 64.（以 下 *QEV* と略記）

4 *Ibid.*

5 *Ibid.*

6 *Encyclopedia Judaica Jerusalem*, Keter Publishing House, Jerusalem, 1972, vol. 11, p. 362.

7 アイザック・ドイッチャー、『非ユダヤ的ユダヤ人』、鈴木一郎訳、岩波書店、一九七八年、九頁。

8 Judith Friedlander, *Vilna on the Seine*, Yale University Press, 1990, p. 3.

9 *QEV*, p. 110.

10 Emmanuel Lévinas, *Quatre Lectures Talmudiques*, Minuit, 1968, p. 20.（以下 *QLT* と略記）

11 *QEV*, pp. 110-111.

12 *QLT*, p. 20.

13 *QEV*, p. 110.

14 *Ibid.*, pp. 69-70.

15 *Ibid.*, p. 113.

16 *Ibid.*

17 *Ibid.*

18 *Ibid.*

19 マシュー・アーノルド、『教養と無秩序』、多田英次訳、岩波書店、一九八四年、一六三―一六四頁。

20 Jacques Derrida, *Violence et métaphysique*, in *L'écriture et différence*, Seuil, 1967, p. 227.

21 アーノルド、前掲書、一六二頁。

22 Lévinas, *Entretien avec Emmanuel Lévinas*, in

Revue de Métaphysique et de Morale, n°3, Presses Universitaires de France, 1985, p. 297.

23 Lévinas, *Ethique et infini*, Fayard, 1982, p. 14.

24 *Ibid.*

25 *QEV*, p. 113.

26 *Ibid.*, p. 74.

27 *Ibid.*

28 *Ibid.*

29 *Ibid.*, p. 75.

30 *QLT*, pp. 13-14.

31 Lévinas, *Difficile Liberté*, Albin Michel, 1963, p. 47.（以下*DL*と略記）

32 *QEV*, p. 75.

33 *Ibid.*

34 *Ibid.*, p. 78.

35 Lévinas, *Totalité et infini*, Martinus Nijhoff, 1961, p. 13.（以下*TI*と略記）

36 *Ibid.*, p. 9.

37 *DL*, p. 20.

38 *Ibid.*

39 *QEV*, p. 74.

40 Lévinas, *Théorie de l'intuition dans la phénoménologie de Husserl*, Vrin, 1978, p. 176.（以下*PH*と略記）

41 *TI*, p. XVI.

42 *Ibid.*, p. 3.

43 *Ibid.*, p. 13.

44 *QEV*, p. 90.

45 エマニュエル・レヴィナス、『フッサールとハイデガー』、丸山静訳、せりか書房、一九七七年、「訳者あとがき」。

46 *PH*, pp. 13-14.

47 *DL*, p. 95.

48 *PH*, p. 14.

49 *QLT*, p. 31.

50 *PH*, p. 20.

51 *Ibid.*, p. 32.

52 *Ibid.*, pp. 32-33.

53 *Ibid.*, p. 37.
54 *Ibid.*, p. 45.
55 *Ibid.*, pp. 49-50.
56 *Ibid.*, p. 50.
57 *Ibid.*, p. 69.
58 Sartre, *Une idée fondamentale de la phénoménologie de Husserl: l'intentionnalité*, in *Situations I*, Gallimard, 1941, p. 31.
59 *PH*, p. 74.
60 *Ibid.*
61 *Ibid.*, p. 75.
62 *Ibid.*
63 *Ibid.*
64 *Ibid.*
65 エドムント・フッサール、『ヨーロッパの学問の危機と先験的現象学』、細谷恒夫訳、中央公論社、一九七四年、四一二頁。
66 *TI*, pp. 162-163.
67 *PH*, p. 103.
68 *Ibid.*, p. 102.
69 *Ibid.*, p. 108.
70 *Ibid.*, p. 102.
71 *Ibid.*
72 *Ibid.*, p. 103.
73 *DL*, p. 21.
74 *TI*, p. 168.
75 *Ibid.*
76 *PH*, pp. 134-135.
77 *Ibid.*, p. 141.
78 *Ibid.*, p. 162.
79 *Ibid.*, p. 184.
80 *Ibid.*, p. 203.
81 *Ibid.*
82 *Ibid.*, p. 222.
83 Lévinas, *En découvrant l'existence avec Husserl et Heidegger*, Vrin, 1974, p. 24.
84 *TI*, p. 220.
85 *QEV*, p. 152.

86 *TI*, p. 10.
87 *Ibid.*, p. 273.
88 *QLT*, p. 18.
89 *QEV*, p. 126.
90 Emmanuel Lévyne, *La Kabbale du aleph*, Tsédek, 1981, p. 26.

付記　本論考は一九九一年九月六日、日仏哲学会でのシンポジウム「西欧近代とユダヤ思想」で「レヴィナスとユダヤ思想」と題して行われた口頭発表に加筆したものである。

（『神戸女学院大学論集』38（3）、1992年3月）

面従腹背のテロリズム

——『文学はいかにして可能か』のもう一つの読解可能性

マラルメは、周知のように、現実と秘密が同じように詰めこまれ、不可解であると同時に明解で、世界と同じく可視的でありかつ意地悪く隠蔽された構造を持った一冊の書物を夢想し、その下書きを書いた。

（ブランショ「マラルメとロマンの技術」）

1 「謎」への誘い

モーリス・ブランショの『文学はいかにして可能か』（*Comment la littérature est-elle possible?*, José Corti, 1942）は一九四一年の一〇月二一日と一一月二五日、一二月二日の三回に分けて『ジュルナル・デ・デバ』（*Le journal des Débats*）に掲載されたのち、一九四二年パリのJosé Corti書店から限定三五〇部が上梓された。老コルティのいささか頼りない記憶によれば、書店に草稿を持ち込んで出版を依頼したのはジャン・ポーランであったという。[1] 翌年、第一評論集『踏みはずし』（*Faux Pas*, Gallimard, 1943）に再録されたこの論考は、ブランショの文芸理論の成熟と深化の旅程の劈頭《へきとう》を飾ることになるのだが、出版物としてはかなり奇異な性格を有するものであった。

というのは、『文学はいかにして可能か』は一九四一年ガリマール書店から刊行されたポーランの大著『タルブの花』をわずか十頁に「要約」したものだからである。

どうして新進の評論家が《フランス文学の黒幕》と綽名された作家が刊行したテクストの「要約」を、その出版の直後にあえて世に問う必要があったのか？ もし、この「要約」がポーランの所説に賛同するにせよ批判するにせよ、何らかの論争的性格を持つものであったなら、それが出版された理由は分からないでもない。しかし、『文学はいかにして可能か』は、その表面的な記述に限って言えば、原テクストより分かりにくい要約以外の何ものでもない。

となると、それはポーランの原テクストの「要約」ではなく、そのように見せかけてはいるが、全く別の読まれ方を要求するテクストではないかと推測することが可能となる（というよりそう推測することが不可避となる）。

この推測を支援するのは、人は同じことを語りながら別のことを語る、と当のポーラン自身が『タルブの花』の中で書き記しているという事実である。

二人の人間が同じ言語を使って話し合ったとしても彼らはそれによって自分の個性を失うわけではない。むしろ個性を際立たせ、いわば個性を産出する。固定化したジャンル、共通のテーマで語る二人の書き手についても同じことだ。[2]

ポーランの言う通りなら、この二人はある同一の主題をめぐってそれぞれの「個性」を語っていることになる。だが、ブランショはいったい何を語ろうとしていたのだろう？

『文学はいかにして可能か』には、「私はこう考える」とブランショ自身の個人的主張を語った部分は一つもない。ほとんどの言明は「ポーランによれば」という限定を伴っている。

この「主観」表出の自制はほとんど過剰というほかない。「自制の過剰」という逆説的な身振りを通じて、書き手が読者にある種の「目くばせ」を送るというのはありえないことではない。現に、ブランショが次のような一文からテクストを書き起こしている以上、読者がこの「目くばせ」に無自覚であることは難しい。

ジャン・ポーランの『タルブの花』には二つの読み方がある。[3]

一つは「テクストをそのままに受け容れ、その指示に従うことに満足する」読み方であり、いま一つは「隠された暗示」(allusions dissimulées) に気づき、「もっと難解で、もっと危険な、もう一つの別のエッセイ」(un autre essai, plus difficile, plus dangereux)、「書き手が、不在のかたちでしか示そうとしない巨大な問題群[4]」を探求する読み方である。

人は同じことを語りながら違うことを語るというポーランの言葉と、テクストには凡庸な読み方と、難解でかつ危険な読み方があるというブランショの言葉はたしかにここで交錯している。

しかし、ここでブランショが「危険な」というのは、いったいどういう水準においての危険なのか？　また、なぜそれは読み手に容易なアクセスを許さない「難解な」仕方で提示されなければならないのか？

この答えへの鍵は『文学はいかにして可能か』に付された「一九四一年、パリ」という一見すると無意味な指標に隠されているように思われる。というのは、それが意味するのは、このテクストがドイツ占領軍当局による検閲を受けたのちに出版されたという事実だからである。

占領下のあらゆる出版物は出版社の自主規制を受け、出版社が判断を留保したものはドイツの宣伝梯隊における審査を義務づけられた。占領下のパリにおいては「公然であれ隠蔽されたかたちにおいてであれ、ドイツの威信と利益を害するおそれのある書籍」[5]はすべて出版を禁止されたのである。

対独協力に抵触する可能性のある政治的意見を語ることは、この時期には事実上不可能であった。ならば、ブランショの提示する「難解で、危険な読み方」を通じて読み出される知見は、文芸上の審美的諸問題にかかわることであるよりむしろ、何らかの点で「反ドイツ的」であると占領軍当局に解されるおそれのある政治的メッセージであった可能性がある。

『文学はいかにして可能か』という全く論争的性格のないテクストの冒頭に掲げられ

た「別の読み方」を指示する言葉は、ドイツ占領軍による検閲の存在という事実を重ね合わせると、不意になまなましいものとなる。

私たちの作業仮説は、『文学はいかにして可能か』は暗号で書かれた政治的テクストであるというものである。急いで付け加えておかなければならないが、この仮説は私たちの創見ではない。すでにジェフリー・メールマンがその可能性に言及している。[6] ただし、メールマンはその暗号が何を意味しているのかを解読するところまでは踏み込んでいない。私たちはそのやり残された仕事を引き継ぎたいと思う。

私たちの暗号読解は『黄金虫』でエドガー・アラン・ポーが海賊キッドの暗号を読み解いた標準的な手法に倣って進められる。それはテクストのとりあえず解釈しやすいところから順に埋めてゆき、解釈可能性の幅を限定したあとに、分かりにくい箇所に取り組むというものである。

私たちはこんなふうに推理を進めたいと思う。ブランショが『文学はいかにして可能か』を暗号で書いたとするのならば、それはそこには暗号で書かない限り「反ドイツ的」であるとして検閲に咎められる可能性のある言明が含まれていたということである。では、一九四一年のブランショが「語りそうなこと」のうちで「反ドイツ的」として排除される可能性がある言明はどのようなものか？

この問いは、ブランショの政治思想について知っていれば、それほど答えることが難しいものではない。

2 『コンバ』の思想的立場

モーリス・ブランショの名を過激な政治思想家として知らしめたのは、一九三六年から三九年にかけて刊行された月刊誌『コンバ（戦闘）』（*Combat*）に寄稿された一連の政治記事である。

『コンバ』の創刊者であるティエリ・モーニェ（Thierry Maulnier）は、ロベール・ブラズィヤック（Robert Brasillach）とともにエコール・ノルマル在学中からシャルル・モーラスの王党主義に心酔し、早くから『アクシオン・フランセーズ』の寄稿者として知られていた。しかし、モーラスの労働運動への関心の低さに不満を抱いていたモーニエは、真にナショナリスト的な労働運動をめざして、独自に『叛徒』（*l'Insurgé*）をジャン＝ピエール・マクサンス（Jean-Pierre Maxence）とともに創刊する。

この雑誌の性格をポール・セランは次のように規定している。

彼らは一方にナショナリズム、他方にマルクス主義的インターナショナルから脱却した社会主義を置き、両者の合一の可能性と必然性をできうる限り鮮明に主張しようと計画していた。彼らの願望は、既成のナショナリスト諸党派と労働者諸政党にそれぞれ幻滅した活動家たちを彼らの機関誌の周辺に結集し、新しい運動を創出することにあった。[7]

しかし、この「革命的」企図はモーラスに受け容れられず、当時獄中にあったモーラスは、モーニェらの行動を「反愛国主義的」であると厳しく批判し、即刻その「悪しき活動」を中止することを命じたのである。[8]

こうして『叛徒』はアクシオン・フランセーズからの糧道を断たれ、わずか創刊二年にして廃刊の止むなきに至った。しかし、これと並行してモーニェはもう一つ、アクシオン・フランセーズに財政的に依存しない雑誌を主宰していた。それが『コンバ』である。

『コンバ』はしばしば《青年右翼》(*Jeune Droite*)の到達点と呼ばれる。これは三〇年代の《ノン＝コンフォルミスト(反順応主義者)》(*Non-conformistes*)の一潮流であり、『コンバ』以前には『レ・カイエ(手帖)』(*Les Cahiers*)、『レアクシオン(反動)』(*Réaction*)、『ルヴュ・シエクル(世紀雑誌)』(*La Revue Siècle*)といった短命な雑誌に拠っていた。ピエール・マルツァによれば、それは「モーラス主義の勢力圏に属しはするのだが、アクシオン・フランセーズの退嬰性に我慢し切れず省察と表現のための別の場所を見出したくてうずうずしていた若い知識人たち」の一群であった。[9]

この潮流の先端にいたのが『コンバ』である。『コンバ』に参加したのはモーニェとブラズィヤックの他、マクサンス、ジャン・ド・ファブレーグ（Jean de Fabrègues）、ピエール・アンドルー（Pierre Andreu）、クロード・ロワ（Claude Roy）、ルネ・ヴァンサン（René Vincent）そしてモーリス・ブランショといった面々である。編集長のモーニェ以下、ほとんど二十代の書き手だけで占められた。全員がモーラス主義者という出自の共通点はあったものの、その政治思想は必ずしも一枚岩ではなかった。

一部の記事はかなり過激なものであったが、『コンバ』は純粋な理論誌というよりはむしろ議論と省察のための演壇たらんとした。（……）しかし国際情勢の変化はモーニェが集めた書き手たちの間に長く調和を保つことを許さなかった。[10]

ちなみに三年後に廃刊になったあと、モーニェはリヨンに疎開した『アクシオン・フランセーズ』に、ブラズィヤックは対独協力の『ジュ・スィ・パルトゥ』（*Je suis partout*）に、ファブレーグとヴァンサンは、ヴィシーの『ドゥマン（明日）』（*Demain*）と『イデ（理念）』（*Idées*）に、ロワは共産党に、アンドルーはジャック・ドリオのフランス人民党（ＰＰＦ）に、みごとに四分五裂することになる。『コンバ』はそのような決定的な内部対立の素因を胚胎しながら刊行されたのである。

『コンバ』に集まった書き手たちに「長く調和を保つことを許さなかった」のは何よりもファシズムをどう評価するかという問題であった。グループはファシズムの評価をめぐってはっきりと二つに分かれた。

ブラズィヤックはドイツ、イタリア、スペインで国家再建に成功した方程式をフランスにも移植すべきだという主張を掲げた。一方、モーニェは「フランスの平和主義よりはドイツのナチズムに親近感を感じ[11]」ながらも、外国の経験をそのままフランスに適用することに抵抗を示した。

ミュンヘン協定以後、ドイツの軍事的脅威が日ましに高まる中で『コンバ』グループは理論的窮状に追いつめられてゆく。

モーニェはこう書いている。

> 盲目的な愛国主義は、結果的には、反ファシスト政策を利することになるだろう。しかし、盲目的な反デモクラシーあるいは反マルクス主義もまた反フランス政策を利することになるのである。（……）デモクラシーとマルクス主義に対する戦

い の旗が、欧州におけるフランスの影響を減殺させ、自国の勢力伸張を企てる列強を利するものであってはならない。なるほどデモクラシーはフランスを衰退させるだろう。しかしデモクラシーの敗北もまたフランスを衰退させるのである。[12]

モーニェはここで分岐点に立つ。フランス防衛のために民主主義者やマルクス主義者と同盟するか（それは人民戦線の軍門に降ることを意味する）。それともファシストに与して、フランス・デモクラシーの息の根を止めるか（それはドイツの走狗となる可能性を意味する）。そのいずれをもモーニェは選択することができない。

フランスの国益のための戦いも、反マルクス主義、反デモクラシーのための戦いも、いずれの形式の戦いも、等しく我々には不可能なのである。[13]

この選択不能を超克するためにモーニェは第三の道を模索した。それが「国民革命」（La Révolution Nationale）理論である。

フランスの再興（relèvement de la nation française）は全フランス人にとって、フランス固有の、独自の方法に基づいて遂行されるものとして現れなくてはならない。

（……）何よりもまず、フランスの再興は一国民が歴史的に形成してきた性格とフランス的文明の根本にある価値観とに適合するものでなくてはならない。文明を維持すること、それが重要なのである。[14]

モーニエにとっては、フランスを退嬰と物質主義から救う道は、まっすぐフランス固有の文明的諸価値の擁護と顕彰につながっている。つまり、外国の公式（ドイツ、イタリア、スペインの「成功した」ファシズム）をフランスにそのまま「輸入」することは、フランス文明の精華を傷つける行為であるがゆえに許すことができない。よってフランス固有の土壌から生まれた現在の政体を、原則としては、受け容れざるをえない。しかし、無批判に受け容れるわけにはゆかない。現体制の構成要素のうち、純良で本来的な要素と、不純で非本来的な要素を峻別し、前者を明徴化し、後者を棄却するのである。

「デモクラシーの教条主義者たちは、人間の文明のうちで真に価値あるものと民主的価値を詐称するものの間の差異を識別しなかった」。つまり、「最も高貴で尊い価値が、たかだか一世紀の間、その名を僭称していただけの単なる政治的原則の犠牲に供された[15]」たこと、これがフランスの刻下の退廃の原因なのである。

従って、救国の処方は「真のデモクラシー」と「名を騙っているだけのデモクラシー」を峻別し、同一名称で指示されるもののうちに、真と偽、純粋と不純、本来態と頽落態の二つの界域を設定することから始まらねばならない。「人間的でフランス的な我々の遺産に属するすべてのもの[16]」は表層的な制度の外皮を脱ぎ棄てねばならない。というのも「価値と制度の間には何らの必然的関係も存在しない[17]」からである。

　真のデモクラシーの名における偽のデモクラシー制度の革命、同一の名で呼ばれる制度のうちに含まれる本来的要素による非本来的要素の糾弾という奇妙にねじれた革命の定式がこうして構想されるに至る。

> フランスが人間的、フランス的であるためには、フランスは民主的なその制度のうちにおいて《反民主的》となる他はない。(elle devient "anti-démocratique" dans ses institutions.)[18]

　しかし、このトリッキーな考想は、セランによれば、「多くのフランス人にはよく理解できないものであった[19]」。事実、『コンバ』についての最近の研究の一つの中で、ジェラルディ・ルロワは次のようないささか性急な評価を下している。

ティエリ・モーニェは一九三九年一月から七月まで、戦争のために筆を折るまでの間、一連の論説を書き続けた。(……) その中心的なアイディアはこうだ。フランス人を統合する中心となるべきなのは既知の陣営やイデオロギーではない(それは失敗を運命づけられている)。そうではなくてフランス人が共通に認知する価値が統合軸となるべきなのだ。つねにデモクラシーを拒否してきたティエリ・モーニェは民主主義に手を差しのべることになった。(……) こうして全く異なる前提から出発しながらモーニェは「文化の擁護」という標語を掲げる遠い政治的反対派に接近することになったのである。[20]

しかし、モーニェを単なる愛国主義に合流したとみなしては、「民主主義制度の中で『反民主的』となる」というモーニェの企図の政治史的意味を見落とすことになるだろう。というのは、このような「ねじれた」考想は決してこの時期に突然出現したものではないからである。『コンバ』に代表される三〇年代の《ノン・コンフォルミスト》の共通の標語は「右でもなく、左でもなく」(Ni droite, ni gauche) であった。極右と極左の出会いは既成の政治図式——右と左の対立——を無効化する。そして真の対立は左右を問わず「よく戦う者」と「戦わざる者」の間にシフトする。この「横の対立から縦の対立へのシフト」こそ三〇年代の過激派政治を特徴づける根本的趨勢なのである。

ファシズムは「右のものでも、左のものでもない」と規定したヴァロワ以来、ドリュ、ジュヴネル（Jouvenel）、モーニェを経てベルジュリィ（Bergery）、デア、《ネオ》、PPFに至るまでファシズムは伝統的な党派区分を拒絶することを自らの現代政治への主要な貢献であるとみなしてきた。[21]

真の対立は民主か反動かといった伝統的区分ではなく「革命的なものと退嬰的なものの対立[22]」に、「生気潑溂としたものと頽落し角質化したもの」の間の対立に移行した。退嬰主義は右翼と左翼を問わずに蔓延しており、それが既成秩序を支えている。だから真の戦いは「化石と革命家」の間で戦われなければならない。これが『コンバ』を含めて、三〇年代《ノン・コンフォルミスト》たちに共通の現状認識であった。

この「極左と極右の同盟」という構想は、一九世紀末から意匠を改めながら、何度か繰り返し政治的局面に登場してきた。

モーニェに二十年先行して、国民革命論と「同一のメンタリティー[23]」を共有する《セルクル・プルードン》（Cercle Proudhon）の試行が一九一一年にあった。シャルル・モーラスとサンディカリズムの巨魁ジョルジュ・ソレル（Georges Sorel）の庇護下に発足した《セルクル・プルードン》はモーラス主義者で、《フェソー》(Faisceau) の創設者であるジョルジュ・ヴァロワ (Georges Valois) と革命的サンディカリストでのちに共産党の創設に参加したエドゥアール・ベルト (Édouard Berth) に主宰され、「『デモクラシーこそ一九世紀最大の過失である』という認識を共有することによって、ナショナリストとサンディカリストを結びつけた」[24]政治運動体である。

ここで望見された「正反対のものの出会い」、「一九世紀の間ずっと対立しつづけてきた二つの伝統――ナショナリズムと正統社会主義――の出会い」[25]は第一次世界大戦の勃発によって中絶されることになるのだが、この出会いを再び試みたのが《ノン・コンフォルミスト》の運動だったのである。

この趨向は、さらに遠くまで遡れば、一九世紀末にモーリス・バレス (Maurice Barrès) やエドゥアール・ドリュモン (Édouard Drumont) が唱導していた過激派ナショナリズムに淵源を見出すことになるが、モーニェの国民革命論そのものは、直接にはシャルル・モーラスが行った「真の国」(Le pays réel) と「法制上の国」(Le pays légal) の区分の図式を承けていると考えてよい。

モーラスによれば、「国」という同一名称は二つの峻別すべき境位を含んでいる。「深層のフランス」(la France profonde)、あるいは「真の国」は「フランスの大地、その真理、その血、その豊かなニュアンス、その伝統、その関心、その感情」[26]を意味しており、「法制上」のフランスは、そのみずみずしい自然発生性の上に覆いかぶさり、それを窒息させ、拘束している擬制を意味している。だから、真の矛盾は「生気潑溂とした成員」と「退廃した社会」の間に存在することになる。[27]

モーニェが「民主政のうちで《反民主主義的》となる」ことによって、フランスの真の文明的価値を再興すると述べたとき、彼は《セルクル・プルードン》を経由して、アクシオン・フランセーズに流れ込み、今またそこから溢れ出ようとしているフランスの伝統的な政治思想潮流の一つの尖端に位置していたのである。

3 『コンバ』におけるブランショ

ここまでの予備的考察によって、三〇年代のブランショが身を置いていた政治運動がどのような文脈のものであったかは、大づかみには明らかにされただろう。これを踏まえて、以下で私たちは『コンバ』におけるブランショ自身の政治的言説を検証してみようと思う。

まず『コンバ』時代の同志であった二人の人物の回想から始めよう。一人はピエール・アンドルー。ドリュ・ラ・ロシェル（Drieu La Rochelle）の親しい友人で、のち一時ドリオのPPFにもかかわった典型的なプロ・ファシストである。

『コンバ』は《青年右翼》運動の最終段階であり、到達点であった。(……)『コンバ』の同志たちが公言していた極端なラディカリズム、彼らがブルジョワ的な礼儀に対して公然と示していた軽蔑の念、その中に私は私自身の思想の反響を聞く思いであった。(……)きわめて過激で上すべりな暴力性が私たちの書いたものを支配していた。私たちが望んでいたのは革命だった。一切を白紙に戻すことだった。モーリス・ブランショからジャン・ル・マルシャンまで、ティエリ・モーニエからクロード・ロワまで、ジャン=ピエール・マクサンスから私まで、思いは同じだった。[28]

のちに共産党の同伴知識人となったクロード・ロワはこう回想する。

そこに一人の透き通るような脆弱な外観をした男がいた。髪は薄く、顔は青ざめ、鼈甲の薄い眼鏡をかけ、色彩の乏しい瞳で、よく通る澄んだ声をしたこの男モーリス・ブランショはモーラスとカフカに関する謎めいて魅惑的で、油断のならないテクストと、自分にだけ分かる暗号で印をつけた、難解な物語(des récits obscurs, biseautés）を書いていた。彼は薄い肩の上に昔の写真でマラルメがそうしていたようにスコットランドの格子縞の肩掛けをはおっていた。[29]

アンドルーもロワも昔の同志に含むところがあるらしく筆致は少し皮肉だが、それなりに当時の風貌を伝えている。ブランショは写真を公表しないことで有名だが、八七年にフランソワ・ポワリエがレヴィナスのストラスブール時代の写真を公開した中にブランショの写っているものが二葉含まれていたので、私たちは二〇歳を少し過ぎた頃の「透明で脆弱な」ブランショの外観を今では知ることができる。[30]

その青年はどのようなテクストを書いていたのか。ルロワは「言葉の激しさという点でモーリス・ブランショは一頭地を抜く存在だった」[31]と印象を語っている。ステルネルはごくあっさりとブランショを「ファシスト・イデオロギーの宣布者」[32]と規定している。果たして、これらの印象や評言はどのような資料にその論拠を持つものなのか。ブランショのテクスト自体に徴してこれを検証してみよう。

三〇年代のブランショのテクストのいくつかが近年『グラマ』（*Gramma*）に復刻された他、ステルネル、メールマンらの研究者によって、いくつかの断片が紹介されているので、私たちはブランショの当時の政治的主張を今ではかなり詳細に知ることができる。ここでは三六年と三七年の二つのテクストをブランショの主張とモーニェのそれの構造的な相同性に注意しながら読んでみることにしたい。

最初のテクストは、三六年七月号の『コンバ』に掲載された「テロリズム、救国の方法」である。レオン・ブルムの人民戦線内閣成立直後のことであり、論文は《人民戦線》という政治的形態に具現化された「退嬰的なるもの」に猛然たる攻撃を加えている。

　ブルム政府が手に入れたのは、日和見主義者の礼讃と腰抜けどもの強がり、穏健派の讃辞と平和主義者の熱狂だ。我々の世紀の凡庸さと無意識と奴隷根性のありったけがブルム政府に付き随った。[33]
　恐ろしいほどに根性なしの政治屋どもと自分の利益を守るだけの民族的能力を欠いた資本家どもの人目を憚る野合がこの体制の実体だ。[34]

「革命」の看板を掲げ「社会変革」を旗印にするこの支配体制の実体は「ソヴィエト連邦とユダヤ人と資本主義者の利益の複合体、美しき連合、神聖同盟[35]」であり、「そこではすべての反民族的なもの、すべて反社会的なものに対して忠誠が誓われることになるであろう[36]」。

この断片だけでも、当時のブランショの状況認識とそれを語る語法の特徴を知るには十分だろう。この情勢判断を踏まえて、ブランショは彼自身の戦いを次のように展望する。

かかる状況下で政権に対峙するとき、いかにその意図が真摯なものであろうとも、合法的伝統的な反対派の出現を期待することは愚かである。[37]

今日反対派が棲息しうるのは、ただ冷徹で公正無私で自由な思考のために自らを犠牲にすることを顧ず、必要とあらば非合法的な活動の危険を冒す用意のある何人かの人々のうちにのみである。[38]

何人かの個人といくつかのグループから成るこの反対派は、頭数も資金も必要としない。必要なのは鞏固で正しい理念と崇高な感情である。我々はこのような反対派こそが今日最も必要でありかつ実り豊かなものであると信ずる。[39]

組織力も資金力も持たない少数集団の政治的威信を支えうるのは、ただテロリズムあるのみである。

この反対派は、善き政策を進言するのみならず、責任を全うしない大臣たちに有罪を宣告し、罰を与え、あるいは処刑の制裁をも約束する。かくして反対派は我々の愚劣な体制をあるべき姿に修正するのである。[40]

「権力を恣《ほしいまま》にし、公義公法を私する奸臣たち」はこのテロルの予感に怯え「自分の弱さを思い知らされ、恐怖心によって正気にかえる」。恐怖から生じるこの「上べだけの反省」が「彼らから期待できる唯一の有益な反応」であるにもせよ、「テロリズムの効用」は満天下に示される。[41]

このような過激な言辞は多くの人々の憤激を買うことだろう。だが、そんなことは何ほどのことでもない。別に多くの結集を我々は必要となどしていないからだ。これが意味するのはプロパガンダの方法ではなく行動の方法である。(……)この行動はそれを弾劾する多くの人々の上にそれがもたらすであろう福利によって正当化される。(……)革命が行われねばならない。(……)その革命は暴力的なものではなくてはならない。なぜなら我が国民のように惰弱な者たちから変革に必要な力と情熱を引き出すためには、穏当な手段では足りぬからだ。血なまぐさい動乱と嵐によって彼らを揺り動かし、目覚めさせることによる他ないからだ。[42]

これがブランショの三六年時点での状況分析と闘争方針である。少数精鋭の前衛による暴力革命の夢が率直に語られている。人民戦線政府が「ソヴィエトとユダヤ人と資本主義者の神聖同盟」であるという政治的認識の当否や、少数のテロリストによる暴力的「制裁」によって国政を方向づけることができるとする戦術的効果の成否については歴史が検証することなので、私たちがここで論ずるには及ばない。そうではなくて、私たちがとりわけ興味を持つのは、ブランショが政治について語るときに、無自覚なまま利用している語法に対してである。

「テロリズム、救国の方法」はブルム政府を激烈に批判しているけれども、政策レヴェルの批判は何一つ書かれていない。またテロリストたちが提出するべき「善き政策」がいかなるものであり、何ゆえそれが政府のものよりすぐれているかについての論証の手間も省かれている。政策レヴェルの論争が抜け落ちているのは、政府とテロリストの対立の本質がそこにはないことを示している。

ブランショが非をならしているのは人民戦線の個別的政策に対してではない。そうではなくて、政権を担当している者の人間的価値が問責されているのである。為政者の非は、何よりもまず、彼らが「凡庸」で「腰抜け」で「奴隷根性」の持ち主である点に存する。翻ってテロリストは、「冷徹」で、「自らを犠牲にすることを顧ず」、「鞏固で正しい理念」と「崇高な感情」で完全武装している。

つまり、人民戦線対右翼という対立図式は見せかけにすぎず、対立の本質は惰弱な多数と精鋭なる少数の、低俗なる者と高貴なる者の人間的価値の位階差に帰着するのである。

「ソ連とユダヤ人と資本主義者の神聖同盟」という政策的にはほとんどナンセンスな人民戦線規定が、もしブランショの目には、整合的なものとして映っていたというのが本当ならば、それは彼がソ連型社会主義やユダヤ主義や資本主義を具体的な政治的制度や運動としてではなく、ある種の人間的欠陥の現勢化の相として把握していたことを意味している。

思想の整合性や政策の当否にではなく、そのような政治的行動を現に担っている人間たち自身の人間としての価値の差のうちに真の政治的対立を見る思考、これを私たちはブランショの三六年のテクストに検出することができるだろう。

この「横の対立から縦の対立へのシフト」をより鮮明に語っているのが、三七年の「分派が必要だ」である。

執筆の背景には、左右両陣営での分派活動の激化がある。具体的に論及されているのはネオ＝ソシアリスト、人権同盟、「ベルギュイ（Berguy）の新組織」の三つだけだが、共産党からのドリオの分派、『コンバ』グループ自体のアクシオン・フランセーズからの離反も当然ブランショの念頭にはあったはずである。

三〇年代後半の分派活動の激化は、ファシズムの興隆と連動している。ファシズムに対してどういう構えを取るべきかについて、既成党派はいずれも確たる定見を示すことができなかった。ファシズムは若々しい未来志向の運動なのか、反近代的な退化の妄想なのか、敵対者なのか同盟可能なのか、既成党派はどこもファシズムという新しいファクターを既知の政治的文脈のうちに位置づけることに腐心していた。この不安定な状況を、ブランショはテロリストたちにとって有利な展開であると見た。

> 教条主義者の間には緊張と猜疑心と警戒心の機制、間断なく増加する危機感、いわば爆発寸前の状況があからさまに認められる。[43]

既成党派は末期症状を呈しており、「未来は背教者たちのもののように思われる」[44]。なぜなら「彼らは教条に抵抗する」からである。

彼らは既成の理念、迎合的な定式のうちに安んじていた状態から我にかえる。彼らは過激な思想を提出する。彼らは規律のうちにある安易さ、計画のうちにある弱腰を拒絶する。彼らは非人間的な組織に自分の自我をいきなりぶつける。こうして彼らは集団全体を敵に回して決断するの止むなきに至るのである。[45]

前年の「テロリズム、救国の方法」において、「真の反対派」は「伝統的、合法的反対派」以外の者というふうに欠性的に指示されていた。三七年では、その規定は局限される。「真の反対派」は既成党派の外部に発生するのではなく、既成党派の「教条」や「計画」のうちにある「迎合的」で「安易」で「弱腰」な要素を拒絶する力として内部から発生するのである。この生気溌溂とした力は党派という角質化した制度を突き破って噴出する。それが「分派」(dissidence)である。

「分派はその成就が困難な運動である」。なぜなら、「ある党派を離脱した人間の多くは表面的にしか党派と切れていない」からである。「彼らが既成の別の党派に合流するにせよ、新党を結成するにせよ、彼らは党派というあの無力と不安の合成物、薄っぺらな理念と私利私欲の寄せ集めに忠誠を誓ったままなのである」[46]。

分派はいわば微分的な力である。それが党派という積分的実質に回帰する限り、「いかにその運動の振幅が大きくとも、所詮彼らは同じものから同じものへと移行する(passer du même au même)にすぎない」[47]。なぜなら、「党派(parti)という観念は分派

(dissidence) という観念と両立不能である」[48] からだ。

分派は党派と同じ政治的座標の上には定位することができない。分派は既成の政治的言語による命名や評価には回収することができない。なぜなら、分派とは、固定的なカテゴライズを逃れることを本質とする徹底的な運動性の別名だからである。

> 分派の真の形態とは反対の立場に対して同一の戦闘性を維持しつつ、決して一つの立場にとどまらぬことである。いやむしろ戦闘性を強化するためにこそ一つの立場にとどまらぬことである[49]。

動き続け、分裂し続け、決して持続的な組織を形成したり、統制的な綱領を持たぬこと。この流動性こそが分派の栄光である。

真の対立は、政治的因習が区画する右翼左翼という水平方向の対立にではなく、硬直化した制度的諸党派とそこから離脱する「分派」的流動性の間の垂直方向の対立に求められる。ブランショはこう結論する。

> 真の共産主義分派とは資本主義信仰に接近するためにではなく、資本主義に対する戦いの真の条件を定義するために共産主義を棄てる者である。同様に、真のナ

ショナリスト分派とはインターナショナリズムへ接近するためにではなく、インターナショナリズムと戦うためにナショナリズムの伝統的公式を切り捨てる者である。この二種の分派はいずれも有用であると我々に思われる。だがいまだその数が不足している。今こそ分派者たちが必要だ。[50]

流動的・遊撃的な運動に対する思い入れは、半世紀後の『明かしえぬ共同体』にまで続くブランショの変わらぬ好尚である。だが、左右両極を過激に突き抜けた分派がその反体制性ゆえに融合するというこの図式自体は、先ほどモーニェの政治思想を検証した際に明らかにしたように、決して独創的なものではない。既成の政治組織から離脱する左翼と右翼の「結婚」はすでにドリオ、ドリュ、デアら三〇年代のプロ・ファシストたちに共通の政治的スローガンであった。

信念を持ったファシスト、その同伴者、単にその魅力に惹かれているだけの者、彼らを一つにまとめる共通分母は右翼と左翼の両方に対する共通の反抗である。[51]

ステルネルはこう述べている。この「共通分母」はそのまま『コンバ』グループの紋切り型でもあった。『コンバ』におけるブランショの盟友であったピエール・アンドルーもそのことを認めている。

「右翼でなく」と言うとき、我々は精神的諸価値を救うために、右翼諸党派と資本主義の公然たる同盟を拒否している。（……）「左翼でもなく」と言うとき、我々は左翼諸党派と資本主義の暗黙の同盟と、彼らが守護せんとしている偽りの精神的価値（デモクラシー、個人主義）を拒否している。[52]

見てきた通り、モーニェの主張もブランショとほとんど選ぶところがない。

我々は階級闘争を作り出す資本主義も、階級闘争につけ込む社会主義もいずれも信用しない。（……）右翼も左翼も信用しない。[53]

このように、三〇年代の《ノン・コンフォルミスト》たちはほとんど異口同音に、すべての対立を「惰性的な諸力と刷新的な諸力」の間へと流し込んでいったのである。ブランショの政治的主張はこの定型をそのままなぞったものにすぎない。それゆえ、このテクストをステルネルは「ファシスト精神の完璧な定義を提示したもの」とみなし、「これと同じ考え方の無数のヴァリアントは《ネオ》やＰＰＦやドリュ＝ジュヴネル・グループの中に繰り返し見出される」[54]と述べて、ブランショの政治思想に一片の独創性も認めようとはしなかったのである。

だが、私たちはこのステルネルの決めつけににわかに同意するわけにはゆかない。というのは、三〇年代のブランショのある意味で凡庸な政治的主張のうちには、目を凝らして読めば、彼の個性的な思考の萌芽を見出すことができるからである。それは「分派」という概念にブランショが託した意味の重みである。これは吟味するに値する十分な深みを持っている。

ブランショ的「分派」の条件は、単に既存の党派の内部に発生する否定的な力であるにとどまらず、決して既存党派の対立者あるいは上位者という実体に転化してはならないという点にある。「戦闘性を強化するためにこそ、一点にとどまってはならぬ」という考え方はヴィシーの閣僚となったデアや政権獲得に執着したドリオのうちには存在しない。

ブランショは生成の力溢れるみずみずしさの持続という政治美学に固執する。原初的で純粋な生成の力と、生気を失って惰性化した角質的制度の対立図式自体は定型的なものだが、ブランショが強調するのは、生成的分派は自存することができないという点である。ここに私たちはブランショの洞察を見る。

分派は自存できない。自存する分派はすでに党派である。分派は党派内部に発生する負の力である。分派はまさに生まれ出ようとするその萌芽状態においてのみ存在し、成長し、強大化し、脱党、分党し、新党建設に至ったとき、もはや分派ではなくなる。ゆえに逆説的なことだが、分派が分派たりうるのは、それが党派の内部にある限りなのである。

分派とは臨界的な現象である。分派は自らが否定しようと思っている党派の内側にあって党派を否定しつつあるときにのみ分派であり、分派活動の成功と同時に分派ではなくなる。分派は党派なしには存立しえない。おのれが否定しようとしている当の制度を否定的な支えとすることなしには立ち上がることができない。これが分派の逆説なのである。

分派と党派は単なる敵対や上下関係ではないねじれた関係にある。分派は党派を否定するが、それは別の政策や綱領を対置してそうするのではない。党派の政策や綱領にひそむ「弱さ」と「安易さ」が批判されるのである。分派は党派が本来具備すべき「強さ」と「崇高さ」を象徴している。分派は単なる党内反対派ではなく、党派の「本来性」の名において頽落的現実を断罪する。共産主義分派は資本主義との真の戦いのために共産主義を否定し、ナショナリスト分派は国際主義との真の戦いのためにナショナリズムを否定する。

党派という同じ一つの場所のうちに、本来的運動性と非本来的惰性態という二種類の要素が混在する。そして、分派こそが真の党派的召命を体現する。

私たちはすでにモーラスやモーニェのうちに、本来態と惰性態の対立という図式を指摘してきた。「民主主義制度の中において《反民主的》となる」というモーニェの国民革命論は、否定すべき「民主制」に依拠することなしに、《反民主制》の戦いは成就しないという逆説を説いていた。この「分かりにくい」考想はおそらくブランショの分派理論と同一の思考の母型から生まれたものである。

私たちはさしあたりこの「分かりにくい」テーゼが『コンバ』グループの少なくとも一部分において共有されていたこと、それが政治的な文脈で語り始められたものであること、この二点を記憶にとどめておくことにしよう。

4　占領時代のブランショ

暗号解読にとりかかる前に、もう一つだけ確認しておかなくてはならないことがある。『コンバ』の廃刊から『文学はいかにして可能か』の執筆を経て《解放》に至る占領期間のブランショの軌跡である。

すでに記した通り、『コンバ』は内部対立を抱えたまま廃刊に至った。ブラズィヤックら『ジュ・スィ・パルトゥ』派は対独協力路線を明確に打ち出し、占領下のパリの一大勢力となる。モーニェはヴィシー政権下のリヨンでモーラスの下に身を寄せる。ブランショの旧同志たちはパリとヴィシーにちりぢりばらばらになり、それぞれ自分一人の才覚で生き延びる道を模索しなければならなかった。

ブランショの占領期間の活動については断片的なことしか知られていない。一つは「非常につきあいの深かった」[55]ジャン・ポーランの周旋で『新フランス雑誌（NRF）』の編集に携ったらしいこと。一つはヴィシーの文化団体の一つに関与していたこと。一つはレジスタンスに関与していたことである。これらはいずれもテクストの読解にとって重要な与件であるので知れる限りのことを記しておきたい。

時期的にははっきりしないが、ブランショはヴィシー政府が助成していた文化団体に関与していた。その経緯をブランショはメールマンあての私信でこう説明している。

《青年フランス》（Jeune France）に数週間とどまったあと、私はそこを辞職しました（何人かの友人たちとともに、ヴィシーに反抗するためにヴィシーを利用しようと望むことの思慮の浅さと危険性がどれほどのものであるかに気づいたからです）[56]。

《青年フランス》の活動は詳かにされていないが、若手演劇人を支援していたことと、エマニュエル・ムーニエをはじめとする『エスプリ』グループが参加していたことが分かっている。ムーニエがあえてヴィシーの検閲下での文化活動に与した真意を彼の雑誌の継承者ポール・ティボーはこう説明している。

ムーニエは日記の中でも雑誌（一九四一年二月号）でも、彼の友人たち、特にキリスト教民主主義者の態度を繰り返し批判している。彼らがヴィシーに対する原則的反対を固守し、加入戦術（entrisme）を採用しないからである。彼は友人たちの受動性、待機主義を厳しくとがめた。彼らは救いがよそからやって来ると思っているのだ、とムーニエは言っていた[57]。

同じくムーニエの友人の一人は彼が「堕落した仕方で体制に利用された諸価値を再建するために《青年フランス》を統轄した[58]」と証言している。

無為よりは「活動的敗者」（vaincus actifs）であることを選んだムーニエと「ヴィシーを利用してヴィシーに反抗する」ブランショは一時期「加入戦術」を共有したわけで

ある。

「加入戦術」とは自分が否定しようと思うものの内部に侵入する政治工作のことである。

ジャン・ポーランがドリュ・ラ・ロシェルをブランショに引き合わせ、ドリュに代わって『NRF』の編集を担当させようと計画したのは四二年の五月のことである。計画の細部について証言はまちまちだが、ドイツ軍の検閲官ゲルハルト・ヘラー中尉によると、四二年の春頃「ドリュは編集長の仕事にいや気がさし[59]」、編集スタッフの入れ替えを希望し、その人選がドリュとポーランの二人で進められていた。この事実はブランショ自身の証言を含めた複数のソースから確認されている。

ポーランはこの人事を政治的に利用しようと考えていた。ポーランはヴァレリー、ジッド、クローデル、モーリアック、シェランベルジェ、ファルグら戦前からの大家からなる反ドイツ色の濃厚な編集委員会を構想しており、一方ドリュはモンテルラン、ジオーノ、マルセル・ジュアンドーら《対独協力派》の編集委員選任を希望していた。この「水と火を合体させるような案」は果たして暗礁に乗り上げ、結局ドリュは気の進まぬままに編集長の仕事を続け、「雑誌の質はたいそう悪くなった[60]」というのが事の顚末である。

この人事工作のさなかに、ドリュはブランショに編集スタッフに加わるように提案を行った。ブランショの証言によると、ドリュは『ＮＲＦ』を「自由に裁量して構わない」と申し出た。[61]だが、ブランショはこの気前のよい提案に「危険を感じ」、返答を留保してポーランに相談する。ポーランは「即答するな」とだけ指示して、裏工作を始めた。ポーランの工作の内容をブランショはこう推測している。

彼はおそらく（冷静に）ある種の反体制的な力を持つ雑誌を夢みていたのです。その計画は私には罠（leurre）のように思えました。[62]

ドリュはブランショを『ＮＲＦ』の新しい顔にすえて、「これまでドリュの悪名を嫌っていた執筆陣を呼び戻そう」ともくろみ、ポーランはブランショを背後から操縦して「反体制的」活動に利用しようと考えていた。ドリュとポーランというフランス文壇の二人の大物の間で、青年ブランショはそれぞれにとっての「切り札」としてその効用を期待されていたのである。

ブランショは結局この申し出を断わったとしているが、ポール・レオトーはブランショが四二年の八月までごく短期間だが『ＮＲＦ』を仕切っていたと信じている。[63]

ここにも私たちは、ある種の反体制的な雑誌を実現するために《対独協力派》の体制の中枢に侵入してゆく（実現しなかった）加入戦術の試みを見ることができるだろう。

この二つの逸話は、ヴィシーの文化団体とパリの文壇の間をいささかおぼつかない足どりで往還するブランショの姿を想起させる。ブランショはこの時期、占領軍にとってもヴィシー政府にとっても、特に危険な人物とみなされてはいなかった。《青年フランス》への関与、ドリュとの交渉という二つの事実を可能な限り利用すれば、ブランショに《協力者》の嫌疑をかけることも政略的には全く不可能ではない。しかし、解放後、作家国民委員会（CNE）が発表した「粛清」リストにブランショの名はなかった。ブランショは《レジスタン》として終戦を迎えたからである。クロード・ロワはこう証言している。

レジスタンスの間、興味深いことに共産党の周辺および内部で多くの旧モーラス派《ナショナリスト》と私は再会することとなった。彼らは結局社会主義者であると同時に《愛国者》であることができる自由を求めていたのだ。クロード・モルガン、ジャン・サビエ、エマニュエル・ダスティエ、ドゥビュ＝ブリデル、モーリス・ブランショ。むろん彼らは例外だ。だが興味深い例外だ。[64]

ブランショが共産党系のレジスタンス活動にどの程度コミットしていたかの資料を私たちは持たない（地下運動とは、誰がどこで何をしていたかについてできる限り資料を残さないことで成立するものだからである）。しかし、ヴィシーに近かったナショナリストたちが四二年末から四三年にかけて大挙してレジスタンスに身を投じたのは紛れもない事実である。四二年の一一月にドイツ軍が自由地域に侵入し、《エタ・フランセ》の国家的威信が地に墜ち、《国民革命》の夢想が潰えるや、ユリアージュ幹部養成校生や《コンパニオン》をはじめとする青年団体はヴィシーを見限って、フランスの栄光のためにドイツとの武装闘争に踏み切った。サルトルはこの《転向》を皮肉ってこう書いている。

高名なファシストの中には、弱体化し占領されたフランスにはファシズムが育つ条件が整わないという判断から敵と内通するのを控えた者もいた。昔は《カグール団》、今はレジスタンスというわけだ。[65]

サルトルの言う通り、三〇年代のファシストで敗戦直前に「駆け込み」でレジスタンスに参加したもの（そして、その功績によって戦後、第四共和制の顕職に就いたもの）の数は決して少なくない。これは（対独協力派への粛清の暴力とともに）フランス現代史の「恥部」の一つであり、のちにベルナール＝アンリ・レヴィによって痛烈な批判を浴びることになる。

ブランショのレジスタンスの実績についてはもう一つ証言がある。八七年にエマニュエル・レヴィナスが明かした個人的経験である。

ブランショはきわめて過酷で痛ましい仕方で占領期間を生き抜きました。特筆すべきは、私が捕虜であったとき、私の妻を救ってくれたのは彼だということです。[66]

ブランショはストラスブール時代の学友の妻を非合法的工作によってユダヤ人狩りから救ったのである。占領地域でのこの献身的な行為をレヴィナスは「最も高貴であり、かつ困難な選択」としている。

しかしこの《抵抗》にも《青年フランス》や『NRF』と通じる行動のパターンがあることを私たちは指摘できる。ロワの証言によれば、ブランショは「共産党の周辺」あるいは「内部」で抵抗活動に従事していた。かつてあれほど激越な批判を浴びせた共産党にブランショが一時的にではあれ衷心《ちゅうしん》からの忠誠を誓ったとは考えられない。ブランショはレジスタンスにおける共産党の戦闘性の高さを評価し、それを利用してフランスの栄光を救おうとしたという解釈の方が説得力がある。とすれば、ここでも否定すべき当のものの力を借りてその企図の実現を企てる面従腹背の「加入戦術」がブランショの基本戦略であったことが窺われるのである。プロ・ファシストからレジスタンへの「豹変」と見えたものがむしろブランショの思考の一貫性を証明する。

ここまで私たちはごく限られた断片的情報からではあるけれども、『文学はいかにして可能か』執筆前後のブランショの置かれていた政治的状況と、そこに貫流するブランショの基本戦略を見てきた。

この予備的考察はあくまで一つの参考にすぎず、これだけのことからただちにテクストの読みが導かれるわけではない。しかし、この状況的与件を視野の隅に置いておくだけで、ブランショの文芸理論の劈頭を飾る晦渋なテクストは一気に生々しい「隠された」相貌を示し始めるのである。

5　読解I

『文学はいかにして可能か』はテクストには表層の読みと深層の読みの二通りの読み方があるという挑発的な一節から書き起こされる。「謎」が何をめぐるものであるかを示すヒントは、そのすぐあとに与えられる。

一見したところ『タルブの花』は《テロリスト》と呼ぶべき批評上の概念の検証に当てられている。[67]

この時期に、他ならぬブランショが《テロリスト》という語を持ち出したときに、そこに政治的含意を読み取らずにいる読者はいないはずである。少なくとも『コンバ』の旧同志や旧読者は、このテクストが「批評上の概念」の検討を偽装して行われる「政治上の概念」の理論的検討であるという可能性にただちに思い至ったはずである。このような先入観を持ってテクストを読む意識的な誤読者（私たちもその一人なわけだが）の前にテクストはどのような相貌を示すことになるのだろう。

ブランショは期待通り《テロリズム》概念の検討から論考を開始する。《テロリズム》とは何か。それは「あらゆる芸術の究極の目標である世界との処女的接触（contacts vierges）、あの世界の鮮烈さ（cette fraîcheur du monde）を探求すること[68]」である。

書き手の純粋な思考、無垢の霊感を、一切の夾雑物なしに直截に表出しようと望むこと、それが《文芸上のテロリズム》である。しかし、《文芸上のテロリストたち》は文芸上の既成制度との深刻な確執に必ずや逢着する。《テロリスト》は、世界の直接的、無媒介的な出会いを求めるがゆえに、「常套句（lieux communs）」、さらには規則（règles）、法（lois）、文彩（figures）、整合性（unités）[69]」と戦わねばならない。常套句に甘んじる者は「語の犠牲者、怠惰と無為の魂、出来合いの公式の虜囚[70]」となる。なぜなら常套句は空疎な言葉にすぎず、真の意味を伝えることができないからだ。

深い考えもなしに自由とかデモクラシーとか秩序とかいう言葉を口にする者はどれほどの非難を受けることだろう。彼は駄弁（verbalisme）の科《とが》で告発される。[71]

これが《テロリズム》と常套句の文芸上の闘争の構造である。だが、これを政治的な闘争の隠喩として読むという誘惑に「誤読者」は決してうち克つことができない。第一は用いられる語詞の類縁性である。

常套句は「出来合いの公式」（formules toutes faites）であるとされる。私たちはこれと似た「出来合いの理念」（idées toutes faites）という鍵語に「分派が必要だ」の中ですでに出会っている。そこではその語は「党派」の属性を示すために用いられており、「怠惰と無為」と「駄弁」は、《人民戦線》に象徴される既存体制の告発事由そのものであった。

さらに興味深いのは、この「駄弁」に対する批判はポーランの原著にある一節を「要約」したものなのだが、その一節が『コンバ』の政治性と無縁ではないことである。

ポーラン自身もまた文芸上の《テロリズム》を論じる際に、しばしば政治的言説を例証に引いた。当然ながら文芸上の《テロリズム》の一つの極限が政治的ジャーナリズムの言語だからである。「空疎な言葉」を嫌い、「真の思考」を純粋な仕方で表出しようと願う左右両翼の過激派ジャーナリズムに共通の傾向について、ポーランはこう書いている。

戦争あるいは平和、選挙あるいは失業、こういうものについて『言葉だ！　言葉

> ばかりだ！』と嘆息してみせない新聞は一つとしてない。ハムレットがジャーナリストになったわけだ。それが流行なのだ。[72]

言葉から思想を救い出そうとする左右の《テロリスト》的努力を代表するのはポーランによれば、他ならぬシャルル・モーラスである。

> シャルル・モーラスは、社会的誤謬は人間の愚かさよりはむしろ言語の影響に基づくという観察を行っている。「まず第一になすべき改革は言語の支配を断ち切ることだ」。どんな言葉を？　彼にはすぐ分かる。それは「自由、デモクラシー、平等といった、ことさらに人々の頭を混乱させる言葉である」[73]。

深い考えもなしに「自由」とか「デモクラシー」とか「秩序」とかいう言葉を口にする者たちを戒めていた《テロリスト》とは誰あろう『コンバ』グループの旧宗主だったわけである。もちろん、ブランショは「要約」に際して、ポーランが引いたこの印象深いイデオローグの名前をさりげなく書き落としている。

《テロリズム》は一見すると、その壮図を嘉《よみ》すべき企てのように思われる。というのも文芸上の先駆的《テロリスト》としてブランショがポーランから引いたのは「修辞学を拒絶したヴィクトール・ユゴー、雄弁術を告発したヴェルレーヌ、古くさい詩学に別れを告げたランボー」[74]といった名だからである。たしかに、既成制度に対するみずみずしい感性の反抗である限り、《テロリズム》の正当性には異論の余地がないように見える。

しかし、ブランショはここで立ち止まって《テロリズム》の有効性について否定的な検討を開始する。

だが、少し考えてみると、テロルは誤りであることが分かる。[75]

テクストをリアルタイムで読んでいた同時代の読者たちは、ここで襟を正してブランショが次に何を言い出すのかに注視したに違いない。それは、ブランショが政治的手法としての《テロリズム》、つまり彼自身の三〇年代の政治的立場を、「誤り」として自己否定しようとしていると彼らが「誤読」したからである。

《テロリズム》はなぜ誤っているのか。この本質的な問いにブランショはこう答える。「常套句の使用が怠惰さと空疎な駄弁のしるしであるというのは本当ではない」からだ。

常套句に屈伏することなく、それを手段として、自らの感受性のうちの最も繊細な部分、想像力のうちの最も自然発生的な部分を表現する作家たちがいるではないか。[76]

非人称的で無個性的な語法、磨滅して、もはや読み手の「注目を惹かず」、「人目に立たぬ」常套句を逆手にとって、個性を語る作家たちがいる。余りに凡庸で安易なためにかえって言語的関与性を失い、ほとんど透明で無機的な媒体と化してしまった常套句を逆用して、個性を表現する書き手がいる。

ブランショはそう言う。たしかにその通りだ。文学史を振り返れば、宗教的規制や政治的検閲の下で、多くの冒険的な作家たちはそうしてきた。彼らは表面上は合法的で従順な語法を遵守しながら、むしろその《政治的に正しい》語法に過剰に迎合してみせることを通じて、抑圧的語法そのものの制度性をあらわにしてみせ、言語的因習へのラディカルな批判を遂行してきたのではなかったか。

逆説的なことだが、常套句が凡庸であればあるほど、紋切り型が無個性的であればあるほど、逆に常套句が「非人称的で無垢な言語」となり、「事物の処女的新鮮さとの接触[77]」の可能性を高めるということがありうるのだ。

「以上がジャン・ポーランのだいたいの結論である」[78]とここでブランショはいったん筆を止める。

ここまで読み終えたところで、読者は二つの可能な行動のうちのいずれを選択するかを迫られる。彼らは今読み終えたテクストに満足することもできる。（……）同様に、注意深い読者であればこの作品の最後に至って、完全な満足を得たときに、彼を不安にさせ、彼を今たどった足跡をもう一度たどり直すように仕向ける前言撤回の言葉を見出すことにもなる。[79]

私たちは選択を迫られる。表層的な「要約」に甘んじるか、前言撤回の言葉に誘われて「読み直し」を試みるかの二者択一だ。
ポーランは『タルブの花』の最後を、次のよく知られたフレーズで結んでいる。

それを何気なく見る者の眼には見えるが、凝視する者の眼には隠されてしまう光がある。少し手抜きをしないと達成できない動作がある（ある種の星や、腕を完全に伸ばす動作のように）。とにかく私は何も言わなかったと書いておくことにしよう。[80]

「私は何も言わなかった」というこの「前言撤回」の言葉はそのままブランショ自身のテクストの「第二の」読み方へと読者を誘導する。

読者は今満足して読み終えた最初の論述の背後に、到達すべき一つの秘密があるという確信を少しずつ抱くようになる。[81]

だがこの秘密に到達するためには目を凝らしたり、肩に力を入れたりしてはならない。「何気なく」、「少し手抜きをして」テクストを再読することが必要だ。「真の書物を開くための金庫の組み合わせ数字[82]」を発見するためには「読者の関心をあまりに喚起するテクスト[83]」には惑わされず、単純な問いに立ち帰らねばならない。それは「ここで言うテロルとは一体何を指しているのか?[84]」という問いである。となれば、「以上がポーランのだいたいの結論である」としていったんテクストを閉じたあとのブランショの言葉こそが、「第二の」読み方に従うポーラン読解であるはずであり、その過程で《テロリズム》の「秘密」もまた明かされるはずである。

つまり、読者が中断を強いられた「以上がポーランのだいたいの結論である」までの三頁と以下の七頁の間には断層があり、この先、別の次元に論述は転位するはずである。ブランショが後段に至っても相変わらず常套句とテロリズム、言語と思考について語り続けていたとしても、そこで語られていることはもはや「要約」以外の何かでなくてはならない。

しかし、驚くべきことに、テロリズムの誤りと常套句の逆説的な有用性について、ブランショは前段と後段で同じ結論を二度繰り返すだけなのだ。

だが、まさに同じ言葉が執拗に繰り返されるときこそ、「非人称的で無垢な言葉」をそこに聴き取ることが可能になるとブランショはつい今しがた書いたばかりだった。人は同じことを言うときに、それとは違うことを言っている。前段で指示された「金庫を開く組み合わせ数字」、すなわち暗号解読コードを用いて後段を読み解くとき、私たちは「ポーランの秘密」を開示する「ブランショの秘密」に出会うはずである。

6　読解Ⅱ

このテロルとは究極的には何だったのだろう？　どうしてテロルはしばしば非常に異なり、ほとんど正反対の精神の人々を、かくも多く結集させたのだろう？[85]

この問いから後段の論述は始まる。テクストはすでに『タルブの花』の「要約」という本来の意図から逸脱し始める。というのは、「あれほど異なった、ほとんど正反対の精神の人々」が《テロリスト》という一つの旗幟の下に結集しえたのはなぜか、という問いをポーランは『タルブの花』の中で一度も立ててはいないからである。ポーランが論じているのは《テロリスト》と《修辞家》の対立である。《テロリスト》の下位区分（例えば王党派のモーラスとコミュニストのジャン＝リシャール・ブロックがどうしてともに《テロリスト》と呼ばれるのか）に、ポーランは関心を示さない。

むしろ、このブランショの評言が当たるのは『コンバ』グループについてである。というのは、そこには、モーラス主義王党派、革命的サンディカリスト、共産党からの脱党者などさまざまな種類の活動家が流れ込んでいたからだ。「正反対の立場」の書き手たちが党派的出自を超えて結集しえたという事実こそ『コンバ』に代表される《青年右翼》の運動の標榜するところであった。

ブランショはこう続ける。

> 一見すると、このテロリストたちの間には言語についてほとんど一致点を持たない二種類の作家たちがいるように思われる。[86]

然り。「正反対の精神の人々」を結集した『コンバ』は、書かれている通り、「ファシズムについてほとんど一致点を持たない二種類」の《テロリスト》たちを含んでいた。そして、『コンバ』はファシズムの評価をめぐって二つの派閥に分裂したからである。

ユージン・ウェーバーはこう書いている。

> 『コンバ』はブラズィヤックら、何よりもまず暴力的行動を求める部分と、モーニエのように「ナショナリズムから熱に浮かされた不毛さを一掃し」、革命の渦中に飛び込むより先に、まずいかなる革命が必要かを定義しようと望む部分の対立を反映していた。[87]

占領下のパリにとどまり、ドイツ占領軍に支援されたブラズィヤックの『ジュ・スィ・パルトゥ』は四一年二月に復刊するや「ヴィシー」派の旧同志に激しい罵倒を浴びせた。事実、「一九四二年まで、ヴィシー体制に対する最も暴力的な攻撃は大部分パリのファシストから来ることになった[88]」のである。

四一年五月の『ジュ・スィ・パルトゥ』の論説で、アベル・ボナールは、ヨーロッパ新秩序に協力せず「過去の皺だらけの立場に固執する」「ヴィシー」派への絶縁を公言してこう書いている。

狭隘で理屈だけの熱狂に自閉しているときではない。一つの世界が作られたのだ。その世界の一部となるべきだ。[89]

ブラズィヤックの右腕だったリュシアン・ルバテも《現実主義》を宣布する。

二〇世紀は独裁と国家社会主義の世紀となるだろう。我々には流れに逆らう力がなく、流れに逆らえば溺れ死ぬ他ない。賢明なのは我々なりの仕方で流れに乗じることである（le suivre à notre façon）。[90]

パリのブラズィヤックたちは、理論的な整合性を机上の空論と嗤い、「まず行動」という「リアル・ポリティクス」に与した。ヴィシーのモーニェはこのブラズィヤック派からの批判の通り、この時期にも、あくまで理念的な純良さを追求していた。四二年に刊行した『フランス、戦争と平和』は「パリとヴィシーの間の断絶が明らかにした対立[91]」を主題としたものだが、その中でモーニェが探求しているのは、反ユダヤ主義や対独協力や「ヨーロッパ新秩序」という「現実」ではなく「フランス固有の国民的革命」（sa propre révolution nationale）という「理想」である。

たしかに、その後の経緯が明らかにするように、「ほとんど一致点を持たない」二種類の《テロリスト》が『コンバ』には結集していたのである。

この二種の《テロリスト》のそれぞれの特徴をブランショは次のように規定している。むろん、その規定はあくまで文芸上の党派的対立に擬して語られる。

第一の《テロリスト》グループは「言語とは思考を正しく表明し、その忠実な翻訳者となり、自分が認める思考に、君主に仕えるように従順に仕えることを使命とするものである[92]」と信じている。

彼らにとって書くことは言説を手段として思考を表現することである。さてその言説は注目を惹くものであってはならず、また現れたと同時に消失しなくてはならず、いずれにせよそれが開示する深遠なる生命にいかなる影も投げかけてはならないのだ。それゆえ芸術の唯一の目的は内部の世界を、粗雑で一般的な幻覚で傷つけることなしに、白日の下に顕現せしめることである。というのも不完全な言語を用いれば幻覚がこの世界を覆い隠してしまうからだ。[93]

これが「第一のグループ」の《テロリスト》の立場である。すなわち「言説」、「言語」は「思考」、「深遠なる生命」の顕現を阻害する夾雑物であり、内奥にあるものと精密なつながりを持たない。私たちはほとんどこれと同じ考想の政治的表現を「ヴィシー」派の《テロリスト》の特徴として認めることができる。「真の思考」の顕現のために「空疎な言葉」を排斥せよというスローガンこそはシャルル・モーラスの変わらぬ主張であった。フランスの生命力を賦活させるためには一切の夾雑物を排し、フランスを純化させねばならない。そうモーラスは論じていた。

祖国からその疾走を減速させたり、その澄明性を低減させたりするおそれのあるものを排除することが必要である。よき軍隊たらんと欲すれば病人を除隊させる必要があるように、祖国からもそれに矛盾するものを除去することが必要だ。純粋であれば祖国は強靭なものとなるであろう。(Pure, elle sera forte.)[94]

ヴィシーのペタン政権が夢見たのもやはり制度に介在されることのない民族的「生命」の無媒介的な発現であった。ペタンは政治家を消滅させ、官吏を削減し、(ドリオやデアの必死の工作にもかかわらず）政党の存在さえ許さなかったからである。[95]
だからこそアクシオン・フランセーズはあくまで「反ドイツ的」姿勢を貫くことになったのである。「フランス、唯一フランス」（La France, La France seule）という当時のモーラス派の標語は、パリの《コラボ》派ファシストの「ヨーロッパ新秩序」構想と真っ向から対立するものだった。モーラスがヴィシー政府首相ピエール・ラヴァルに対する宮廷クーデターに加わったのも、ラヴァルがドイツに寄り過ぎ、フランスの国益を顧みようとしないというのがその理由であったし、駐仏大使オットー・アベッツはこの事件の黒幕にいたモーラスの「反ドイツ的性格」をベルリンに対して告発している。[96]
ティエリ・モーニェがパリのブラズィヤック一派を念頭において書いた次の一文もこの対立の文脈の中で読まれる必要がある。

フランスの救いはナチズムのうちにもファシズムのうちにもなく、フランス固有の国民革命のうちにある。外国から輸入された国民革命というのは論理矛盾である。占領地域で外国製の公式に従ってこの革命を実現しようとするフランス人はこの解決不能の矛盾に逢着するのである。[97]

外国製の公式は「粗雑で一般的な幻覚」である。どんな国にでも適用できると思われているファシズムというこの公式をモーニェは「全体主義的神秘主義」と名づけ、ナチ党大会の熱狂を「光と旗の魔法円、輪舞する回教僧の法悦」に喩えている。「神秘主義」や「魔法」や「法悦」の助けを借りての革命は「自らの文明の価値を否認すること」[98]であり、「内部の世界」を「傷つけ」「覆い隠して」しまうだろう。

　私たちはブランショが文芸上の区分として第一の《テロリスト》と呼称した人々を「ヴィシー」派の《テロリスト》たちと同定してみたいと思う。彼らは民族の精髄の直接的発現を妨げる「一般的公式」としてのファシズムにはあくまで反対し、自前の「国民革命」になお期待を抱いていたからである。ヴィシーのモーラスの周辺に集まった人々、つまりモーニエ、ファブレーグ、ヴァンサンそしておそらく一時期のブランショ。彼らがこの第一の《テロリスト》に当たると私たちは推理する。もし、第二の《テロリスト》グループがパリのブラズィヤック派の言動を連想させる指標を示したとしたら、私たちの推理の蓋然性はかなり高いものとなるだろう。

7 読解Ⅲ

《テロリスト》の第二グループの特性は次のように規定される。

彼らにとって、表現は日常語の散文的宿命にすぎない。言語の真の役割は表現すること（exprimer）ではなく、交通すること（communiquer）であり、翻訳すること（traduire）ではなく、存在すること（être）である。[99]

彼らにとっても、書くことは言語からそれを常用語に似せてしまう可能性のあるすべてのものを排除しつつ、秘密の、深遠な思考を表現することである。[100]

第一のグループも第二のグループも、「秘密の、深遠な思考」を表現しようと望んでいる点においては変わらない。異なるのは第一のグループが「幻覚」（illusion）を排除して、それを達成しようとするのに対して、第二のグループは「日常語」（langue de tous les jours）、「常用語」（langue usuelle）、「実用語」（langue pratique）の汚染を忌避することで、それを達成しようとしているというやり方の違いである。

「日常」「常用」「実用」の言語の対極に来るものは何か？

それは「文学の言語」(langue littéraire) だ。この第二のグループの《テロリスト》たちは「文学の言語に実用語と同じサーヴィスを要求することを拒否する」[101]のだ。では、彼らの「秘密で、深遠な思考」を託すに足る「文学の言語」、最も非日常的な言語とは何のことなのか？

その答えの一部として、ブラズィヤックの印象深い一節を私たちはここに引用することができる。


ファシズム、それは一つのポエジー。二〇世紀のポエジーであった。[102]

ブラズィヤックを編集長に迎えた『ジュ・スィ・パルトゥ』のスタッフはたしかに「日常的」でも「実用的」な人々でもなかった。戦後死刑宣告を受けたルバテ、元共産党員でドリオ派のカミーユ・フェジィ (Camille Fégy)、旧《カグール団》員（つまり本物の《テロリスト》）ポール・ゲラン (Paul Guérin) といった人々からなる「小集団」[103]は「国民のうちにあって病菌と戦う能力のある、健康で活力のある稀有の細胞の一つ」を自負していた。

もう一つ、私たちの興味を惹くのは、この《テロリスト》たちが「表現することより交通すること」を「言語の真の役割」と考えていたという一節である。「表現する」がフランス固有の文明的価値を明徴化する「国民革命」の暗示であるとする私たちの読みに従えば、「交通する」(communiquer) はその語の別の意味、「連絡を取る」「つながりを持つ」「通じる」において読まれねばなるまい。誰と「通じる」のかは贅言を要さない。再びブラズィヤックの有名な一節を引こう。

> この歳月の間、少しでも思慮のあるフランス人は多かれ少なかれドイツと寝たことになるだろう。いさかいがなかったとは言えなくとも、思い出は甘美なままだ。[104]

ブランショはこうして二種の《テロリスト》の相貌の違いを描き出した。私たちの意図的な「誤読」によれば、それは「ヴィシー」派と「パリ」派を暗示している。しかし、この《テロリスト》二分法はあくまで文芸上の議論であるとして私たちの仮説を反証するためには、ブランショのいう「二種類のテロリスト」が具体的にどのような文学者や文芸上の運動を指称したものなのかが示される必要があるだろう。しかし、ブランショはこの重要な論件について、文芸上の実例を一つも挙げていないのである。

ポーランは『タルブの花』において、多くの文学者を《テロリスト》として名ざした（ボードレール、ネルヴァル、バイロン……）。だが、すでに述べた通り、これを二分してその対比を論ずるということはしていない。ブランショはわずか三人の名（ユゴー、ヴェルレーヌ、ランボー）を挙げたにすぎないが、その三人についてさえ、誰がどの種類の《テロリスト》であるのかを論じていない。

つまり、このテクストをあくまで文芸上の概念の検討として読み続けるナイーヴな読者は、ここでブランショが二種の《テロリスト》として誰を想定して論を進めているのか自己責任で判断することを余儀なくされるのである。

《テロリスト》の二分という考想はブランショの論のかんどころである。ここでブランショがいかなる文芸思潮いかなる文学者を念頭に二分化を行っているのかを推量し損った読者は、以下の論述を全く理解できないだろう。

『文学はいかにして可能か』の初版は限定三五〇部でブランショの旧知の人々の狭いサークル内で読まれたにすぎなかった。この少数の人々がこのテクストを解読しえたのは、彼らが深い文学的教養と洗練された趣味の持ち主であったために、ブランショが言い落とした文芸上の暗示を過たず言い当てることができたからであろうか。それとも旧友クロード・ロワが言うように、ブランショがテクストを書くときに「自分だけに分かる暗号で印をつける」（biseauter）性癖があることを熟知していたからであろうか。私たちは後者の可能性に賭けたいと思う。

テクストをさらに読み進めよう。ブランショは《テロリスト》を二分した。だが、この二種の《テロリスト》たちは、にもかかわらず「共通の運命[105]」をたどることになる。

彼らはいずれも自分たちの要請に忠実に従った結果、言語のあるがままを、文学のあるがままを弾劾しているうちに、力尽き、沈黙のうちに沈んでしまう[106]。

第一のグループは「言語を理解と明証性の理想的な場とすることを望んで、結果的に思考の了解を妨げる常套句を撤去し、因襲的な語を排除することになり、言語から言葉そのものを駆逐し、何ものでもあることなしにすべてを語ろうと、言語の明晰さを空しく求めているうちに、何にも到達しえずに死んでしまうのである[107]」。

私たちはこれとほとんど同一の構文で書かれた批判の言葉を別の文脈で読んだ覚えがある。

既成のあらゆる政治制度、政治的因襲を全否定する運動は、観想的批判にとどまり、物質的に媒介されない限りは、典型的な待機主義者、眼高手低のテロリズム評論家に堕す危険があることを三七年にブランショは警告していた（「分派は外観上は純粋性の追求のように映現するが、その動機とその結果によっては、典型的な日和見主義と折り合う可能性がある[108]」)。

あらゆる夾雑物を排した純粋性の追求は、その過度の観念性ゆえに現実の局面では全く無力になる可能性がある。

現に、「ヴィシー」派のモーラス主義者たちは、ペタン政権との短い蜜月のあと、長い幻滅の時間を過ごさねばならなかった。対独協力とレジスタンスを「団結を弱め、危殆に瀕せしめるもの[109]」として斥けたものの、彼らがその対案として支持したペタンの「国民革命」は結局彼らの期待に応えるものではなかったからである。

モーラスは最後までペタンにフランスの未来を賭け、その「頑な忠誠心」によって「運動体としてのアクシオン・フランセーズに破壊的な結果をもたらした[110]」。

フランスを「カオスの外側」に保ち続けようとしたアクシオン・フランセーズの「不可能な夢」がこのグループを、ルバテの皮肉な表現を借りれば、「フランス的無為」(inaction française)へ導いてしまったのである。

ブランショが『文学はいかにして可能か』を書いていた四一年の段階では、「ヴィシー」派、とりわけペタン政権による検閲を嫌って『アクシオン・フランセーズ』への寄稿を止めることになるモーニエが、その純粋志向ゆえに「何ものにも到達しえず」沈黙のうちに沈んだものと見えていたのは事実である。「無為」に耐えかねたアクシオン・フランセーズ出身の極右活動家たちがレジスタンスに走るのは四二年末以後であり、それ以前はヴィシーの『コンバ』の旧同志たちはたしかに「無為の極」にあった。

ブランショはほぼ同時期にモーニェのラシーヌ論について「フェードルの神話」と題する書評を残している。そこでブランショが考究しているのは、モーニェの「沈黙の意味」である。[111]ブランショはそれを「純真さへの夢想」、「純粋への愛」ゆえに汚濁の地上に「待避所」も「救いの可能性」も見出しえなくなった者の末路としてとらえている（「彼女は身を滅ぼすための深淵を求めている」[112]）。

悲劇は身動きしない（immobile）フェードルをめぐって展開する。（……）彼女は行動しない。彼女の愛を成就するために、彼女は何一つ試みない。というのは愛が勝利を望んでいないからだ。ただ孤独に身を委ね（livrée à elle seule）、彼女は絶えず行動から、歴史から逃れようとする。[113]

「身動きしない」（immobile）という語は当時パリのファシストたちがヴィシーのモーラス主義者を罵倒するときの決まり文句であったこと、「フランス、ただフランスのみ」（la France, la France seule）がモーラス主義の基本理念であり、それが歴史の現局面からの退行を結果したことを考え合わせると、このモーニェ自身に一言の言及もないモーニェ論が、フェードルに仮託してモーニェの沈黙の意味を論じたテクストではないかという推測はかなり蓋然性の高いものになる。

だが、第一のグループと同じく、第二のグループもまた「力尽き」沈黙のうちに沈んでしまう。

> それは彼らが言語から言葉、文彩、修辞など、言語を交換手段あるいは正確な代替システムに似せるおそれのあるものを排除したからである。しかしこの要請は身を滅ぼすものでしかなかった。たしかにこの要請ゆえに、マラルメはある種の語に出来事としての価値を回復させることができた。(……)しかし、この要請ゆえに、マラルメのあとから来た者たちはこの同じ語句を、濫用によってすでに腐敗したものとして捨て去ることを、この発見を伝統によって凡庸化され共同の汚れに染まったものとして斥けることを余儀なくされるのである。[114]

私たちの読みに従えば、ここで用いられている「交換」(échange)と「代替」(substitution)の語は先行する独伊西のファシズムとの関係を示している。つまりこうだ。第二のグループ、「パリ」派の《テロリスト》たちは、「我々なりの仕方で流れに乗じる」（ルバテ）ことをめざしていた。モーニェのきびしい批判を待つまでもなく、「外国の公式の模倣」に彼らも十分な危険を自覚していたのである。ブラズィヤックははっきりこう書いている。

ファシズムは我々にとって多くの政治的教説のうちの一つではなかったし、ましてや経済学説などではなかった。ファシズムは外国の模倣ではない。我々は外国のファシズムと直面したときに、国民的独創性つまり我々なりの独創性の必要を痛感していたのである。[115]

彼らは「国民的独創性」を対独協力を通じて実現するという政治的軽業を試みた。しかし、「この要請は身を滅ぼすものでしかなかった」。なぜなら、「マラルメ」にとっては「出来事」であるような言語の冒険も、「マラルメのあとから来た者たち」にとってはすでに使用済みの「腐敗し」、「凡庸化し」、「汚れ」たものでしかないからだ。「マラルメ」とはこの文脈では誰のことか。例えば、それを「ヒトラー」と書き換えると、この文章は次のように読める。

「たしかにヒトラーはファシズムに出来事としての価値を回復した。しかしあとから来た者たちがそれを再び取り上げるとき、ファシズムはもはや出来事ではなく、彼らが最も忌み嫌っていた、あの日常になってしまうのだ」。

占領地域における「フランス的ファシズム」の不可能性をブランショはこう分析してみせた。事実、ブラズィヤックが期待を託したジャック・ドリオの短い栄光と無惨な死が象徴する通り、「フランス的ファシズム」はその「国民的独創性」の実現をみることなく、共産党風の演説とナチス風の大衆動員術（旗、制服、音楽）をむなしく模倣しただけで息絶えた。「出来事」を求めたパリの《テロリスト》たちは、まさしく模倣ゆえに「凡庸化」し、「共同の汚れ」に染まって破産することになったのである。

こうしてブランショは二種の《テロリスト》について、その「無為」と「不可能な夢」をそれぞれに指摘してみせた。《テロリズム》の限界は示された。では、この限界を超克する道を当のブランショはどこに求めるのだろう。

ブランショはこう書く。文学にこだわる限りテロルと縁を切ることはできない。なぜなら「テロルこそが文学であり、その精髄だ」[116]からである。

「あらゆる文学形式を撃ち殺す」こと、それこそが作家の使命であり、「言語と文学と絶縁すればするほど」作家の威信は高まると、彼の心の中に棲む「デーモン」は告げる。[117]

しかし、文学と絶縁するための野心は、その実現のために「言語」「自分なりの技術の様式[118]」を経由せざるをえない。

書かれた作品の形成を阻止することをその任とするはずの作家が最終的には何らかの文学作品を創造してしまう。[119]

それこそが作家を引き裂く根源的矛盾なのだ。まさしくこの解決不能と思える背理的状況のうちで、ブランショの問いは発されるのである。

文学はいかにして可能か？

この問いが政治的次元における「分派はいかにして可能か」という問いと本質的に同一のものであることは、もう繰り返す必要がないだろう。

政治的功利性を意に介さず、純粋な異議申し立ての力であろうとする「分派」的テロルこそ、ブランショの信じるところ、「政治であり、政治の精髄」だからである。だが、分派は既成の「あらゆる政治的形式を撃ち殺す」ためにこそ、「政治」と「自分の技術の様式」を経由しなくてはならない。つまり、分派は党派的なものの力を借り、自らを党派として形成してしまう危機に身をさらすことなしに、その召命を全うすることができないのである。

三七年段階でのブランショは、この矛盾について、それほどには悲観的ではなかった。当時、彼が示した政治的指針は戦闘力を高めるためには一点にとどまってはならないという抽象的な戦術を素描したにすぎなかった。その同じ問題を、ブランショは《テロリズム》の敗北の経験を新たに情報として入力したあと、もう一度考察する。

二種の《テロリスト》たちは、いずれも「言葉に反抗する企て、思考にその全領土を委ねるために言葉を一切勘案しないという欲望」が「言語に対する過剰な気づかい」を惹き起こし、「言語偏重（＝空疎な駄弁）（verbalisme）」を結果することになった。[120]

無垢の清浄を求める者が汚れを血眼で探すように、人は自分が追い払おうとするものに取り憑かれる。「言語から逃げれば言語に追われる（Fuyez langage, il vous poursuit.）[121]」。発想の転換が必要だ。

ブランショは最終的にある意味でほとんど凡庸な知見にたどりつく。

作家が芸術を産み出すのは、ただ芸術との空しく盲目的な戦いを通じてのみであり、彼が通俗的言語から引き離したと思い込んでいるその作品は、実は処女的言語の通俗化のおかげで、不純さと堕落の過負荷を通じて存在しているのだ。[122]

悲痛だが平凡な真理だ。あらゆる創造性は自己限定の代償を支払うことなしには物質化しえない。言語体系なしに発語はありえない。手垢のついた紋切り型に汚されることでしか処女的接触は表現できない。回収する〈全体性〉とそれを逃れる〈無限〉は奇妙な相互依存のうちにある。

この「発見」は、しかしながら、ブランショにとって画期的なものであった。

> この発見のうちにはランボーの沈黙をすべての人の上にふりかからせる何かがある。[123]

ランボーの沈黙を身に引き受けるような「発見」をしたと書きながら、ブランショは依然として文学について語ることを止めない。沈黙したランボーが教師や行商人としてはしゃべり続けたように、ブランショは文学についてしゃべり続ける。だから私たちはこの「発見」が文学にかかわるものではないと知りうるのである。

彼は《テロリスト》が生き延びる道を「発見」したのである。それは「自分が嫌っているものの助けを借りずに書くことができない[124]」という痛苦な事実を受け容れることである。

彼は「ルールを拒否することがかえって自分をルールに依存させてしまう」ことを学んだ。だから、「これからはルールのコントロールの仕方を探求することになるだろう」[125]。

これは一種のマキャヴェリスト宣言として読むことができるだろう。純粋さへの固執が無為と屈伏に至る他ないのならば、それでもなお行動を求める者は「汚れ」をあえて受け容れる。

作家は常套句の影響を受ける代わりに、常套句を作り出すようになるだろう。文学に反対して戦うことが不可能であり、因襲から離れようとすれば因襲の制約を受ける結果になることが分かった以上、作家はルールを受け容れるだろう[126]。

「道もなく地図もない暗黒の世界」を手探りで進む者の、それが、「発見の手段」「進み方の原則」なのだ[127]。

ブランショはこの「転向」を「コペルニクス的転回」(révolution copernicienne)に比定する。

ポーランが作家に勧めるのは作品を構想するときに、言語による表現システムとある形式の合意に優位性を認めることである。こう言ってよければポーランのコペルニクス的転回の本旨は、もはや言語が思考の周囲を周回するのではなく、自分の本来性を再発見するために、思考が言語の周囲を周回するような、そのような精巧で複雑なもう一つのメカニズムを想像することに存するのである。[128]

思考（地球）と言語（太陽）の位階は逆転する。これまではいかにして純粋な思考を毀損することなしに言語化するかというかたちで問いは立てられていた。「コペルニクス的転回」ののちは、思考が言語という太陽のまわりを周回するのである。しかし、「コペルニクス的転回」の語を比喩的に読んではならない。このテクストを書きつつあるブランショはすでに「地動説」へのパラダイムシフトを終えたあとの書き手だからである。思考が言語を通じて表現されるのではなく、言語が思考を支配する「精巧で複雑なメカニズム」についてブランショはたった今語ったばかりではなかったか？

これ以後、ブランショのテクストに向かって「この言葉はいかなる思考を迂回的に表現しているか」と問うてはならない。正しく「字義通りの意味」においてテクストは読まれねばならない。言語はもう思考の奴婢《ぬひ》ではなく、その主人だからだ。しかし、それはうわべの忠誠と迎合を通じて「自分の本来性を再発見する」ためなのだ。思考の言語への屈伏は、言語の寝首を掻くための奸計としてこそ推奨されているのである。思考の本来性は「再発見」されるべきものとして、未来において回復されるべき欠性的原状として遠望されているのである。

思考は、自分の原点に立ち還るために、思考を歪曲している一番表層の弛い衣服を脱ぎ棄てるために、紋切り型や因襲や言語の諸規則の前に膝を屈さねばならぬのである。[129]

8 読解Ⅳ

「暗号」について、ブランショは「翻訳」を例にとって興味深い説明を行っている。翻訳が機械的に行われ、単一の変換規則を守っている限り、変換後のテクストから変換前のテクストの原状に遡及することは理論上可能である。

翻訳者が彼の訳す諸テクストに必ず課さずにはいない変換の種別を予測し、それから当該テクストでもこれと同じ変換が行われていると想像すれば、理論上は言語から分離され、深読みから救われた思考にまで溯及できるはずである。[130]

この一節はそのまま「当該テクスト」の暗号解読規則として適用できる。翻訳者がつねにある言葉を別の言葉に置き換えている諸規則を発見しさえすれば、もとのテクストに、「本来的な思考にまで至りつく[131]」ことができる、とブランショは言明している。

読者に求められているのは、変換規則に従って、定型的な語を定型的な別の語に置き換えるだけである。語を表現豊かな隠喩として解釈してはならない。

ブランショの文学論を政治論として読む私たちはごく単純な変換規則を採用した。『文学はいかにして可能か』において、「文学」は「政治」に、「作家」は「革命家」に、「言語」は「制度」に……ある紋切り型の系列を別の紋切り型の系列に機械的に置換することに私たちは満足してきた。というのも、ブランショが「紋切り型の操作だけが深読みによって歪められた思考を再獲得しうるのである」と私たちに告げているからだ。

このときはじめて「思考は再び純粋で、処女的で無垢な接触となる[132]」。

かくして私たちは因襲のうちに自己を開示し、制約のうちに自己を救出する思

> 考というものを夢想しうるに至った。ジャン・ポーランが何かを隠しているように、言語の隠している秘密があるのだ。真の常套句とは、稲妻に引き裂かれた発語であり、法則の厳密さが表現の絶対的世界を基礎づけており、その外部において偶然とは眠りに他ならぬことを思うだけで十分であろう。[133]

この謎めいた一節でテクストは終わる。私たちはこれを文芸にかかわる論述としてはもう読まない。

「ジャン・ポーランの『タルブの花』には二つの読み方がある」で始まったテクストの最後の言葉は「謎とき」の結語にふさわしいものでなくてはならない。『タルブの花』の読み方について言われたことが『文学はいかにして可能か』の読み方をそのまま指示しており、「ジャン・ポーランによれば」という限定がブランショの姿を隠す楯であったならば、ここにおいて「モーリス・ブランショの秘密」が明かされるはずである。

この一節は訳文だけ読んでもいかにも晦渋だ。

思考と因襲のことについての論述は前節での結論の繰り返しだからそのまま読めるが、「真の常套句とは」から始まる文は一読しただけでは全く意味が分からない。私たちは最後にこの三行の暗号を解読して小論に決着をつけたいと思う。

この文が分かりにくい原因の第一は、これが「……するだけで十分である」(il suffit de…)で始まりながら、当然期待される「……するためには」(pour…)を欠いていることである。この非人称構文でpourが欠けているのは、目的が自明の場合だけである。しかし前後には一体何を達成するために「思う」(concevoir)のかを指示する語句は存在しない。ゆえに私たちはここに故意に言い落とされた自明の語があると考えるのである。

それは「このテクストが暗号で書かれた理由を知りたいと思えば」という一節である。なぜならそれこそがモーリス・ブランショにとって最も隠さねばならぬ秘密だからだ。この一節の挿入によって暗号の鍵が開く。

「真の常套句」(les *vrais* lieux communs)とは何か。常套句の真の役割は思考の処女性の維持である。ならばポーランの祖述と要約という「迎合的な服従」を通じてテロリズムの総括と今後の戦術の告知という「本来的思考」を表現しえたこのテクストこそ「真の常套句」と呼ばれるにふさわしいものであろう。

そしてそれは「稲妻に引き裂かれた発語」(paroles déchirées par l'éclair)であるとされる。詩的なイメージだ。だが「具体的で絵画的なイメージ」に足をとられてはならない。

紋切り型は紋切り型のままに翻訳されなくてはならない。「稲妻」(éclair)の文字を見た四二年のフランス人の多くはただちにナチス・ドイツの「電撃作戦」(guerre éclair)を連想したはずである。単純な置き換えだ。ドイツのフランス侵攻が「稲妻」ならそれによって「引き裂かれた発語」とは、もはや自由に語る権利を奪われたフランスの言論でなくて何であろう。

ドイツの侵攻と占領という極限的状況下で、真の思考は常套句のうちに待避所を求めざるをえない。これが暗号の隠された意味、このテクストの成立事情という「秘密」なのである。

「法則の厳密さが表現の絶対的世界を基礎づけている」というときの「法則の厳密さ」(les rigueurs des lois)は出版言論に対する占領軍の統制の「厳しさ」を指すものと考えてよいだろう。まさしくそれこそが「表現の絶対的世界」をすみずみまで統轄しているものだからである。

すべての表現が厳格な法的統制によって一定の屈曲を強いられている。政治的主題は忌避される。だが逆に統制と忌避ゆえに、その厳密な法則性ゆえに、非政治的言説を政治的言説に再翻訳することもまた可能になる。

政治について語ることが禁忌であるような状況下であえて「テロリズム」と「転回=革命」(révolution)について論じたテクストがある。これは語の偶然の一致なのだろうか？　文芸上の概念の検討に際してたまたま政治的術語が援用されたにすぎないのだろうか？

　たしかに、この「表現の絶対的世界」の「外部」では「偶然とは眠りに他ならぬ」だろう。だが、厳密な変換規則の支配する「表現の絶対的世界」の内側では、語の偶然の一致に隠れて、面従腹背の《テロリスト》が覚醒のうちでひそかに革命を望見しているのである。

9　結語

『文学はいかにして可能か』の以上のような解読によって、私たちはこれが文芸上の概念の検討を偽装した政治的論説であり、その真意は『コンバ』のテロリズムの批判的省察と、占領下における《テロリスト》＝ブランショの戦術を旧知の人々に暗号を以て知らしめることにあったという仮説をほぼ検証しえたものと思う。

　このテクストは一般に信じられているように「政治から文学への転向」の宣言ではなく、「三〇年代ファシズムへの暗号で書かれた訣別の辞」（a coded farewell for a French fascism in the 1930s.[134]）であると同時に、分派理論が敗戦と占領という政治的風雪に耐えて一種の熟成に至ったその到達点を画するものであると私たちは考えるのである。『コンバ』に結集した《テロリスト》たちのうち、ある者は党派化し、ある者は観想的無為に沈没した。この挫折の経験を踏まえブランショは既存の政治制度の内側に入り込み、偽りの服従を通じて「本来の思考」の処女性を守り抜くというトリッキーな戦術の採択に踏み切ったのである。ヴィシーの《青年フランス》への協力、ドリュの『NRF』への参与、ポーランの「要約」、共産党系レジスタンスへの参加、こういったブランショの戦時中の一連の行為はいずれもこの「面従腹背のテロリズム」のさまざまな変奏として解釈し直すことができる。

ヴィシーを利用してフランスの文化的価値を守ろうとしたエマニュエル・ムーニエ。民主政のうちで《反民主的》となるという戦術を揚言したティエリ・モーニエ。検閲官ゲルハルト・ヘラーに「師」と慕われ、ドリュ・ラ・ロシェルに『NRF』の編集について細やかな忠告を与える一方、レジスタンスの地下出版活動を組織していたジャン・ポーラン……多かれ少なかれ、この時期にブランショの周囲にいた人々はこの「面従腹背」という「非常に精巧で複雑なメカニズム」を駆使することに生き延びる道を見出していた。

「因襲のうちに自己を開示し、制約のうちに自己を救出する」逆説はだからブランショの創見ではない。しかし、ブランショのおそらく生来の韜晦癖と卓越した修辞術は

「暗号でテクストを書く」という、それ自体は状況に強制された作業に余りに似つかわしいものであった。テクストのダブル・ミーニングを工作するこの暗号制作をブランショはほとんど楽しんでいたようにさえ思われる。

このテクストが暗号に託して伝えた内容は政治的メッセージとしては、それほど独創的なものとは思われない。

「面従腹背」の戦術におけるブランショの先達であったジャン・ポーラン自身がこのテクストの出版を書肆ジョゼ・コルティに依頼したという経緯から考えて、どうやらポーラン自身はブランショのテクストの政治的意味とその暗号コードを熟知していたと思われる。あるいは、ポーランはドイツ占領下における作家たちのテクスト・パフォーマンスの「マニュアル」として『文学はいかにして可能か』を（自身の『タルブの花』とともに）推奨するつもりだったのかもしれない。

いずれにせよ、文芸について語るテクストが同時に政治的メッセージとしても解読でき、かつそれ自身「謎」であるテクストそのものがテクストの暗号コードを開示しているという、二重三重に仕掛けを凝らしたこのテクストの工作物としての精妙さには余人の追随を許さないものがある。メッセージを伝えるはずの媒介物がメッセージそのものよりも重きをなすという逆転がここに生じる。この逆転こそがブランショをブランショたらしめた真のコペルニクス的転回であったように私たちには思われる。

事実、これ以後のブランショの理論的著作は、書くという不思議な行程の中では、「真の思考」より「空疎な言葉」の方がより根源的であるという逆転の意味を考究し続けることになるからである。

「物語《レシ》は出来事の報告ではない、当の出来事そのものなのだ」
(Le récit n'est pas la relation de l'événement, mais cet événement même.)

(ブランショ『来たるべき書物』)

註

1　コルティと会った太田泰人氏（神奈川県立美術館学芸員）から筆者あて書簡（拙論『ブランショ的死について』、注（20）を参照）。

『ジュルナル・デ・デバ』版、コルティ版、ガリマール版の間にはテクストに若干の異同がある。『ジュルナル・デ・デバ』一〇月二一日号掲載分の論文題名は「文学におけるテロル」（La terreur dans les lettres）、これはコルティ版の九―一五頁に相当する。一一月二五日号の論題は「文学はいかにして可能か（I）」（コルティ版一六―二〇頁）、一二月二日号は「文学はいかにして可能か（II）」（コルティ版二一―二七頁）。『ジュルナル・デ・デバ』版からコルティ版への転載に際して、タイトル以外にどのようなテクスト上の異同があったかは資料不備のため検証できていない。コルティ版からガリマール版への転載に際しては、かなりの削除と修正がなされている。

趣旨からすれば、本論考はコルティ版に準拠すべきであったが、論文執筆当時（一九八八年）にはコルティ版を見る機会がなかったために、ガリマール版に拠った。『言語と文学』への再録時（二〇〇四年）にコルティ版のコピーとガリマール版の異同を突き合わせてみて、転載に際して部分的な改訂がなされていることを知った。

校訂の詳細について論じるためには、もう一本論文を書かなければならないが、要するに、改訂されているのは「くどい」箇所である。「くどい」というのは「同じ主張を繰り返している」という意味と、「そこまで言うと、底が割れてしまう」という意味の両方がある。

例えば「この本を外見通りの本だと思わ

ない方がいい。(……)ここで論じられているのは実はある根源的な問題であり、それは精神の本性と、その深い亀裂、〈同じもの〉と〈同じもの〉とのあの闘争(ce combat du Même avec le Même)を問うているのである」(コルティ版、一四―一五頁)という「種明かし」パッセージはまるごと削除されている。こんな文言がそのままガリマール版に残されていたら、「謎解き」の学問的興趣は著しく殺がれていたことだろう。

2 Jean Paulhan, *Les fleurs de Tarbes*, col. Idées, Gallimard, 1941, p. 155.(以下 *FT* と略記)

3 Maurice Blanchot, "Comment la littérature est-elle possible?", *Faux Pas*, Gallimard, 1943, p. 92.(以下 *CL* と略記)

4 *Ibid.*

5 一九四〇年九月二八日のフランス出版人組合と占領軍との協定。

6 Jeffrey Mehlman, "Blanchot at *Combat*", *Legacies of Anti-Semitism in France*, University of Minnesota Press, 1983, p. 13.

7 Paul Sérant, *Les Dissidents de l'Action française*, Copernic, 1978, p. 212.

8 *Ibid.*, p. 213.

9 Pierre Milza, *Fascisme français, passé et présent*, Flammarion, 1987, p. 199.

10 Sérant, *op. cit.*, p. 216.

11 *Ibid.*

12 Thierry Maulnier, *La Paix, la guerre et notre temps*, Lardanchet, 1942, pp. 19-20.

13 *Ibid.*

14 *Ibid.*, pp. 32-33.

15 *Ibid.*, pp. 50-51.

16 *Ibid.*, p. 79.

17 *Ibid.*

18 *Ibid.*, p. 86.

19 Sérant, *op. cit.*, p. 220.

20 Gérard Leroy, "La Revue Combat", *Des années*

trentes, Editions du C. N. R. S., 1984, p. 132.

21 Zeev Sternhell, *Ni droite, ni gauche*, nouvelle édition, Edition complexe, 1987, p. 255.

22 Marcel Déat, "Rapport moral", *La vie socialiste*, 5 mai 1934, p. 10 cité par Sternhell, *op. cit.*, p. 256.

23 *Ibid.*, p. 39.

24 Sternhell, *op. cit.*, p. 36.

25 Georges Valois, "Sorel et l'architecture sociale", *Cahiers du Cercle Proudon*, mai-août, 1912, p. 111.

26 Charles Maurras, *Enquête sur la monarchie*, Librairie nationale, p. 559.

27 *Ibid.*, p. XI.

28 Pierre Andreu, *Le Rouge et le Blanc*, 1928-1944, La Table Ronde, 1977, p. 122.

29 Claude Roy, *Moi, je*, Gallimard, 1969, p. 244.

30 François Poirié, *Emmanuel Lévinas, Qui êtes-vous?*, La Manufacture, 1987, pp. 54-55.

31 Leroy, *op. cit.*, p. 126.

32 Sternhell, *op. cit.*, p. 59, p. 257.

33 Blanchot, "Le terrorisme, méthod de salut public", *Combat*, juillet 1936, *Gramma* 5, Edition Gramma, 1976, p. 61.

34 *Ibid.*

35 *Ibid.*, p. 62.

36 *Ibid.*

37 *Ibid.*

38 *Ibid.*

39 *Ibid.*

40 *Ibid.*

41 *Ibid.*

42 *Ibid.*, pp. 62-63.

43 Blanchot, "On demande des dissidents", *Combat*, déc. 1937, *Gramma* 5, p. 63.

44 *Ibid.*

45 *Ibid.*

46 *Ibid.*, p. 64.

47 *Ibid.*

48 *Ibid.*

49 *Ibid.*, p. 65.

50 *Ibid.*

51 Sternhell, *op. cit.*, p. 255.

52 Andreu, "la Troisième Force, parti de gauche", *La Lutte des jeunes*, 10 mai 1934, cité par Sternhell, *op. cit.*, p. 255.

53 Maulnier, "Le seul combat possible", *Combat*, juillet 1936, cité par Sternhell, *op. cit.*, p. 256.

54 Sternhell, *op. cit.*, p. 257.

55 Blanchot, cité par Mehlman, *op. cit.*, p. 117.

56 *Ibid.*

57 Paul Thibaud, "Du sel sur nos plaies", *Esprit*, mai 1981, p. 24.

58 Marc Beigbeder, "Réponse d'un témoin", *Ibid*, p. 35.

59 Gerhard Heller, *Un Allemand à Paris*, Seuil, 1981, p. 56.

60 *Ibid.*, p. 58.

61 Mehlman, *op. cit.*, p. 117.

62 Blanchot, cité par Mehlman, *Legs de l'antisémitisme en France*, Denoël, 1984, pp. 174-175.

63 Paul Léautaud, *Journal littéraire*, Mercure de France, 1963, vol. XIV, p. 236, pp. 326-328.

64 Roy, *op. cit.*, pp. 200-201.

65 Jean-Paul Sartre, "Qu'est-ce qu'un collaborateur?", *Situations III*, édition renouvelée, Gallimard, 1976, p. 44.

66 Poirié, *op. cit.*, p. 7.

67 Blanchot, *CL*, p. 92.

68 *Ibid.*, p. 93.

69 *Ibid.*, p. 92.

70 *Ibid.*, p. 93.

71 *Ibid.*

72 Paulhan, *FT*, p. 56.

73 *Ibid.*, p. 57.

74 Blanchot, *CL*, p. 93.
75 *Ibid.*
76 *Ibid.*
77 *Ibid.*, p. 94.
78 *Ibid.*
79 *Ibid.*, pp. 94-95.
80 Paulhan, *FT*, p. 168.
81 Blanchot, *CL*, p. 95.
82 *Ibid.*
83 *Ibid.*
84 *Ibid.*
85 *Ibid.*
86 *Ibid.*
87 Eugene Weber, *L'Action française*, Stock, 1962, p. 561.
88 Gérard Miller, *Le pousse-au-jouir du maréchal Pétain*, Seuil, 1975, pp. 205-206.
89 Abel Bonnard, "Les Réactionnaires", *Je suis partout*, 19 et 26 mai 1941, cité par Weber, *op. cit.*, p. 556.
90 Lucien Rebatet, *Les Mémoires d'un fasciste I*, Pauvert, 1976, p. 57.
91 Weber, *op. cit.*, pp. 561-562.
92 Blanchot, *CL*, p. 95.
93 *Ibid.*
94 Maurras, *La Patrie*, Œuvres complètes, Flammarion, 1954, t. 2, p. 265.
95 Miller, *op. cit.*, pp. 207-208.
96 Weber, *op. cit.*, pp. 510-511.
97 Maulnier, cité par Leroy, *op. cit.*, p. 131.
98 Maulnier, cité par Sérant, *op. cit.*, p. 20.
99 Blanchot, *CL*, p. 95.
100 *Ibid.*
101 *Ibid.*
102 Robert Brasillach, cité par René Rémond, *Les droites en France*, Aubier Montaigne, 1982. p. 458.
103 Rebatet, *op. cit.*, p. 54.

104 Brasillach, *Je suis partout*, 25 oct. 1941, cité par Weber, *op. cit.*, p. 557.
105 Blanchot, *CL*, p. 95.
106 *Ibid.*
107 *Ibid.*
108 Blanchot, "On demande dissidents", pp. 63-64.
109 Weber, *op. cit.*, p. 500.
110 *Ibid.*, p. 491.
111 Blanchot, "Mythe de Phèdre", *Faux Pas*, 1943, pp. 79-85.
112 *Ibid.*, p. 82.
113 *Ibid.*, p. 84.
114 Blanchot, *CL*, p. 96.
115 Brasillach, *Notre avant-guerre*, Plon, 1981, p. 291.
116 Blanchot, *CL*, p. 97.
117 *Ibid.*
118 *Ibid.*
119 *Ibid.*
120 *Ibid.*, p. 98.
121 *Ibid.*
122 *Ibid.*
123 *Ibid.*, p. 99.
124 *Ibid.*
125 *Ibid.*
126 *Ibid.*, pp. 99-100.
127 *Ibid.*, p. 100.
128 *Ibid.*
129 *Ibid.*
130 *Ibid.*, p. 101.
131 *Ibid.*
132 *Ibid.*
133 *Ibid.*
134 Mehlman, *op. cit.*

（初出『東京都立大学佛文論叢』第五号、１９８８年／『言語と文学』書肆心水、２００４年）

解　題

「20世紀の倫理――ニーチェ、オルテガ、カミュ」（『神戸女学院大学論集』46（1）、1999年7月）

その前年度の後期に、文学部総合文化学科のリレー式講義で「道徳」について四人の講師が三回ずつ講義をするということがあった。学生たちに、道徳というのは超歴史的な訓戒ではなく、歴史的に形成されてきたものだということをぜひ伝えておきたいと思って、時間をかけてたくさん資料を作った。大教室の講義だったし、たしか朝一限の授業だったので、後ろの方の学生たちははじめから「寝る気まんまん」だったけれども、私が演壇で手を振り回しながら口角泡を飛ばしてニーチェについて語っているうちに、だんだん顔が上がってきて、耳を傾け始めたのがたいへんうれしかったことを思い出した。

そのとき学生に配布した資料に、講義でしゃべったことを思い出しながら付け足して原稿にした。哲学史の知識がほとんどない学生たちを相手に、彼女たちにも分かるようにしゃべったので、たぶんこの本の中では一番分かりやすい論文だと思う。

「アルジェリアの影――アルベール・カミュと歴史」(『哲学の歴史　第12巻　実存・構造・他者【20世紀Ⅲ】』鷲田清一責任編集、中央公論新社、2008年)

論文集に「コラム」として寄稿したものである。責任編集が鷲田清一さんで、タイトルも「アルジェリアの影」と最初から決まっていた。ということは鷲田さんは私にカミュについて書けと言っているのだろうと察して書いた。

たしかにカミュのいる場所は公式の哲学史の中にはない。彼は「影」の中にいる。そこで私は「カミュ哲学の伝道師」として、どうしてこれほど深い思想を語った人を哲学史は「哲学者」として扱わないのかということを論じた。

「「意味しないもの」としての〈母〉――アルベール・カミュと性差」(『女性学評論』7号、1993年3月)

『女性学評論』というジェンダー・スタディーズのための紀要に寄稿したので、「性差」に焦点を合わせて論じている。

『カリギュラ』読解では「父の不在」とアンチ・エディプス的退行を論じたが、ここでは「父の不在」がカミュにおける「男性性の過剰」を帰結しているという仮説を吟味している。

年一本というふうに決めて義務的に論文を書いていると、駄作も出るが、時々書くことがなくて、そのあたりにあった材料を使って泥縄で一本仕上げたものが思いがけない「拾い物」ということもある。この論文はボーヴォワールの自伝を別の調べもののために読んでいて、そういえば『女性学評論』から寄稿を頼まれていたことを思い出して、その勢いで書いたのである。そして、ずっと書いていたことを忘れていた。でも、今回読み返して見たら、けっこう面白かった。なんでも書いておくものである。

「鏡像破壊——『カリギュラ』のラカン的読解」（『神戸女学院大学論集』39（2）、1992年12月）

ジャック・ラカンのものばかり読んでいた時期があった。鈴木晶さんからスラヴォイ・ジジェクのヒッチコック論の訳をいっしょにやらないかと誘われて、そのときに集中的にラカンを読んだ。

ジジェクのヒッチコック論のタイトルは『あなたがラカンについてつねづね知りたいと思っていながら、ついぞヒッチコックに訊ねそびれてしまったこと』である。そのねらいについてジジェクはこう書いている。

ヒッチコックによるラカン。

その逆ではない。というのも、ヒッチコックを精神分析的に解釈することとは全く関係がないからだ。むしろ、ここでは映画を例証として、ラカンのいくつかの概念を明らかにしてゆくことを意図している。

ヒッチコック映画を見れば、それだけでラカンは分かるとジジェクは言う。ヒッチコックの映画が私たちを精神分析の第一の問い「人間はどのようにして壊れてゆくのか」についての省察へと導いてゆくからである。

同じことは他の作家についても可能だろうか。たぶん可能だろう。「人間はどう壊れるか」ということについて、あるいは「一度壊れた人間はどう再生するか」について本当に真剣に考えた作家のものを読めば、そこにはラカンの基礎的なアイディアが書き込まれているはずである。

その頃、大学のフランス文学の授業で『カリギュラ』を読んでいた。読みながら、カリギュラの「分かりにくい」言動はどれもラカンを適用すると「分かる」ということに気がついた。

でも、これは自分の中から出てきたアイディアではない。ただラカンの概念を機械的にカミュに適用しただけで、私のオリジナリティはどこにもない。だから、きっとすぐに忘れてしまうだろうと思って、備忘のために論文を書いた。今読んでも「新鮮」なのは、他人のアイディアだからである。

「アルベール・カミュと演劇」（アルベール・カミュ、『カリギュラ』、岩切正一郎訳、早川書房、2008年）

『カリギュラ』の新訳が出て、その解説を頼まれて書いたもの。戯曲の内在的な分析は「鏡像破壊」に書いたので、ここではアルベール・カミュにとって演劇とは何だったのかというテーマで書いた。カミュにとって演劇とレジスタンスは特権的な経験だった。「仲間」たちに囲まれ、固有名で生きる重荷を少しだけ解除されるときに、カミュは深い解放感を得ることができた。サルトル＝カミュ論争以後のカミュのパリの知識人サークルにおける孤立を彼は演劇活動で癒していたことを知って、私はずいぶん救われた思いがした。

「声と光――レヴィナス『フッサール現象学における直観の理論』の読解」（『神戸女学院大学論集』38（3）、1992年3月）

前年に日仏哲学会でのシンポジウム「西欧近代とユダヤ思想」で「レヴィナスとユダヤ思想」と題して行われた口頭発表に加筆したものを翌年『神戸女学院大学論集』38（3）に掲載してもらった。口頭発表は20分程度のものだったので、大幅に加筆した。口頭発表に対してはフロアーから何の反応もなかったので、なんだかしょんぼりして曇り空の駒場キャンパスをとぼとぼ歩いて帰ったのを覚えている。

この頃に、レヴィナスについての研究論文を定期的に書くこと（できたら年に一本）を自分に課した。査読がないことをさいわい、大学の紀要には出来不出来にかかわらず発表した。今回渡邉さんがエディットしたオリジナルにはそのような「不出来な」論文があと二本収録されていたが、削除した。実はこの「声と光」もあまり出来はよくない。ごつごつしているし、読みにくい。でも、ここで検討されたアイディアのいくつかがのちに『レヴィナスと愛の現象学』においてもう少し深められることになるので、私自身のレヴィナス理解の遷移を記録するためにあえて残すことにした。

「面従腹背のテロリズム――『文学はいかにして可能か』のもう一つの読解可能性」

（初出『東京都立大学佛文論叢』第五号、１９８８年／『言語と文学』書肆心水、２００４年）

１９８２年に東京都立大学の仏文研究室の助手に採用されてから90年に神戸女学院大学文学部に助教授として採用されるまで、8年間に大学教員公募に31校落ちた。変な論文ばかり書いていたのだから仕方がない。その頃の私が集中的に研究していたのは、19世紀フランスの極右思想とレヴィナス哲学だった。フランスの文化的伝統の奥底から生まれてきた反ユダヤ主義というイデオロギーを深く理解しないと、レヴィナスのユダヤ教哲学がそこからの「離脱」をめざしている思想的風土が何であるかが分からないだろうと思ったのである。

フランスの古書店から100年も前の黄ばんだ政治パンフレットやプロパガンダ文書を買い漁って、毎日そんなものばかり読んでいた。だから書いた論文もエドゥアール・ドリュモンの反ユダヤ主義とか、モレス侯爵の原ファシズムとか、ベルナール・ラザールの左翼的シオニズムとか、そういう「日本で私以外誰も研究していないこと」に偏することになった。研究発表をさせてくれる学会も「日本ユダヤ学会」(その頃はまだ「イスラエル文化研究会」という名の早稲田の社研の一隅にある小さな研究会だった)しかなかった。

だから、教員公募に落ち続けるのも無理はない。「内田は研究テーマが変過ぎるんだよ」と指導教員がため息をついて言った。「もうちょっとふつうのことをやったらどうかね」。

さすがに8年間落ち続けると反省して、すこし「ふつう」の論文を書くことにした。それがこのブランショ論である。

ブランショがジャン・ポーランの『タルブの花』を要約したこの短い冊子を「ブランショ自身が深くコミットしていた30年代の極右運動への暗号で書かれた訣別の辞」として解読するというのが論の骨子である。

大戦間期のフランスの極右の運動については資料を集めていたし、ブランショの文学理論については修士論文を書いていた。だから、ブランショがこの冊子を書いたときにどういう政治史的文脈のうちにいたのかは、だいたい想像がついた。

文学論を政治的暗号として解読するという全く文学的ではない論文だったが、ブランショと言えばフランス文学の極北、孤高の批評家、超ビッグネームである。タイトルだけ見れば、誰が見ても「文学研究」にしか見えない。おかげで私の業績リストはずいぶん見栄えがよくなった。

あまりに変な論件だったので、フォローアップする人がおらず、この仮説はいつのまにか「内田説」として学会内部的に定着した。最初のうちは「そんな変な話があるものか」と言って頭から否定する人もいたが、のちにブランショ自身が「これは暗号で書かれている」と念押しした文書が発見されて、説の真偽については一応けりがついた。

最初は院生と助手が出していた『佛文論叢』という研究同人誌に発表されたのだが、その後、書肆心水という出版社がポーランの『タルブの花』とブランショの『文学はいかにして可能か』と私の論文を三つまとめて『言語と文学』というタイトルで単行本化してくれた。だから、この論文は活字化されるのはこれで三度目なのである。

解題は以上である。

最後まで読んでくださった読者のみなさんにお礼を申し上げる。完成度の低い、そしてあまり一般読者向きではない論文をまとめるという商業的には全く有望でない企画を実現してくださった草思社の渡邉さんのご厚情にもう一度謝意を表したい。

おかげさまで「論文供養」ができました。ありがとうございます。

２０２０年８月

内田樹

文庫版のためのあとがき

みなさん、最後までお読みくださってありがとうございます。

若書きの論文集が文庫版になって手に取りやすいかたちになったことをうれしく思います。

僕はもうこういうタイプの学術論文は書かなくなりました。もちろん、今でも自分の興趣の赴くままに研究は続けていますけれども、もうこういう学術的な定型を踏まえて書くことはなくなりました。もっとずっと自由な書き方をしています。

学術論文を書く場合には、主語はふつう「私たち」です。これは自分の論考の全行程を上空から俯瞰している「観想的」主体です。自分がどういう仮説を立てて、それをどう論証をして、どういう結論を導くことになるのか、その論程全体を序論を書いている時点ですでに見通していると「想定された主体」です。そういう「主体」が論文を書いているという話になっている。

実際には違うんですよ。そんなはずがありません。序論を書いているときは、自分がこの先何を書くことになるのかについては、見通しが立っていません。こっちの方向に行けば「何とかなりそうな気がする」だけです。まだ海のものとも山のものともつかない。どれくらいの長さになるのかもわからない。

　僕が『レヴィナスの時間論』を連載していたのは『福音と世界』という月刊誌でしたけれど、書き出したときにはまさか6年半も書き続けることになるなんて想像もしておりませんでした。そういうものなんです。

　論文を書いているときは地べたを這いずり回っているんです。上空飛翔なんかしてません。ですから、書いているうちにうっかり「袋小路」にはまり込むこともあるし、「沼」にはまることもあるし、「崖」から落ちることもある。みっともないと言えばみっともない。でも、ある時期から「こっちの方が面白い」と思うようになりました。上空から俯瞰しているクールでクレバーな主体である「ふりをして」書くよりも、泥んこまみれになって這いまわっている「生きている書き手」の言葉で書く方が正直じゃないか、と。

　「正直」という資質は学術研究において実はすごくたいせつなことではないかと思うんです。自分で論文を書いていてわかるんですけれど、論の進め方に段差があって爪先をひっかけたり、引用がなんか「決まらない」とか、自分で書いたことがうまく「呑み込めない」とか、そういうことがあるんです。それは身体的な「感じ」なんです。「これ、なんか、気持ち悪い」という皮膚感覚なんです。気になって仕方がない。

直す。

それが論程の「袋小路」にはまり込んだときの実感なんです。そういうときは分岐点まで戻る。「あ、ここは気持ちが悪くない」というところまで戻って、そこからやり直す。

この「気持ち悪さ」が感知できるためには、「正直」がどうしても必要になります。自分に対する正直さです。

アルベール・カミュは彼の初期短編集『裏と表』を後年出版することになったときに、自分がどうしてこの本の出版をなかなか許可しなかったのか、その理由をこう書いています。

「この小冊子がテクストが要求しているのは私に対しての誠実さである。誠実であることの深さと困難さを知っているのは私一人だからである。」

他人には嘘をつくことができるけれど、自分には嘘をつくことができない。自分に対して誠実であるというのは、そういうことです。

自分の少年時代を回顧した若書きの文章のうちにカミュは微妙な違和感を覚えました。ここにはちょっとだけ「ほんとうではないこと」が書かれていると感じた。もちろん読者は誰ひとりそれに気づかないでしょう。でも、自分は気がついてしまった。だから、出版を断って来た。でも、ある時点で「これ以上正直になることはできない」ところまで行って、そこで書いてしまった「正直さが足りない文章」については、それを自分に許そうという気になった。たぶん、そういうことだと思うんです。

カミュは「これ以上正直になることはできない」限界まで書く努力をしてきた人です。だから、あれだけのものが書けた。徹底的に誠実であろうという努力が彼のエクリチュールを駆動していた。そういうものなんです。カミュは「誠実さ（fidélité）」という言葉を使っていますが、僕はそれを「正直」と言っている。意味にそれほど違いはないと思います。

正直であることができるようになったのは、大学を退職した後です。在職中は「いやしくも大学教員ともあろうものが、このようなめちゃくちゃなことを書いてよろしいのか」というタイプのクレームが僕に対してさえ来たんです。気にしませんでしたけれど、大学に迷惑をかけたくないので、僕にできる範囲では抑制的に（あれでも）書いていたのです。

大学を退職して、その縛りがなくなりました。さあ、もういくら自由に書いても誰にも迷惑はかからないと思ったら、書き方がずいぶん変わりました。地べたを這いずり回るような「泥臭い」書き方に変わったのです。

これは本人もびっくりしました。「学術が求める上空俯瞰的な文体」にこれほどまでに囚われていたのかを知りました。20代からそういう訓練を受けていたわけですから、仕方がありません。

ともあれ、古希を過ぎたいまはみなさんがお読みになっているような「ぐだぐだした」文体で書くようになりました。お読みになる方は「どこにゆくかわかんないし、すぐ脱線するし、だいたい話が長い」とご不満かも知れませんけれど、仕方がないんです。僕はこういう書き方をしているときが一番楽しいんです。

というわけで、この『前－哲学的』に収録されている論文は、僕にとっては「もう二度と書けない文体」で書かれたものです。もう二度と帰ることができない遠い故郷の風景に彩られたような文章です。そう思うと、なんとなく愛しい気持ちになります。

みなさんもそう思って読んでくださったのだとしたら、とてもうれしいです。

２０２４年３月

内田樹

＊本書は二〇二〇年に当社より刊行した著作を文庫化したものです。

内田樹（うちだたつる）

1950年、東京都生まれ。思想家、武道家。神戸女学院大学名誉教授、凱風館館長。東京大学文学部仏文科卒業、東京都立大学大学院人文科学研究科博士課程中退。著書に『ためらいの倫理学』、『レヴィナスと愛の現象学』、『他者と死者』、『私家版・ユダヤ文化論』（小林秀雄賞）、『レヴィナスの時間論『時間と他者』を読む』など多数。伊丹十三賞受賞。

草思社文庫

前-哲学的
初期論文集

2024年6月10日　第1刷発行

著　　者　内田 樹
発 行 者　碇 高明
発 行 所　株式会社 草思社
〒160-0022　東京都新宿区新宿1-10-1
電話　03(4580)7680(編集)
　　　03(4580)7676(営業)
　　　https://www.soshisha.com/

本文組版　株式会社 キャップス
本文印刷　株式会社 三陽社
付物印刷　日経印刷 株式会社
製 本 所　加藤製本 株式会社
本体表紙デザイン　間村俊一

ISBN978-4-7942-2729-4　Printed in Japan

ご意見・ご感想は、
こちらのフォームからお寄せください。
https://bit.ly/sss-kanso

草思社文庫既刊

絶望名人カフカ×希望名人ゲーテ
文豪の名言対決

頭木弘樹＝編訳

どこまでも前向きなゲーテと、どこまでも後ろ向きなカフカ、あなたの心に響くのは？　絶望から希望をつかみたい人、あるいは希望に少し疲れてしまった人に。**『希望名人ゲーテと絶望名人カフカの対話』改題**

声に出して読みたい禅の言葉

齋藤 孝

達磨、臨済、道元から、芭蕉、武蔵などの禅的言葉まで、先達の言葉を通して禅の心に触れる。日本文化に息づく禅の精髄を平易な言葉で解明。禅とは心に風を吹かせて軽やかに生きる日本人の知恵である。

世界の見方が変わる50の概念

齋藤 孝

「パノプティコン」「ブリコラージュ」「身体知」「ノマド」など、著者が自分でもよく使う哲学用語、専門用語、いわゆる「概念」を分かりやすく解説、人生や社会の中でどう生かすかを教えてくれる。